时间旅行

阿缺 王亚男 等 著

TIME TRAVEL

北京理工大学出版社

科幻硬阅读
—— 献给那些聪明的头脑和有趣的灵魂

当小鲜肉、流量明星、鸡汤文和小清新大行其道，当坚硬强悍磊落豪雄变成小众，当拼爹、晒富、割韭菜成为常态，当群氓乱舞中理性精神和至性深情被某些人弃如敝屣——我愿反其道而行，向极小极小的一小部分喜欢阅读和思考的读者，推出一套比较烧脑，但能让神经更粗壮大条的作品——"科幻硬阅读"系列图书。

科幻不是目的，思考才是根本。有趣的灵魂诗意栖居大地。理性使其无惑，感性助其丰盈，个性使其独特，青春致其张扬，而爱的疼痛与快乐，则为灵魂刻下一抹深沉隽永……

所以这套书里除了"烧脑"科幻，兼或还会有其他一些提神醒脑类作品，希望它们能给读者朋友带来一丝极致的阅读体验——极致的思考或震撼、极致的美丽与忧愁、极致的愉悦和放松……不求完美，但求在某方面达到极致——极致，便是"硬阅读"的注脚。

但这种"硬"绝不应该是艰深晦涩，故作深沉！

好看的作品通常都是柔软而流动的，如水、亦似爱人或者时光，默默陪伴，于悄无声息间渗透血脉、融入心魂，让我们在一条注定是一去不返的人生路上，逐渐、逐渐，获得一分坚强和硬度！

愿所有可爱而有趣的灵魂，脚踩大地，仰望星辰，追逐梦想。

—— 小威

独立思考,个性书写,充分表达,拥有独属于自己的风格和调性。

科 幻
硬阅读
DEEP READ
不求完美 追逐极致

目录

001 | 邮差
　　　时空之门 / 王亚男

029 | 再见哆啦A梦
　　　时间闭环 / 阿缺

101 | 天弦
　　　献给伟大的乐圣 / 也飞

157 | 偷窃
　　　盗窃明天 / 喀拉昆仑

197 | 邻居
　　　外星返乡团 / 喀拉昆仑

221 | 代号卢卡斯
　　　时空蹦极者 / 喀拉昆仑

239 | 对话爱因斯坦
　　　时空旅行 / 喀拉昆仑

269 | 鸟儿与泡沫
　　　向死而生 / 小威

邮差

时空之门

文／王亚男

穆勒·沃顿先生对自己的新信箱相当满意。信箱是用坚实的橡木制成的，外面的投递口还加了防雨挡板。最让穆勒引以为傲的是自己那别具匠心的设计：信箱是固定在房门上的，门后一个带转门的圆洞直通信箱的内部。如此一来，信箱的外面就省去了取信口，每天在房间里就能拿信，方便省力。为了信箱的颜色，穆勒和太太搞得很不开心，穆勒太太坚持信箱应该选用明黄或浅绿，而穆勒却固执己见地把它漆成了刺眼的大红。其实穆勒也有自己的苦衷：负责这个街区的邮差整日都醉醺醺地驾着他那漆已掉光、几近"裸体"的破雪佛莱轿车递送邮件，给穆勒投报时就隔着栅栏把报纸丢在门口的水泥台阶上。有天上午穆勒取报时看到自己的那份《泰晤士报》变成了一团纸浆——那天清晨刚下过一场小雨。现在有了这个醒目别致的信箱，邮差应该不会再乱扔瞎丢了吧？

信箱昨天才刚刚钉好。早上穆勒先生正坐在餐桌前开始用餐刀切割自己那份煎蛋，突然想起什么似的离开桌子走向房门，掀开转门，把手伸进信箱，一边还说："今天早上还没看报呢，瞧我的杰作，够方便吧。我说什么来着，红色的信箱才够显眼，这次那醉鬼邮差会把报纸放在该放的地方了吧？"

穆勒把胳膊抽出来的时候，手中果然拿着一份报纸。他高兴地走回桌边，一边继续切煎蛋一边开始读那张报纸。头版的大标题是"战争爆发"，穆勒的餐刀停住了，他举起那份报纸对穆勒太太抱怨说："我真受够了那邮差，今天他是把报纸放进信箱里了，可那是前天的！谁都知道科索沃战争是在前天爆发的，这标题我早就看过了。等我忙过了这段时间，非得找邮局讨个说法不可！"穆勒越说越激动，他把报纸揉成一团，一扬手，纸团在空中划出一条流畅的弧线，飞进了墙边的杂物桶。

西敏司大教堂的铜钟刚刚敲过 7 下，尼尔斯就早早起床，吃过早饭，步行半个小时来到邮政局，把自己那驾邮政马车赶了出来。早有人在货架后面放好了沉甸甸的邮袋，尼尔斯看了一下，自己要送的邮件照例又比别人多，而且还尽是些包裹。这还不算，分给自己的这架马车破旧不堪，遮阳篷千疮百孔，车架吱吱呀呀叫个没完，缰绳磨得稀烂，辔头锈得连那匹十二岁的老杂种马都嫌弃——似乎邮政局里所有的人都和自己作对。最让尼尔斯气愤的是自己竟然还得给死人送报——伦敦西区的琼斯先生一个月前去世了，由于他生前酷爱《泰晤士报》，因此琼斯太太要求邮局把她订的报纸送到公墓里琼斯先生的墓前——她已在那儿立了一个信箱。邮局找不出理由拒绝她，本来嘛，订户可以要求把报纸送往伦敦的任何地方，公墓自然也包括在内。于是这差事也被分派给尼尔斯，但实际上那公墓应该由另一个街区的邮差分管。尼尔斯并没太计较，他相信只要自己努力工作，迟早会有人赏识他的。

赶着马车，沿着市区最繁华的街道行进，两边的店铺刚刚开门。铜匠铺里叮叮当当的敲打声已经响起，酒店里的伙计正满头大汗地忙着把酒桶搬进酒窖；那些头戴饰有羽毛的帽子的妇人们已开始光顾首饰店，她们身边照例陪着礼帽高耸、拿着檀木手杖的男人。坐在高高的马车上，看着路旁绅士们佩着缎带的礼帽、耀眼的怀表金链和妇人们臃肿肥硕的裙子、小巧玲珑的金丝眼镜，的确算得上是一种享受。

头上是明媚的太阳，它总是不偏不倚地把光辉赐予每一个人。看到它，尼尔斯的心情也好了许多，连昨晚去邀索菲亚散步时，她的父亲皮尔逊对自己那些令人难堪的奚落都在记忆里淡漠了。

尼尔斯微笑着，哼着歌把邮件送往它们该去的地方。或许是因为心情的缘故，刚送完几件邮件他便催动马车早早向公墓驰来。到公墓要经过一片小小的松林，林中弥漫的馥郁香气总能让尼尔斯感到舒畅。尼尔斯想，这恐怕也算是因祸得福吧。

马车就停在墓园大铁门前。尼尔斯从车上取下邮袋步入公墓，沿着多年未修葺的石板路，小心地向墓园西北角走去——琼斯家的经济条件只能允许他拥有这么一块阴暗冷僻的安息之地。一想到琼斯墓前的那个信箱，尼尔斯就觉得滑稽。信箱没装前门，就敞着肚子站在那儿，与其说报纸送给了琼斯先生，倒不如说是便宜了墓园里的清洁工。有一天尼尔斯就曾见到那工人守在琼斯墓前等着自己把那免费的报纸送来——神态还蛮悠闲的，仿佛那是理所当然。

离琼斯的墓还有五六十码的时候，尼尔斯远远地就看出今天与往日不同:琼斯的墓被一道石墙围了起来,留出的门口处站着两名个子高挑、头戴铜盔的警察。发生案子了?是盗墓?那窃贼也太没眼力了,琼斯先生生前就够潦倒的了,死后又摊上这种事,真是在地下也难瞑目呀。尼尔斯暗自想着来到了围墙门口,毕恭毕敬地向警察打听:"先生,这里发生什么案子了?"其中一个鹰钩鼻子的警官扬着下巴打量了一下尼尔斯,阴阳怪气地说:"难道没有案子我们就没事做了吗?告诉你吧,这里面有'幽灵之手'出没,如果你想饱眼福的话,请付3个金镑,不过我想那也许是你两周的薪水吧?哈哈……"两个警察对视着嬉笑起来,尼尔斯感到恶心。上周看到工人们把石块运进墓园,尼尔斯还以为是要维修那坑洼不平的小路呢。不过无论怎样,自己只管送报,其他一概和自己无关。他对警察说:"先生,您瞧,我是邮差,有人要我给琼斯先生送报,他就埋在那里面。"说着尼尔斯取出了邮局编印的送邮清单。鹰钩鼻子接过清单,看到上面果真清楚地印着:"……西敏司教堂分会公墓二零六号——琼斯(已故)——《泰晤士报》一份……"下面盖着邮局鲜红的印章。鹰钩鼻子和同伴小声嘀咕了几句,回过头来对尼尔斯说:"祝贺你,你省了3个英镑,又能看到惊世奇观,运气不错嘛!哈哈……"

尼尔斯不再理会他们,大步走进围墙,发现里面已聚集了大约20多人。他们显然是城里的达官显贵,要知道,一般的平头百姓是无论如何也付不出3个金镑的入门钱的。人们都或跪或蹲地隐蔽在杂草后面,和琼斯破败的墓地保持着十几码的距离,眼睛眨也不眨地盯着墓前的信箱。在他们中间,有一位年轻的海军军官,他身上大红的制服和佩剑十分惹眼。面对这一切,尼尔斯不知该说什么，也不知是谁的恶作剧，让这么多显贵跑到公墓来，还以为真的有什么"幽灵之手"之类的奇观，自己给公墓送报已经有两星期了，却从未听说过有这等怪事。

尼尔斯对绅士们的猎奇感到无聊，他拿出报纸向墓地走去，那位海军军官却亲昵地喊住了他："嗨，朋友，请您等一下！"从来没有上流社会成员这样和自己打过招呼，尼尔斯有些迟疑，但还是走了过去。那位军官高大俊朗，眉宇间却透出忧郁。他自我介绍说："我叫休斯，皇家海军陆战队第21团少校。伙计，我想请您帮个忙，替我送张纸条在那个箱里。如果您愿意，我给您一镑作酬劳。"

尼尔斯有些惶惑，像这样一位军人居然也会被这种荒诞的谣言所蛊惑，真不可思议。他平静地说："少校先生，如果您执意如此的话，我可以代劳。但您真的相信这种事吗？恐怕……"

"真的有幽灵，我已经看到两次了，每天上午10点整它都会出现，从信箱的后面把报纸取走，千真万确！"

"那报纸是清洁工人取走的。"

"以前是的，那工人早在一周之前就辞职不干了——他太害怕了，就是他第一个见到了'幽灵之手'。您看，现在已经9点53分了，再过一会儿您也会亲眼看到的。"

少校掏出一张字条，连同3个金镑一起交给尼尔斯："请把这些都放进信箱，酬金我一会儿付给您。"

"酬金就不必了，这并不费什么事。"

尼尔斯接过字条，上面写着："琼斯先生，我是帝国皇家海军陆战队的少校休斯,后天我们要按计划出发去中国增援在那里作战的远征军。如果您真的有灵,请昭示我战事的结果。这3个金镑略表谢意。"给鬼魂送礼?真是有趣。尼尔斯不便再说什么,于是他走到信箱跟前把字条、金镑和《泰晤士报》一起放了进去。做这些的时候,尼尔斯打量了几眼那个信箱,它依旧同往常一样,后挡板完好无损。有人会把手从后面伸进来吗?绝不可能。这想必又是那些好事者的恶作剧,连墓地都成了他们表演的舞台。尼尔斯查看了墓的四周,泥地上没有留下脚印,杂草也没有踩踏过的痕迹,看来对方的手段还是够高明的。不论这是谁干的,对自己都无关紧要,只是可怜了那些受愚弄的人。尼尔斯这样想着,转身走向门口准备离开,就在他的脚即将迈出围墙的时候,身后突然传来了窸窸窣窣的声音。尼尔斯好奇地转回头,眼前的景象使他瞪大了眼睛,嘴也张得老大:一只粗大多毛的手穿过信箱后的挡板伸进了信箱,摸索着把报纸、字条和金镑抓起,又穿过挡板抽了回去!那手仿佛凭空伸出,不见身体,真的如同来自天国或是地府。尼尔斯的眼睛告诉自己,这不是恶作剧,人是不可能办到这些的!真的是幽灵!他待在那儿,一动不动,连夹在腋下的邮袋掉在了地上都没有察觉。

中午的时候,穆勒接待了一位稀罕的来访者——波尔。波尔是位博物学家,住在伦敦郊外的小镇另一端,两人并不熟识。穆勒一点儿也不喜欢波尔,这并不是因为他的外貌或是别的什么,而是由于他的职业习惯。波尔对一切古旧的东西有种癫狂的嗜好,他常向别人不厌其烦地求购它们,所以一旦波尔同谁讲话，谁就会疑心他又看上了自己家的什么东西。除此以外，波尔还对一般人弃用的东西情有独钟，据说他曾在废品回收站发现过拿破仑的宣战书，但穆勒不相信这是真的。

波尔进来的时候，胳膊下夹着一个颇大的画夹。莫非这家伙又迷上了美术作品？穆勒暗自猜疑。出于待客的礼节，他还是客气地请波尔坐下，为他煮了咖啡。波尔把画夹放在餐桌上——穆勒很不喜欢这样，但他没表示异议。

"穆勒先生，很抱歉这么冒昧地打扰您，不过有件事我真的百思不得其解，所以只好登门拜访。"波尔打开画夹，穆勒发现那里夹着一张报纸，那头条标题和揉皱的痕迹使他一眼就认出那正是自己早上扔掉的那张。"今天上午我在回收站的故纸堆里发现了这个。据那里的工人回忆，那些废纸是从小镇北区第六街运来的。上午我向邮局查询，发现北区六街订阅《泰晤士报》的仅您一家。我不明白，为什么如此珍贵的一份报纸，您却弃若敝屣呢？"

"珍贵？你别开玩笑了，不就是一份前天的报纸吗，邮递员本该送今天的报纸给我。要知道我再也不想读科索沃战争爆发之类的东西，我要知道今天的股市行情！"一提起这件事儿，穆勒就大为恼火。

"前天的？科索沃战争？"波尔愣了一会儿，随即就明白过来，"您是说这份报是邮递员投到信箱的？不会的，他投的报纸在您门前的台阶上，我已替您拿进来了。"波尔从画夹旁边的口袋里抽出一份报纸递给穆勒，正是当天的报纸。"我想您一定是误会了，看到标题'战争爆发'您就认为说的是前天的科索沃战争。您一定没细看过这份报纸吧?要知道,这可是1840年6月3日的《泰晤士报》,上面说的'战争',是150多年前英国对中国发动的鸦片战争!"

"当——"穆勒正给咖啡加糖的羹匙掉在了桌上。他手扶桌子俯身细看,在"战争爆发"大粗黑体标题的下面有一行副标题"为自由贸易之权利而战"。再看正文:

神圣无敌之大英帝国海军远征舰队于昨日炮击中国沿海城市——厦门和定海,初战告捷,重创清军。此役缘于中国政府剥夺大英帝国向中国出口罂粟之神授自由贸易之权利……

一点儿不错,报上记载的正是那场战争!穆勒看了报纸上顶端的日期:1840年6月3日。但纸质却引起了他的怀疑:报纸的印刷用纸虽然很薄,却洁白如新,丝毫没有泛黄,连油墨模糊的迹象也没有。而这些都是古旧书报的明显特征。

"这报纸根本不像是经历了150多个春秋,倒像是刚从印刷机上出来似的。"穆勒不由得脱口而出。

"您说得没错,它就是刚从印刷厂出来的,您看这里,"波尔伸出右手食指按住纸面上的文字,用力一搓,油墨立刻散成了混沌状,波尔的指尖也沾上了油墨,"油墨都还没干透哩!"

"纸质这么新,不会是赝品吧?"

"今天我已经向《泰晤士报》编委会传真了这份报纸。他们和存档资料对照了,报纸的版式文字章节完全一致。至于纸质嘛,我有把握证明它是真的——尽管它是崭新的,但那一定另有原因。您别忘了,我自己就是博物学家。"

穆勒没有理由说明这报纸不是真品,但又实在无法解释眼前的一切。他木然地回答着波尔的询问,目光总是游移于信箱和波尔之间。而波尔除了得知报纸是穆勒从信箱中取出的之外,再也问不出什么。他只好把这暂且归结为一个善意的"玩笑",不过这玩笑的代价似乎大了些。穆勒昏昏沉沉,他只记住了波尔临行前留下的最后一句话:"穆勒先生,我想您会愿意把这报纸卖给我,我出两千英镑,绝对高于古玩市场上的价格。当然您可以考虑一下,报纸我先替您保管吧,这可不是我自作主张,我是怕您又会把它扔掉,那我可就再也找不到它了。"

临近傍晚的时候,尼尔斯的邮袋终于又一次瘪了下来,他和他的老马都已筋疲力尽。在邮局交还了马车,他步行回家。晚饭之后他想起了索菲亚,和她独处时总有说不尽的喜悦,有心去邀她散步,又怕皮尔逊那冷冰冰的嘲讽。尼尔斯就这么犹豫着经过塔桥走向索菲亚的住所,在寓所门前整整徘徊了一刻钟才下定决心进去。可偏巧皮尔逊正从里面出来,门外等着他的,是一辆华丽的四轮马车,仆人已经拉开了车门。看到尼尔斯,皮尔逊的脸色顿时变得铁青。"你这无赖,又来纠缠我女儿?死了这条心吧,你连一只金丝雀都养不起,拿什么娶我女儿?我绝不会再让你见她。快滚,不然我的仆人就要赶你了!"

尼尔斯刚要争辩,无意中抬头瞥见楼上窗子后面索菲亚那黯然神伤的眼睛,也就不再说什么,转身缓缓离去。一路上,昏黄的街灯把他的影子拖得好长。

昨晚穆勒睡得很不好——白天的事几乎让他整夜失眠。十点整，穆勒准时来取报——那信箱现在已令他感到怪异。当穆勒的手伸进信箱时，他脸上的表情凝住了，手指触到了异样的物品，那是什么东西？当他抽出手来的时候，他惊奇地发现手里除了报纸，还多了1张字条和3枚金币。穆勒急转身冲回桌前，把这些小心翼翼地放在桌上。他先看了看报纸，那又是一份《泰晤士报》，日期是1840年6月4日。头版的标题是"上帝保佑我们"，正文如下："帝国皇家海军之利炮使清军防线土崩瓦解，舰队不日即将北上，进逼天津，直指中国之首都——北京……"最使穆勒感兴趣的，还是那些金币和字条，他看过字条，又拿起金币仔细审视。对于古玩鉴别，当编辑的穆勒的确是门外汉，他辨不清这些金币的真伪。这时，门外传来了刺耳的引擎声，穆勒从门镜望出去，只见那辆破旧的雪佛莱自远处不要命地飞驰而来，随着一声狠命的急刹车，停在了穆勒家门口。那邮差显然又喝酒了，鼻子红得像马戏团的小丑，他僵硬地钻出车子，取出报纸一甩手丢在门前的台阶上，随后上车一溜烟儿跑了。

下午穆勒去了伦敦城里的古董店。店里的老板是位戴眼镜的老人，一头棕发，有些发胖。他接过金币用放大镜看了许久，又把它们丢在红木柜台上听坠落的声音，还用电子秤计量了重量。一切做完后，他肯定地对穆勒说："这是真品，1839年铸的金镑，重半盎司，铅版，制作精细，似乎没怎么使用过。您看连女王头像的浮雕轮廓都清晰如初呢。这可算是上等货色，能值个好价钱。您愿意出售吗？"

"如果我出售的话，它能值多少钱？"

"大概每枚6 000英镑。要是您愿意，我现在就可以付款。"老头儿说着掏出支票本。

"不，您先别忙，我还需要考虑一下。"

"那……也好。这是我的名片，您随时可以和我联系。价钱吗，也还有商量的余地。"老头儿似乎很舍不得那些金币。

"我一决定就立刻打电话给您，再见。"

回到家里，穆勒对着字条和金币冥思苦想。以前也听说过时空隧道之类的奇闻，但作为经济杂志的编辑，穆勒对此一直抱审慎态度，只把那当成纯粹的消遣，可这两天以来发生的事他实在难以理解。有人在和自己开玩笑？可谁又会使用价值两万多英镑的"道具"呢，莫非自己的信箱真的能通往过去？穆勒决定自己试一试。他坐到电脑前，连上网络，进入大英图书馆，调阅了历史文献中关于鸦片战争的详细记述。果然他看到有段记载提到英国政府确实计划在1840年6月6日派遣第二批远征军作为增援力量，但由于清军不堪一击，英军损失甚微，故而临时取消了该计划。穆勒看着这些，心里有了主意，脸上荡起笑意。

尼尔斯再进入墓园的围墙时，休斯已经焦急地等在那里了。他指着信箱对尼尔斯说："又得麻烦您了，今天早上我一来就看到信箱里面有张字条，所以还得请您帮忙取出来。"尼尔斯半信半疑地走过去，信箱底果然有张字条。他取出字条，又把报纸放进去，然后回到休斯身边。休斯接过字条轻声读道："我是天国的幽灵,终日与圣·约翰为伴,得以往来阴阳两界。你的问题已有神谕,你将不会离开英伦,东方的战争进展顺利,很快就能结束。"休斯神态迷茫,不知神谕能否实现。

看到休斯的字条果真有了回音,立即就有一位绅士效仿,那是皇家科学院的神学家索斯比。他写好字条,同样请尼尔斯放进信箱,当然,也附上了3枚金币。10点整,那只手又伸了出来,在人们惊惧的眼神下,摸索着把信箱里的东西抓起,缩回挡板后面不见了。

今天,穆勒接到了银行的电话转账通知,波尔的2000英镑已汇入了自己的账户。不过今天从信箱里取出的字条更令他着迷,自然还有那3个金币。另外一件事则几乎使他高兴得叫起来——他昨晚投入信箱的字条已经不见了!

琼斯先生,我是大英帝国皇家科学院的神学家索斯比,近些年来,不断有人尝试制造各种机械想凭此翱翔天际。我相信这种妄图僭越上帝神圣权威的行为注定是无法实现的。现在请您以神的名义晓谕我们,以使那些愚昧的人杜绝那种荒唐的念头。

虔诚的索斯比

1840年6月5日

穆勒拿着字条,真的有种神灵一般凌驾一切的感觉。看来自己的信箱真的是一个时空奇点,从前曾有人提出过这种理论,说时空平衡在某些条件下会被打破,产生时空奇点,通过它可以穿越时间，回到过去或走入未来。但奇点出现的条件和规律几乎是人类现有科技所不能揭示的。从前穆勒会对这种光怪陆离的说法付之一笑，可现在它却发生了，而且是如此巧合地出现在自己的信箱里！穆勒认为这是一个难得的机会，他走到电脑前坐下来，手指开始飞快地敲击键盘，随着激光打印机的启动，一张字条出现了。穆勒拿起它，满意地笑着，把它轻轻地折好，投入了信箱。

早上9点30分，尼尔斯刚跨进琼斯坟墓的围墙，休斯就兴冲冲地上来和他打招呼——按计划他本该今天出发的。可他告诉尼尔斯，增援计划已被搁置，东方战事顺利，前方的5000名英军足以应付，清政府的官吏们已表现出妥协的意向，也许不久之后远征军就会胜利班师，自己可以继续和家人过快活的日子了。除了尼尔斯，休斯还向在场的每一个人讲述幽灵预言的灵验，所有的人都深信不疑。尼尔斯走到信箱前，投入报纸，顺便把索斯比先生要的字条取回。索斯比看过字条惊叫一声，字条落在了地上。休斯拾起字条，尼尔斯也伸过头去。字条上的字并不多：

天空属于上帝，但他并不吝把它赐予人类。1903年，美国人莱特兄弟将会造出飞行器——飞机，为人类插上双翼，自由飞翔在天宇之间。

在字条下面，印着一架古怪的机器，它有着鹰一样宽长的翅膀，通身泛着银灰的金属光泽，在湛蓝的云天中飞行。透过它背部一个透明的玻璃罩子似的东西，可以清晰地看到一个人类（尽管他戴着头盔）在操纵机器。这让所有的人都大吃一惊，他们想象不到在几十年后人类的飞行梦将会如此实现，更无法接受这种僭越上帝权力的行为。特别是尼尔斯，本以为只是一场闹剧，但不料这幽灵真的能通晓未知。尼尔斯也萌生了向幽灵询问的念头，因为他急切地想知道自己和索菲亚究竟会不会有结果。尼尔斯向休斯借了纸笔，写好字条，又小心翼翼地从贴身的衬衣口袋里凑足了3英镑——那是自己后半个月的饭钱，把它们和字条一起装入一个信封，放进了信箱。今天还有6个人请尼尔斯代投字条。10点整时，幽灵之手足足取了3次才把它们拿干净。尼尔斯直到看见所有的东西消失在挡板后面，才忐忑不安地离开墓园。

穆勒今天险些发了狂，因为他从信箱里取出了六张字条和十八枚金币，外带一个信封。那六张字条中，有一张是休斯的，内容是感谢"琼斯"灵验的预言，全是颂扬赞美之辞；其余五张则是寻求昭示的，而那些所谓的"昭示"，任何一个20世纪的人——只要他会使用网络，都能准确无误地完成。倒是那个信封引起了他的注意，因为信封里的3镑除了一个整镑，剩下的都是些零钱，多是先令，居然还杂着几枚便士。这说明投信封的人一定是个下层社会的市民。正因如此，穆勒特别关注信封里那张字条。

亲爱的琼斯先生，我已经看到了您的本领。我只是一个无人重视的邮差，收入微薄，可我偏爱上了珠宝商皮尔逊的女儿索菲亚。他的父亲鄙视我，也没有人认为我会有希望。可……

我真的爱她，为了她我会付出一切，甚至我的生命。我乞求您告诉我，我和她是否会有结果，最终将会怎么样。希望您明示。对了，那女孩叫索菲亚·沃顿。衷心祝福您。

尼尔斯·菲尔

1840年6月6日

看到索菲亚·沃顿的名字时，穆勒不禁全身一震，这女孩的姓氏竟和自己相同！祖母活着的时候，曾对自己讲起过，祖上曾出过一位在伦敦颇有名望的珠宝商，穆勒一时记不得他的名字，只知他姓沃顿。后来，他的女儿——也不知是祖母的第几个祖母了——和一个穷小子——穆勒也不知他是干什么的和姓甚名谁——私奔了。那小子对那女孩感恩戴德，并将他们的儿子冠以其母的姓氏。难道其中和自己有什么关联？穆勒想起了阁楼上祖母的遗物，那里有一本家族的世系谱。祖母在时总是捧着它如数家珍般讲给穆勒听，可惜当时穆勒对那些陈年旧事根本不感兴趣。穆勒快步跑上阁楼，一阵乒乒乓乓的翻拣之后，穆勒带着一身尘土走回卧室，手上拿着那本族谱。找到关于珠宝商的记录足足费了穆勒半个小时的工夫，所幸上面的字迹尚未漫漶，依然可辨：

……索菲亚·沃顿，生于1820年5月14日，皮尔逊·沃顿之女，其父皮尔逊为伦敦望族，经营珠宝生意。索菲亚于1842年6月19日同本城一名叫尼尔斯·菲尔的邮差私奔，并于1845年4月23日生下儿子，尼尔斯建议采用母姓，于是儿子便姓沃顿……

看到这些已经足够了，穆勒从这些熟悉的名字已经能够断言这是怎么回事了。这位尼尔斯先生果然是自己的先祖，尽管其人已逝去多年，穆勒甚至不知他葬于何处，但自己对他产生了一种莫名其妙的亲切感。

又是一个晴朗的上午，尼尔斯照例来到墓地。他从信箱里取出6张字条后发现箱底躺着一只信封，上面写着"致尼尔斯·菲尔"，信封沉甸甸的。尼尔斯没有声张，他悄悄收好信封，把字条分给询问者，照例聆听完他们敬畏的议论，就匆匆离开了公墓。

天黑下来以后，尼尔斯到邮局交还了马车，回到家里才打开信封，里面有一张字条，还有昨天投进信箱的3镑，原封未动。字条上的话尤其令他激动和兴奋：

你的问题圣约翰已有晓谕，你不必担心自己的前途，你和索菲亚会有美满的结局，一切都会好起来的。由于你的虔诚我很喜欢你，今后你可以经常和我说话，不必付钱。只要有机会，我一定会帮助你。

接下来的两个月里，穆勒和尼尔斯通过字条保持着联系。穆勒一直关心着尼尔斯的情况，穆勒开始喜欢这个职位卑微却志向高远的小伙子，他觉得自己这位先祖很有些现代人少有的持重，很愿意和他交往。从谈话中，他知道时间奇点存在于位于两个时空的琼斯墓前的信箱和自己的信箱之间，他始终未对任何人讲起过，他认为那是属于自己的时间奇点。但两个月之后，事情突然有了变化。

这天，穆勒照例从信箱中拿出尼尔斯的字条，看了字条他眉头紧锁：

尊敬的琼斯先生，恐怕我们今后不能再谈话了。市政厅已征用了公墓的土地，所有坟墓很快将尽行迁出，原地将建筑贵族公寓。我们今后怎么办？请您明示。

穆勒对此也很苦恼，公寓一建，琼斯墓前的信箱必将不存，奇点将再难寻得。这样的事儿一定要制止，可自己又怎能办得到呢？最近两个月，穆勒从信箱中得到了300多个金镑和许多报纸，大部分都卖给了古玩店，穆勒借此骤然暴富起来。既然一百多年以前的东西在今天能卖上大价钱，那么今天的物品回到过去不是也能价值千金吗？只要尼尔斯有了钱，他就能买下琼斯墓所在的那幢公寓并保留那只信箱，一切不就都解决了？穆勒认为这是可行的办法，他的目光落在桌上的索尼牌计算器上，那是自己用来算股票收益的，这东西在过去一定是极为贵重的珍宝。穆勒一把抓起计算器，连同包装盒一起塞进信封，又附上了一张字条：

尼尔斯，把这只计算器卖了，这是天国的圣物，换回的钱应该够你买下琼斯墓所在的那幢公寓。切记，万不可动那只信箱。我们今后还可联系。

穆勒的猜想没有错。在伦敦商会举行的拍卖会上，绅士贵族们对这小巧神奇的计算工具表现出了前所未有的兴致。据说，在拍卖皇室藏品时场面也没有如此激烈，竞价者都惟恐别人得手，最后，计算器以76 000千金镑的天价被威廉公爵购得。尼尔斯如愿以偿地买下了公寓，保存了那只信箱。穆勒得知了事情的经过，深为自己的巧计而骄傲。一只价值几美元的计算器在一百多年前竟换回了一幢公寓！可惜信箱只能传送些小玩意儿，否则自己也能回到从前做一名圣明的先哲。

尼尔斯的名字随着那只奇妙的机器，很快传遍了伦敦的大街小巷。那天在拍卖会上，连威廉公爵对他也表现出几分尊敬，甚至还邀他有空去家里喝茶。尼尔斯俨然成了名人，靠那笔钱他预购了位于琼斯坟墓处的那幢公寓，并要求建筑工人在修建公寓时切记不要破坏琼斯坟前的信箱。尽管人们都不理解尼尔斯保留那只闹鬼的信箱用意何在，但尼尔斯的名望和财富使他们言听计从。结果公寓建成之后，那只信箱就立在了尼尔斯的客厅里，为了保存它，客厅里连地板都没铺，就那么裸露着泥土。除此之外，拍卖所得还极大地改善了他的生活境遇。昨晚请索菲亚散步时，皮尔逊竟然没有反对，这使尼尔斯惊喜万分。第二天早上，尼尔斯刚刚来到邮局套好马车，就有同事来告诉他局长要他去一下。

尼尔斯的心跳骤然加速，邮局里的人都知道局长肖恩是个极为苛刻的人，他找自己是因为什么？尼尔斯诚惶诚恐地来到二楼的局长办公室，敲开了门。迎上来的是局长笑容可掬的面孔，他问候尼尔斯，还请他就座，尼尔斯更不安起来。

"肖恩先生，我是不是工作上又犯了什么错？上次的误投是因为地址差错，我很抱歉……"

"不，您没犯任何错，不必担心。我今天请您来是因为鉴于您的出色工作表现，我想提拔您到计划室做文书。您的意思如何？"

"可局长,我书读得很少,做文书恐怕……"

"别多虑,慢慢就会熟悉的。"局长一脸谦和。

"如果您还没有决定,我还是想当邮差。您知道我干这已有6年,而且我喜欢逛来逛去,每天在投递途中还能欣赏街景,我真的愿意继续干下去。"其实尼尔斯担心的是自己与"琼斯"的对话会因此中断。

"当然,我不会勉强您,您喜欢怎样都可以。如果您想进清闲的办公室,随时可以向我打招呼。噢,对了,听说威廉公爵曾邀请您去他家里喝茶?"

"是的,是在前几天的拍卖会上。不过像我这种小人物怎么配和公爵交往呢?我想还是不去了,因此我一直没有再见公爵。"

"哪里话,现在您已经是大人物了,伦敦城里谁不知道您呢?我想您最好还是去公爵家里坐坐,这于您,于我们邮局都有光嘛。顺便我还想麻烦您向公爵谈谈我们局里的情况,您看自我上任以来,局里的工作是不是大变样了?诸如……"

尼尔斯突然醒悟过来,局长是在讨好自己,让自己替他在公爵面前美言!尼尔斯紧张的情绪顿时松弛下来,说话的胆子也大了起来。

"肖恩先生,我明白您的意思,我还是做我的邮差吧。威廉公爵那里我会去的,您的事情我会替您办好的,您尽管放心好了。"

"那太好了,真心感谢您。要是您邮差干得厌烦了,跟我说一声就行，文书的位子随时等着您。"

肖恩局长一直把尼尔斯送出门外，引得走廊里的同事都伸颈观望，肖恩这样对待自己的下属可是破天荒头一次。尼尔斯回到门口时，发现管车的已经为自己换了一辆漂亮的新车，那是上个月局里刚刚添置的。尼尔斯高兴地坐上马车，发现自己的邮袋也轻了许多，同事们纷纷走过来用恭敬的语气问候自己，和自己道别；另一个街区的邮差则自己要求去公墓为琼斯送报，不过尼尔斯婉言谢绝了。他第一次感到了名望的巨大力量。

尼尔斯和穆勒的交谈仍在继续。穆勒感到尼尔斯在一步步走向成功，皮尔逊对他的态度大为改观，居然有天挽留尼尔斯和自己共进晚餐；连威廉公爵也对他有些赏识，常让尼尔斯陪自己打马球、狩猎和品茶。看来尼尔斯的幸福结局很快要降临了，到了现在这个地步，尼尔斯根本不必和索菲亚私奔了，自己家族的历史也要改写了，穆勒暗暗得意。

又过了一个月，尼尔斯告诉穆勒，自己已经向索菲亚正式求婚了，皮尔逊欣然应允，但他要求尼尔斯举办盛大的婚礼，购置豪华的家具。尼尔斯仅凭自己的收入自然无法实现，现在他又要求助于"幽灵琼斯"了。在穆勒眼里，这不过是小事一桩，像上次一样，再资助他一次就万事俱备了。这次穆勒看上了自己小时候的一件玩具——一架日本理光自动相机，他把相机连同使用说明一起精心包好，附上字条放进了信箱。

伦敦商会的拍卖会又一次掀起了狂潮，见惯了那些笨重庞大的老式相机的人们无法抵御这架纤细玲珑的相机的神奇魅力。

尽管每一位竞拍者都竭尽全力想要得到它，但他们根本无法和财力雄厚的威廉公爵攀比，最后是公爵以 389 000 金镑的叫价成为它的主人。尼尔斯陡然变得炙手可热，他成了公爵府邸的常客。在别人眼中，他简直是神的宠儿，公爵对他也格外垂青，还把女儿介绍给他认识。尼尔斯真有些受宠若惊，飘飘欲仙了。

穆勒觉得自己真是神通广大，居然可以创造历史。他再不必为尼尔斯的前程担心了，他一定能堂而皇之地迎娶索菲亚，毕竟他现在已是伦敦的显赫富豪了。又是早上 10 点，穆勒同往常一样取出尼尔斯的信，坐在餐桌前悠闲地读了起来：

亲爱的琼斯，我迫不及待地想和您分享这份快乐。今天，公爵提出要招我为婿！这真是莫大的荣耀。说起公爵的女儿多丽娅公主，真是年轻貌美、雍容华贵，我发现自己已经开始喜欢她了。几天来我一直陪着她，她的温文尔雅和落落大方会令每一个男人着迷。如果我娶了她，我一定会平步青云，再也不必为机遇忍受漫长的煎熬。至于皮尔逊，他一定会为当初对我的冷落而捶胸顿足；索菲亚嘛，我会付给她一笔可观的金钱，足够她找到如意郎君时置办一份体面的陪嫁了……

穆勒读罢大为震惊，他隐隐感到一阵莫名恐惧袭来。必须制止这一切！他用气得发抖的手提笔写下了字条：

你不可以娶多丽娅，绝对不可以！索菲亚才是神钦定给你的妻子，绝不可违背神的旨意，否则你将会遭受恐怖残酷的惩罚！

穆勒太太第一次看到丈夫的表情如此狰厉，吓得不敢出声。

这张字条静静地躺在尼尔斯公寓客厅中的信箱里，一天、两天……就那么躺着，无人理睬——尼尔斯不再住公寓，他在唐宁街附近购了豪宅，因为公爵为他在商会谋得了一份待遇优厚的董事职位。他不愿再回公寓，那儿让他忌讳。

穆勒从此再也没见过尼尔斯的字条，整整一年他都心神不宁。他预感到会有什么发生，现在他感到尼尔斯的婚变把自己在这个时代的生存机会从历史上一笔勾掉了，他本应是尼尔斯和索菲亚的后代，但现在自己是谁呢？没人知道。他冲上阁楼，叫嚷着要烧掉那见鬼的晦气的族谱，可是当他打开族谱时却发现书写索菲亚·皮尔逊和穆勒·皮尔逊名字的字迹突然变得模糊起来，再也无法辨认，而他清清楚楚地记得从前那些字都是十分清晰的，当时他还为此惊诧不已。穆勒更加惶恐，好几次他抄起铁锹想把门前的信箱砸碎，但犹豫再三终于没有落下去，他希望事情突然会有转机。穆勒太太为丈夫的郁郁寡欢深感忧虑，她不知如何才能给他安慰。

又是一个周日傍晚，编辑部举办化装舞会，穆勒太太极力要求穆勒参加。穆勒并不想去，但经不住妻子的一再请求，又看到她担忧的样子，便答应参加舞会。妻子为他穿上了笔挺的新西装，打好漂亮的黑领结，还为穆勒做了他最爱吃的煎牛排作为晚餐。用过餐后，两人乘公交车前去参加舞会，本来穆勒一年前就购置了豪华跑车，但此时他不愿意再见到它。

舞会的场所，被选在伦敦郊外的一栋古旧的两层小楼，年代虽久，保存依然完好。说来好笑，连伦敦古迹维护协会也弄不清楚宅子的来龙去脉，倒不是因为沧桑百年，物是人非，而是现在的房主懒于世事，不愿向外界透露房子的历史。但从这一百多年前的楼房华贵的巴洛克建筑风格和门廊里的维多利亚柱式结构看，当年的主人一定地位显赫。这次编辑部租用了楼房的大厅作为舞会场所，为了增加神秘色彩，直到头天晚上才通知大家准确的地点。穆勒和妻子到达时，也开始称赞组织者的新奇创意，毕竟远郊、密林、古宅等一切对于整日忙碌于闹市的人们是不可多得的休闲场所。

通向大厅的是一条长长的走廊，脚步声回荡在静谧的走廊里，显得异常诡异。在接近大厅入口的走廊尽头，一扇门引起了穆勒的注意，那是一扇有着西番莲浮雕图案的高大的红木门，说明门的后面一定是宽阔的厅室，然而门上却挂着粗笨的大锁，使人望而却步。

穆勒愣愣地看着那扇门，脚步随之慢了下来，穆勒太太看到丈夫这样，便挽起他的胳膊拽着他走进大厅。宾客们都已到来，大家戴着各种稀奇古怪的面具，点起枝形吊灯，奏起古典舞曲，纷纷步入舞池，翩翩起舞。

穆勒觉得这是自己一年来最快活的夜晚，所有的担心和不快都被抛到九霄云外去了，他一曲又一曲地跳着，丝毫感觉不到疲倦。大厅里的座钟敲过十一下后，舞会接近尾声，这时本宅的主人被请出与来宾们见面，只见他身着黑色燕尾服，打着鲜红的领结，脸上罩着传说中吸血鬼达库拉男爵的面具，走上来依次和宾客们握手。穆勒心里很讨厌他那种装束，但出于礼节，在他走过来时还是把手伸向他，然而，就在他们的手握在一起的时候，意想不到的事情发生了——只见一团白光猛然从天而降，包围了穆勒，穆勒太太惊得手足无措。白光越来越亮，穆勒在白光的围裹中痛苦地挣扎、抽搐，他张口呼喊，却发不出声音。穆勒太太回过神来，扑上去想要拉丈夫，却只拉住丈夫的领结——穆勒已连同那白光一同遁失无踪，只有他那崭新的西装掉落下来，笔挺地躺在地上。

穆勒太太在医院里整整住了一个月，丈夫的突然失踪使她的精神濒于崩溃，所有这一切足以摧毁任何人的理性，更何况她这样一个脆弱的女人。在从医院回家的那天下午，她收到了警署送来的关于穆勒失踪案的调查报告，报告全文如下：

尊敬的穆勒太太，我们已经对尊夫穆勒·沃顿的失踪案进行了初步调查，现将结果通报给您。穆勒先生失踪的地点位于伦敦西郊的一栋古宅，我们对现场的所有物品做了认真的检查，没有发现异常。对当晚参加舞会的人员，我们也做了调查，并排除了他们的嫌疑，据此我们可以排除谋杀或绑架的可能。尽管如此，为慎重起见，我们还是传讯了古宅的主人，开始他并不想透露他的真实身份，但为了洗清自己的嫌疑，他不得不讲真话。他叫穆勒·威廉（竟然和尊夫同名），是威廉公爵的后裔，他的母系先祖就是威廉公爵的女儿多丽娅公主，据他说公主当年嫁给了一个不知因何突然暴富的邮差，结果他们的子女也都采用了母亲的带有贵族高贵血统的姓氏。至于那栋宅子，原来是伦敦市政厅于1841年建筑的贵族公寓，历经百年，其余许多楼宇都已荡然无存，唯有属于当年那邮差的这一栋保留了下来。我们对古宅的全部房间进行探测，并无收获。唯一的疑点是在靠近大厅的走廊尽头的那扇紧锁的门，当我们要求房主开门检查时,他却说那扇门从他继承古宅时起就一直锁着,自己也没有钥匙——他说的是真的,因为那把锁确实是件老古董,上面还雕有"史密斯制锁厂1840"的字样。我们撬开了那扇门,里面破败不堪,看样子似乎原本是间客厅,但房内却没做任何装修,甚至连地板也没有,黑乎乎的泥土就那么露在外面,发出刺鼻的霉味。在那房间的中央——真是太离奇了——居然立着一只信箱,那只铁皮制成的信箱,锈迹斑斑,信箱上写着"琼斯先生",信箱没什么特别之处,倒是在信箱里发现了一张字条,不知在那儿放了多少年了,纸不仅泛黄,而且脆得厉害,一碰就碎,上面的字迹也大半漫漶不清。我们仅能辨认的文字,只有下面这些:"……神钦定给你的妻子……神的旨意……恐怖的惩罚。"没人知道这是什么意思,看来这看似荒诞的案件还真的很复杂。穆勒太太,对尊夫的失踪,我们深表遗憾,但我们会继续展开更广泛的侦察,争取早日使案件真相大白。

穆勒太太看完报告,再也说不出话来,那页报告从她指间轻轻滑落,掉在冰冷的地面上。

再见哆啦A梦

时间闭环

文／阿缺

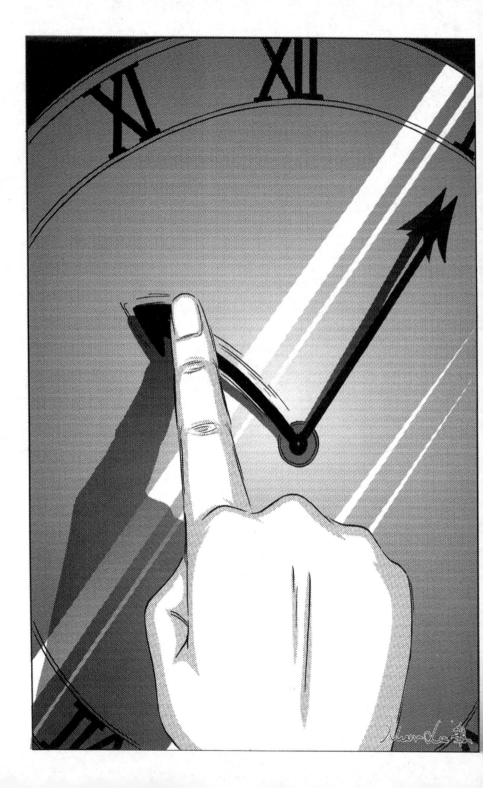

我逃离城市，回到故乡，是在一个冬天。天空阴郁得如同濒死之鱼的肚皮，惨兮兮地铺在视野里，西风肃杀，吹得枯枝颤抖，几只麻雀在树枝间扑腾，没个着落处。

我就是在这样的天气里，拖着行李箱，缩着脖子，回到了这个久远的村庄。

父亲在路边接我，帮我提箱子，一路都沉默。自打我小学毕业，就被姨妈带离家乡，只回来过一次，那次也行色匆匆。这么多年来，沉默一直是我和父亲之间最好的交流方式。但我看得出，他还是很高兴的，一路上跟人打招呼时，腰杆都挺直了许多。人们都惊奇地看着我，说，这是舟舟？变了好多！好些年没回来了吧，听说现在在北京坐办公室，干得少挣得多，出息哩！

父亲连忙摆手说，干得也不少，干得也不少。

这样的寒暄发生了四五次，可见我沉默的父亲平时是怎么跟乡亲们夸我的。但如果他知道我撞见女友劈腿，随后因心不在焉而被公司辞退，生活崩溃，回来之前退掉租房，并且删了所有人的联系方式，不知是否还会保持这份骄傲。

现在，面对这些粗粝的面孔，我感到既熟悉又陌生，每张脸都记得——我是在他们的笑声、吼声、骂声和窃窃私语声中长大的，但现在都叫不出名字，像是一面被时光磨过的玻璃挡在了我们中间。我只能对每一个人笑笑并且点头。

父亲把我带回了家。记忆中的小平房已经消失，一栋两层小楼立在我面前，但已经不新了，毕竟在寒风中挺立了几年，墙皮都有些剥落了。楼房前是一块水泥平地，青灰色的，倒映着此时黯淡的天空。这块平地用来晒稻谷和棉花，夏天的时候，父亲和母亲肯定会把饭桌搬出来，在渐晚的暮色中吃完晚饭。父亲照例会喝上二两黄酒。

厨房就在水泥平地的对面，母亲已经做好了饭，系着被烟熏火燎而显得焦黑的围裙，搓着手，看着我。我已经离开母亲多年，此时有些哽咽。

回来了，她说，来来来，先吃饭。

吃饭的过程中，父亲一直沉默着，扒几口饭，就一筷子菜，然后抿一下酒。倒是母亲一直在说话，絮絮叨叨着这几年发生的事情：大伯的儿子退伍后跟几个混混一起在街上游手好闲，抢人脖子上的项链被抓了；隔壁家老来得女，但脑子有问题，五岁多了还坐在门前，冲路过的人傻笑，一笑就流口水；老唐家嫁了女儿，结果在喜宴上，新郎嫌老唐给的茶钱（见注释1）少，当时就把桌子给掀了……

老唐家？我放下筷子，抬头问道，是住在村口路旁的那家吗？

母亲说,对对,是那家,我还以为你都忘了呢。对了,你以前跟老唐家的丫头经常一起玩,还记得吗?

我默然,扒了一口饭。

人家现在都结婚三四年了,唉,就是她男人不省心,天天喝酒,一喝酒就吵架,一吵架还爱砸东西。电视机砸坏了好几个,前几天把摩托车给踹了,两三千就这么一脚给蹬没了。母亲唉声叹气,一边说一边低头拨着煤火。

接下来母亲的絮叨我都没有听到,她的声音突然变远了。我匆忙把饭吃完,想去洗碗,母亲拦住了我。

冬天的夜晚来得特别早,不到6点,天就开始暗下来了。我从北京回来,奔波了一天,在飞机、火车、大巴和拖拉机上辗转,已经很累了,于是洗漱完就在床上躺下了。

我睡得很早,但入睡之后,一场噩梦袭击了我。

梦中,我悬在一条河流之上,河面上有一个漩涡,整个世界都被扭曲了,疯狂地向漩涡涌过去。一切都被吞噬了。我也缓缓下沉,不管怎么挣扎,也无法阻止,眼睁睁看着自己的腿沉浸在漩涡里,被绞碎,接着是腰、腹、胸膛,最后轮到脑袋……

我猛然惊醒,瞪着黑暗喘息。这个噩梦太过熟悉,同样的场景,同样的过程,总是在午夜潜入脑中。这是故乡给我的烙印,无法抹去。

我摸出手机,才12点。夜晚风大,窗子呼呼震响,我左右翻转都睡不着,索性爬起来,按开了灯。

白炽灯的光扫开黑暗，照亮了墙角的一个木箱子，上面有些尘土。我想起睡前母亲告诉，她把我儿时的玩意儿都收在里面了，于是起了兴致，翻开箱盖。

里面的东西少得令人失望——没有玩具，没有记录点滴的笔记本，没有书信，只有几本小学时的课本，还有一个造型奇特的物件，它顶部是浑圆金属，下部是方形晶体，中间无缝接合。可能是小时候捡的废品吧，但我拿着它想了半天，也想不出是如何来的了，便丢在一边。我接着翻了翻，兴味索然，刚要关上，突然看到课本底下压着几张光碟，上面有已经很淡，但依稀看得出清秀的字迹，写着——"哆啦A梦"。

长夜漫漫，正好我带回来的笔记本电脑有内置光驱，就拿出电脑，接上电源，把这几张VCD擦干净，卡进了光驱中。

"每天过得都一样，偶尔会突发奇想，只要有了哆啦A梦，欢笑就无限延长……"熟悉的旋律在这间小小的、冷清的屋子里响起，我吓了一跳，连忙调低声音。屏幕上的画面很模糊，噪点密密麻麻，偶尔还出现因碟面磨损导致的蓝色条纹。

机器猫张开了嘴，舌头上坐着另一只机器猫，它也张开了嘴，里面还有一只机器猫……

我偎在床头，电脑放在被子上，看着大雄和机器猫在久远的画面里蹦来蹦去，而静香，这个漂亮的女孩也加入了他们的冒险。VCD容量小，一张碟只有五集，三十多分钟。看完后，光驱停止转动，画面满是蓝色，我一直浑浑噩噩的脑袋却在这个清冷的空气里清晰起来。

哆啦A梦，哆啦A梦，哆啦A梦。

这四个音节，如同咒语，一经念起，满脑子都涌出了回忆。

在能够看到《哆啦A梦》之前，我的童年乏味而无趣。

在很多人的回忆里，尤其是关于乡村的回忆，童年都是充满了乐趣的——他们无忧无虑，晃晃荡荡地穿过盛夏沸腾的阳光，在湖边钓龙虾，在门前打弹珠，在河里游泳……他们一边回忆一边微笑。但在当时，没有一个孩子是真正享受这种生活的，童年缓慢得如一只烈日曝晒下的蜗牛，永远到不了夏天的尽头。他们都希望快快长大，逃离黏稠的童年，一如如今他们希望逃离空乏的现状。

尤其是我。

我从小就不合群。上树下河，偷瓜钓虾，这些我都不喜欢。别的男孩子在稻场上拿着竹竿，喊打喊杀互相追逐的时候，我总是一个人游荡在田野间，有时穿过金黄的油菜花，有时拂过一朵朵雪白的棉花，有时涉过被风吹得麦涛滚滚的麦田。

我经常走着走着就遇到了在田里干活的父母，他们对我这种漫无目的、鬼气森森的游荡感到忧虑，呵斥我回家去找邻居小孩们玩。我答应了，却走得更远。

这种游荡一直到村子西边的杨方伟家买了VCD放映机为止。杨方伟的爸爸杨瘸子是开酒厂的，在白酒里兑了水卖给村里人，挣了钱，就给儿子买了这个。而那时，村里有电视机的都是少数，即使有，也都是右上方有两个旋钮的那种老式电视机，加上信号不好,只能收到几个地方台。但杨方伟家里的 VCD 配上大彩电,加上偶尔从镇上租的电影碟,一下子成为村里最时髦的家电。

每个傍晚,附近老老少少都来到杨方伟家的院子里,大声喊着要看电影。杨瘸子开始没理,但人们的精力是充足的,一直喊到半夜,他连跟媳妇亲热都不成。没办法,他只能一边骂骂咧咧一边把彩电和 VCD 搬出来,接好线,放一部电影。

院子里挤满了人,自带椅子、板凳,全神贯注地盯着电视屏幕。人一挤就热,蚊子又多,但人们硬是一直忍到电影播完才散开。

杨瘸子每个星期天去镇上送酒,也就顺便换下一批影碟,因此每个星期天大家都知道有新电影看,人来得最多。有一次,他把杨方伟带过去了,杨方伟在租碟店子里转了半天,看到店里有新货,选了十张封面上印有圆头圆脑机器猫的 VCD。

那个星期天,人们都来了,但是画面蹦出的不再是熟悉的少林寺众僧,而是色彩鲜艳的动画,他们都抱怨起来,说:"老杨,你怎么租的这个碟?动画片不好看,换换换!"

杨瘸子说:"你叫我换就换?租碟子一张三角钱,你给我?"

众人起哄:"杨老板莫小气,三毛钱抵不上你一斤酒里面掺的水,换嘛!"

"没得,碟子是伟伟租的,他就爱看这个。"

大家只能看动画片,耐着心子看了一会儿,夸张童稚的画面并不能吸引他们,没多久大人们就陆陆续续起身走了。

留下来的，全都是孩子，看得津津有味。

我也坐在中间，被电视里这只神奇的机器猫吸引了。它从未来跋涉而至，陪伴在大雄身边，兜里能掏出无穷无尽的宝贝，带着大雄上天入地、穿越时空，最重要的是，陪他去接近美丽的静香。我看得如痴如醉，腿上被咬出了好几个大包都浑然不觉。

放了两张碟之后，杨方伟站起来，对我们说："都放了十集了还舍不得走？回家吧，明天再来。"

我问："还是这个时候？"

"明天可以早一点，要是太晚了你们回去也不方便，"他转过头，朝我左边说，"露露，你家有点远，回去要小心点。"

我这才发现，一直在我左边看电视的，是一个女孩子。电视机已经关了，我看不清她的脸，但看得到她的头发扎成细细的马尾，在黑暗中一晃一晃。

我们往回走，各自散开。夏季的田野里并不全是黑暗，有星光在头顶，有萤火在身畔，我走过大路，要途经一片空旷的大稻场。在我还在四处游荡的时候，已经走遍了全村，所以很熟悉这条路。但走着走着，感觉身后有人跟着——是那个小女孩。一只萤火虫很近地划过她身侧，我看到她的右边脸颊有一瞬间被照亮，即使是这样的晚上，依然可以看出她的白皙，还有黑亮的眼睛。但我再想看细时，那只萤火虫已经飞得远了。

她也停下了。

我顿时明白——稻场的周围，是一大片坟茔，村里故去的人都埋在里面。此时冷清的夜风吹过，在坟间穿梭，隐隐听得到一缕缕呼啸。坟茔的另一侧，是一条流淌的河，水声啪嗒啪嗒，像是有人在河面上走动。

这个女孩独自穿行，会感到害怕，所以才离我近一点，保持五六米的距离。

于是我放慢了速度。那是小学五年级结束的盛夏，我们都很矮小，步子跨得短，走过这片深夜的稻场要花十分钟。我记起了刚才看到的动画片片头曲，轻轻哼唱："每天过的都一样，偶尔会突发奇想……"星空亮起来，风大起来，我们小小的身体在风里穿行。我心里没有一点害怕，连路过那个突兀地立在坟茔与稻场中间的房子时，也步履轻快。

走出稻场，进入村口大路，半里外家家户户灯火连缀。

"谢谢。"

我似乎听到女孩的声音，但又怀疑听错了，因为这两个字太轻，像羽毛落在水面泛起的波纹。风有点大，我转过身，看到女孩已经低着头转到一条小路上。小路不远处是一栋房子，我记得父亲路过这家时，打招呼喊的是"老唐老唐"——村里出名的酒鬼和赌鬼。

她转弯进了屋。

那个晚上，我始终没有看清她的脸。

我突然从床上跳下来，在木箱子里翻找，但里面只有书和光碟，没有那张照片。

我跑下楼,把母亲叫醒。她正在熟睡,醒来后过了好久都回不过神来,怔怔地看着我。

妈,我的照片呢?

照片……什么照片?

就是小学毕业时候拍的合照,我记得跟课本放在一起的,你把它放哪儿了?

灯光有点刺眼,母亲的眼睛眯着,好久才说,我不记得了。十多年了吧,你找它干吗?

我也从冲动中回过神来,意识到这是在深夜打扰母亲,便摇摇头,回到了房间。窗外依然是铁一样坚硬的黑暗,风在铁中间切割着,声音凄厉。我准备合上箱子,心里一动,把破旧的语文书拿出来,卷了卷,有异物感,一翻开,里面果然夹着一张照片。

因为一直藏在书中,这张照片躲过了岁月的洇染,没怎么泛黄,只有质地显得有些脆,摸上去有一种粗粝感。

我在照片上仔细寻找。第一排坐着三个教师,居中的是一个脸色阴沉的年老女人。她的目光比面色更阴沉,透过照片,穿越十数年光阴,落在我身上。

我掠过她,在角落里找到了自己。而我的身边,是一个清秀的小女孩。我终于看清楚了她,五官精致、秀气。她扎着辫子,嘴角有一丝扬起,不知道是在微笑还是因照片失真而引起的。她身后是一片杨树林,叶子被风托起。她的发梢轻扬。

唐露……在被回忆的潮水汹涌吞没前，我念出了她的名字。

那个炎热的盛夏，我停止游荡，每天吃过早饭，就跟其他孩子一起，守在杨方伟家里。他也够意思，碟放完了就让他爸去镇上带回来。

杨方伟的家境很优渥，是村里第一个铺上瓷砖地板的。我们坐在地板上，凉丝丝的，在夏天特别舒服。

经常有来他家买酒的人，看到我们一大群人老老实实坐在杨方伟家里看电视，都会啧啧称奇。有一次，一个又瘦又黑的男人过来买酒，看到我们，冲角落里说道："露露，去，给我打一斤酒。"

一个女孩站起来，低着头，接过了他手里的酒瓶，走向杨家院子的酒窖。

我正好尿急，也出去上厕所，看到唐露走到杨瘸子身前，怯生生说："杨叔叔，我给我爸打一斤酒。"

杨瘸子叼着烟，斜睨她一眼，说："你爸爸给你钱没有？"

唐露摇摇头。

"嘿嘿，这老唐，赊了我那么多酒，自己不好意思，让个小丫头来打酒——回去告诉你爸爸，不给酒钱，我这小本生意也做不下去。"

但是唐露也没有走，低下头，声音带着些抽泣："买不到酒，我爸爸会打我的。"

"这狠心老唐，迟早招报应！"杨瘸子把烟扔下，踩灭了，"跟你爸说，最后一次了啊！"

我怕错过电视，匆匆上完厕所就回到房间，孩子们都在看电视，老唐也坐在一旁，呲着满口黑牙说："这动画片有什么意思，听人说杨瘸子藏了几部外国电影，自己一个人偷着看。哎，杨方伟，你知道你爸爸把碟子藏在哪儿吗？找出来放，我老唐带你们早点见到真正的女人，比这个动画有意思多了！"

杨方伟皱着眉头，没有理他。其他人也露出嫌恶的表情，但老唐浑不在意，继续满口胡言。

幸好唐露很快提着酒进来，递给老唐。老唐乐呵呵接过，转身就走了。唐露坐回之前的角落，但周围的人都挪了挪屁股，离她远了一些。

她低着头，好长时间都没有抬起来。我看到一滴眼泪落下来，但很快洇入她的棉布裙角。大概十多分钟后，电视里放到大雄被胖虎和小夫欺负，夸张地哇哇乱叫，她才忍不住抬起头。她脸颊上尚有隐约的泪痕，却被大雄倒霉的画面逗得笑起来。

这个表情又美丽又哀婉，让我记得很深，此后每次看到雨中的花，都会想起她边流泪边笑的脸。

"《哆啦Ａ梦》有多少集啊？"流鼻涕的王小磊没注意到我们，一边看一边问，"这么好看的动画片，可别给看完了。"

杨方伟一摆手，说："放心吧，我去租碟子的时候，看到好厚一摞呢。老板跟我说，这个动画片有几百集几千集呢，而且还一直在画，永远不会结束的。"

杨方伟跟我同年级，但比我们都要高大一些，说起话来，有一种在村庄里少见的意气飞扬。他让我们在他家看动画片，俨然已经是孩子头了。大家纷纷点头。

我也被他的话吸引了——"永远不会结束的"。这世上，鲜花常凋，红颜易朽，没有什么是天长地久。时间会将所有我们心爱的人和事终结。但哆啦A梦不会，杨方伟说，它永远不会结束，它会一直陪在大雄身边。那一瞬间，我有一点热泪盈眶。

"那我们也能一直看到老了？"我情不自禁地问。

几乎是同时，另一个颤颤巍巍的声音也冒了出来，说："我要一直看下去。"

话音刚落，我和说话的人互看了一眼，正是昨天跟在我身后的女孩。她有些怯生生的，白皙的脸上染着微红。她的五官太精致，我不敢直视，低下了头。

"你脸怎么这么红？"杨方伟纳闷地看着我，然后对女生说，"露露，你放心，你在我家里能一直看下去。"

但是杨方伟的这个承诺并没有兑现。很快，杨瘸子给他买了一台游戏机，那可是最高级的玩意儿，连上电视，插一张卡，就能用手柄操纵比尔·雷泽（见注释2），在二维画面里冒险。所有的男孩子们都被吸引，聚集在杨方伟家里。杨方伟固定用一个手柄，另一个给其他人轮流玩，轮不上的就算是看也看得津津有味。

孩子们都兴致勃勃，只有我和唐露非常失落，《哆啦A梦》的VCD光碟被杨方伟退了，换成了一张张游戏卡。我们站在满屋子围观打游戏的孩子们的身后,看了一会儿,默默转身走了。

我往家走,唐露跟在我身后,但直到过了她家,她还是跟着我。"你怎么不回去呢?"我问她。

她指指自己的家,低声说:"我爸爸……"

我于是明白了,长长地叹了口气。

四周起了风,吹起她淡淡的刘海。我们站在风中。那一个下午,天气有些阴郁,我和她都无处可去。

回忆把我推进了睡眠里,醒过来时,天已经大亮。故乡的冬天特别阴冷,没有暖气,我缩在被子里不愿意起来。但母亲过来叫了我几次,只能挣扎起床。

春节将近,家里要办年货了,往常本是父亲搭别人的机动三轮车去镇上买,但他年纪已大,腿脚不好,爬上三轮车后车架时脚滑了几下。我上前拦住了他,说,我去吧。

父亲没说什么,进屋给我找了件棉衣。风大,车开的时候,要裹住脑袋和手。他叮嘱我说。

这棉衣又破又旧,我拿在手里都有点嫌弃,不愿意裹住手。但三轮车一开,冷风就瞬间变成了刀子,划过每一处裸露的皮肤。我连忙把羽绒服的帽子戴上,转过身,背对风口,同时裹住了手。

三轮车在崎岖坎坷的乡间路上行驶,路两旁掠过枯瘦的小杨树,枝桠孤零零的,在冷风中晃啊晃。冬日的村庄,全被一种"灰"笼罩了——灰色的天,灰色的田野,灰色的道路和人家,仿佛所有鲜活的色彩,全都在这个萧索的季节里褪色了。

村里离镇上远,办年货不易,通常都是一辆三轮车载好几家人过去,每家收十块钱路费。我在的这辆三轮车,在村里七拐八弯,接了四五个人上来,都蹲在车架上。

其中一个年轻人我觉得眼熟,正思索着,他先开口了:胡舟?

这张脸迅速跟记忆里那个意气飞扬的孩子王重合了。我笑了笑,杨方伟,好久不见了。

是啊,好多年了。小学毕业以后就没见过吧。

的确,自从小学毕业,我跟姨妈去了山西,从此确实没有联系过。但他说得也不对,我回来过一次,村子毕竟这么小,还是见过的,只是我跟他关系有些尴尬,远远见到对方,都不会打招呼。现在,我们都缩在一辆顶着寒风前行的三轮车后架上,都缩手缩首,不说话尴尬,开了口却不知如何往下接。

耳边呼啸着冷风,沉默了几分钟,我问,对了,你现在在哪工作?

本来是在重庆当老师,但是当老师吧,他咧开嘴笑了笑,嘴唇被冻得苍白,因此让他的笑容显得有些苦涩,挣不到钱,所以年后应该不回去了。

那你要去哪里?

准备过年了去深圳看看,找份工作吧。

深圳压力会很大吧?

他看了我一眼,哪里压力不大呢?

我点点头，是啊，哪里压力都大。

不过跟你不能比啊，他又笑了笑，听人说你在北京，做……是做动画片吗？

我做的其实是漫画，刚想解释，但觉得没有必要，便点点头。

我老婆也快生了，有了孩子就更要钱，我爸的酒厂欠了一屁股债……他缩了缩肩膀，身子缩成小小的一团，听你爸说，你一个月一万多呢，顶我四五个月工资。你看，你是过日子，我是熬日子。你是文化人，你说对不对？

谁不是熬呢？我过得也很不好。

但我这句话他显然不太信。他笑了笑，就没说话了。

接下来，我们一直沉默着。三轮车在冷风中呼啸，许多枯树从我们身旁掠退。四周逐渐由零星的房屋变成街道，人越来越多，摆满了货物的店铺排得看不到尽头。

到了，你们下车去买年货吧，我买点药，开车的赵叔叼着烟，吼道，12点在这里集合。

我们蹲得腿脚发麻，下车后活动了好久。杨方伟一边抽烟一边跺脚，几大口就抽完了一根，碾碎了准备走，这时我叫住了他。

你知道——唐露过得怎么样吗？

他站住了，转头看着我。

我突然感到了一阵没来由的窘迫，解释道，我听我妈说她过得不好，是真的吗？

杨方伟下意识地又点了一根烟,一口抽掉大半根。是的,她过得不好,在朦胧的烟雾中,他的表情有些看不清,过得很不好。

没了哆啦A梦,我又恢复了闲荡的状态。但与之前不同的是,唐露一直跟着我,在那个遥远夏天的尾巴上游弋。

我们这两个小小的人影穿梭在田野里,在一株株将要绽开的棉花间,也穿行在村庄纵横复杂的小路上。大人们看见我俩,总会大声调笑说:"舟舟,你都有跟班啦!"每到这种时刻,我就气呼呼昂头走过去,而身后的唐露则红脸低着头,羞怯地跟上我的步伐。

在那些漫无目的游荡的日子里,我把我在村子里发现的所有秘密都告诉了唐露:杨方伟的父亲之所以瘸,正是因为掺假酒被人打的;还有村尾的赵老鬼,总是悄悄把别人系好的牛牵走,在田里藏一夜,第二天再给人牵回去,以此换得一声感谢和十块钱。

唐露听得十分入神,这个村子以另外一副面孔出现在她眼中。她说:"原来你知道这么多秘密啊。"

她清亮的眼睛中闪着光,这光让我豪气干云,拍了拍胸脯,说:"这些秘密算什么,我还有一个更大的秘密没告诉你呢!"

我把她带到河边。这条河是村子的命脉,听说是长江的二级支流,灌溉用水都从河里面抽取。它也流经稻场,绕着坟茔而过。关于靠近坟茔的这个河流段,有许多恐怖的传说,隔壁王三傻曾经赌咒说夜里路过时，听到地下传来嗡嗡嗡的声响。"不知道是河水在流啊流，还是棺材里有人翻身……"这个傻子一边吸着鼻涕，一边用阴森森的语气说。

这种鬼故事，村里还流传了很多——一头水牛在吃草，吃着吃着头就不见了，血喷了十来米；新中国成立前，有人掉进河里，十多年后才回来，却还是跟以前一样的样貌……大人们就是用这种故事让我们不要乱跑的，但我向来不信，唐露也不信，只是还是有些害怕。

我们小心地沿着河边走。左侧是一座座土坟，唐露颤巍巍地跟着我，同时小声地对墓碑说着对不起。

走没多久，我们到了一处河畔前。这里非常隐秘，藏在两座荒坟后，鲜少人至。河畔长着一棵歪脖子树，都快平行于水面了。我扶着树干站稳，指着水面，对唐露说："你看这水有什么奇怪吗？"

唐露战战兢兢，看了半天，摇摇头。

"看好了。"我从地上捡起一根枯枝，扔在河面上。枯枝顺水缓缓向下流，但快到我面前这一块儿的水面时，像是水里有什么拉住它，迅速下沉，连"咚"声都没发出。

"咦？"唐露满脸疑惑，又捡起树枝……接下来几次都如出一辙——树枝在水面漂得好好的，流到某一处水面，便会立刻下沉。

我说："别说再用树枝试了，就算用泡沫盒、书包、皮球，流到这里都会沉下去。我都试过的！怎么样，我就说这是村子里最大的秘密吧！"

"你是怎么发现的啊？"

"前阵子我做了小木船，放在河上，它顺着水漂，我就在岸边跟着它，看它最后是不是能漂到海里去。但是我走到这里，它就突然沉下去了，所以我就发现了这里。"

"你告诉过别人吗？"唐露昂着头问我，斜阳下的脸被染上了橘红色泽。

我摇摇头："我本来跟我爸爸说过，非要拉他来看看，他就给了我一巴掌。我现在只告诉了你，这是我们之间的秘密，你不能告诉任何人啊！"

"我不会的！"唐露郑重地抬起手起誓，然后又问，"不过你知道为什么水面上的东西到这里就下沉吗？"

这个我倒是没想过，我老老实实地摇头。

唐露却转了转眼珠，看了下水面，又看了下我，说："我猜这就是哆啦A梦的口袋，可以装进无穷无尽的东西。说不定水面下，就有一只机器猫呢！"

她转眼珠的样子实在太可爱了，我一时有些兴起，压低声音说："说不定水下面都是死了的人哦，就像王三傻说的一样，谁在水面上，就把谁拉下去！"

唐露被吓得像受惊的兔子，眼圈顿时红了，紧紧攥住我的袖子。我有些后悔，便由她拉着袖子，慢慢走上河边，穿过坟茔回到稻场。夕阳垂在天边，金色斜晖铺满整个村庄，尤其是河面上,一片片的金鳞泛动着。

我们正要走出稻场,突然"吱呀"一声,那间突兀地立在坟茔与稻场中间的房子的门被打开,一个面目阴沉的老女人走出来,看着我们。她脸上生满了皱纹和褐斑,看上去50多岁,但那目光却像是在寒冰中被冻住了几千年一样,只一眼便让我遍体生寒。

我赶紧拉着唐露向家跑,但背上依然感到一阵发毛。

后来,我无数次在噩梦中看到这种眼神。

办完年货已经11点30分了。风大得有点邪门,我把包裹放在脚边,缩起来,瞪着苍灰色的天。

赵叔慢吞吞地从药店里出来,把几盒药扔到车上,嘴里骂骂咧咧。我低头扫了一眼,都是些风湿药或肠溶片,就问,赵叔,给你家老人用的?

呸!不是我家里!是那个姓陈的老不死,一大把年纪了不安生入土,每次都是央我给她买药。赵叔点燃一根烟,深吸一口,嘴里和鼻孔里都冒出烟来。

姓陈的?我心里一动。

赵叔又喷一口烟,说,就是陈老师啊,我记得小学时还教过你吧。

我于是沉默了。那双噩梦中的眼睛再次浮现,我往后缩了缩。

12点人就来齐了,三轮车吭哧吭哧地往回走。到了村口,路稍微跟之前有些不同，绕到了稻场边。我看到满地都是枯黄的细草，寒风凛冽，草在风中簌簌发抖。一座一座的坟头像丘陵般蔓延，有些修葺得碑石还算整齐，但大多数无人打理，草木乱生，一派萧索。

而坟山与稻场的中间，那间屋子依然突兀地立着。它比我记忆中更破旧，原本由红砖垒砌的墙已经变成了土黄色，屋顶瓦片遗落，有些地方是用稻草盖住的。难以想象住在这样的屋子里，该如何度过这个寒冬。

赵叔把车开到路边，并不下车，喊了声药来了，然后抓起那几盒药扔在屋门口，就准备开车离开。

我疑惑道，这就走了？

不然还怎么？赵叔头都没回，踩着生锈的离合，这屋子里晦气得很，难道我还要进去？你都不知道，她一个人住在这坟边，也不知在干什么。上次县里有个开烟厂的老板来买这块地，想给家里修祖坟，开价十多万啊，多少人眼红！结果这姓陈的，怎么都不卖，人家过来劝，连门都不让人进——嘿，你跳下去干吗！

我在地上站稳，冲赵叔喊，帮我把年货带到家。然后转身，走到破屋子前，风吹得屋顶的稻草上下拍打，除此之外我没听到一点人声，似乎屋里面比外面还荒凉。

我把药捡起来，叫了声，没人应，就推开了那两扇腐朽的木门。吱呀吱呀，令人牙酸。我走进去，出乎意料的是，尽管屋里很暗，摆设很少，但一桌一椅都干净整齐。最里面是一张床，上面躺着一个老人，只露出头，但依然看得出满头白发，额角皱纹如一群蚯蚓般弓起。

她睡得很浅，睁开眼睛，看到了我。

我正准备说话，她却先开口了。她的脸在暗处模糊不定。她说，胡舟，是你吗？胡舟，我眼睛不好，你走近一点。胡舟，你长大了。

我一下子颤抖起来，药盒掉在地上。

我看着她，像是看着一团被岁月揉得发霉又褶皱的抹布。我厌恶这个女人，无数次想象怎么报复她，现在进门来送药，也存了想看看她过得多么惨的心。但看到这样的老态，看到岁月悄无声息地将她摧毁，我只感到一种荒诞和无力。

她挣扎着坐起来，冲我笑笑。

你还记得我？我把药盒捡起来，放在床边柜上。她扫了一眼，又继续看着我，我怎么会忘了你？你和唐露，是我印象里最深的学生，而且，你是唯一一个发现我的秘密的人。

秘密？我有些诧异，随即醒悟过来，跺了跺脚下的地板，你是说这里面吗？

她却没有说话了，重新躺下，似乎刚才这简单的几句话已经耗尽了她的全部力量。她躺着，吭哧吭哧地喘着气，屋子里太暗，我看不清她的表情。从窗子外渗进来的风掠起了她花白杂乱的头发。

小学建在村口，附近几个村子的学生都来上学，曾经非常热闹，一个年级一百多人，分三四个班。但在我进入六年级那一年，一股去广东打工的风气突然刮起来了。大人去车间，一天能挣 120 元；小孩悄悄在黑屋子里穿线，每天也有 30 元。这比在土里刨食要好多了。广东的厂家甚至派了车，停在村口，每天都有人带着孩子上车去往远方打工。村子就被这么一车一车地拉空了。

那时，一个在小学教书的老师守在村口，拦着每一个带着孩子上车的大人，说："你自己去就去吧，别把孩子带走了！孩子要读书，读书才是唯一的出路，如果不读书，以后怎么面对这个世界？"

大人们都很不耐烦，推开老师。老师又紧紧攥住他们的衣袖，近乎固执地说："别把孩子带走，孩子是未来，要读书。"

"读书能挣钱吗？"大人们反问。这让老师无法回答。于是大人们把衣袖从老师手中抽出来，牵着孩子的手，上了车。孩子们低着头，不敢看老师。

那个漫长暑假结束后，开学不到两个月，六年级的学生就从 100 多减少到了 30 多个，老师也跑了很多。于是，原本的 3 班合并成了 1 个班，有 3 个老师来教。教政治的是一个姓丁的老头，每天干完农活来教室，给我们把课本念一遍，然后匆匆回去种菜；教语文的是个年轻人，经常因为打牌忘了来上课，或者正上课时有人叫他去茶馆，他就放下课本跑出去。

其余科目都是让一个 50 多岁的女人来教，姓陈，独居，据说就是她站在村口去拦着上车的人。

第一次看到陈老师，我就心里一寒——暑假里，她站在坟场上看着我的阴沉眼神让我无比难忘。但这种害怕没有持续多久，因为我很快就看到了唐露。

唐露也和我合到一个班上了。

这时我才知道，这个胆怯孤单的小姑娘，之前一直是年级前列，现在唯一成绩比她好的男生已经在广东的某个地下黑屋子里去穿线了。所以她现在是年级第一，被陈老师安排在第一排坐着，与我隔着大半间教室。

下了第一节课，我就跑到教室前面，但靠近她时又慢了下来。一种属于那个年纪的特有羞涩蒙上心头，明明没有人注意我，我却觉得自己处于所有异样目光的中心。

她一直埋头做题，没有抬头，我慢吞吞从她身边走过，也沉默。我回到教室的时候，她抬头看了我一眼，又低下头继续做题了。

两个月没怎么说话，暑假形影相随的日子已不真切，或许她也忘了吧。

其他男生也注意到了唐露。刘鼻涕有一次被分到她旁边坐，高兴得连鼻涕也不流了，就是上课看着唐露傻笑。陈老师揪了几次他的耳朵，都没用，只能皱着眉把他换走了。还有一向以欺负人为乐趣的张胖子，看到唐露和几个女生在操场上踢格子后，居然一反往常的鄙夷，上去要求和她们一起玩，还让唐露辅导他。唐露细声细气地告诉张胖子踢格子的要诀，他边听边点头，俨然好学生模样。陈老师看到后把他赶开，说："怎么不见你把这股认真的劲儿放在学习上！"

陈老师对唐露严加保护，导致没人有可乘之机。除了唐露，我们所有人在她眼中都不学无术，都游手好闲，都是愚昧父辈的延续，都注定了要在这泥土翻飞的村庄里度过一辈子。

她严格按照成绩排座位，成绩差的都坐到了后面。杨瘸子提着两刀肉去陈老师家，希望她把杨方伟安排到前面坐，结果被陈老师轰了出去。第二天，她专门点杨方伟回答问题，杨方伟回答不出，于是她从鼻子里喷出一口气，轻蔑地说："回去告诉你爸爸，拉不出屎来就别想占茅坑。"这句话让我们哄堂大笑，杨方伟在笑声中脸红如滴血。

陈老师一度对我也寄予厚望。她曾经把我叫到办公室，劝我好好学习，但当她知道我只对语文有兴趣，对数学、自然课全然无感之后，非常惊异："为什么你会对语文感兴趣呢？这是最没有用处的学问啊！真正可以拿来改变世界的，是科学，是对量子领域的了解，是对空间物理的掌握，一天到晚背几遍床前明月光能有什么出息！"

她还说了一些什么，但那些词我都没听说过，只能低着头。她见我不开窍，叹了口气，就把我轰走了。

走之前，我突然愣住了——在陈老师的桌子上，摆放着一个小木船，槐木雕琢，模样稚拙。我看了几眼，觉得有些熟悉，突然想起暑假我丢失在河面上的木船跟这个很像，连船篷的形状和上面的刻痕都一模一样。但仔细看又不对，因为眼前这个木船的色泽很沉郁，有些地方还腐朽了，像是已经摆放了七八年的样子，而我的木船沉进水里还不到两个月。

"怎么还不走？"陈老师埋头批改作业，笔尖在本子上拖曳出一个个勾和叉。

我指着小木船，问："陈老师，这个船……"

陈老师抬起头，眼睛眯了一下，说："怎么了？"

"您放这里多久了啊？"

"十多年了吧。"

我"哦"了一声，就准备低头出去，陈老师叫住了我，问："你知道这个船吗？"这时上课铃响了，我连忙摇头说："没什么没什么。"

后来我成绩越来越跟不上，而且整天和杨方伟他们一起玩，上课丢纸条，下课了去学校后面的桔林偷桔子。陈老师也就把我归在了他们一类，平常视而不见，闹得凶了就抓住我们，要么罚站，要么用藤条打。我们都对她恨得牙痒痒。

我跟唐露也一直没有说过话，一间小小的教室里隔开了太远的距离。我继续跟我的小伙伴们玩耍，座位越来越靠后，直至倒数第一排。

上学期快结束的时候，陈老师在黑板上写了五道算术题，让我们上去写答案，算不出来就打手心。第一批的五个人没有一个答对，她气得嘴唇乱抖，竹板都打断了一根。张胖子挨了三四下就哭了。我们在下面看得胆战心惊，祈祷陈老师不要点到自己。

"胡舟、杨方伟、彭浩、刘鼻涕、张麻，你们五个上来，要是写不出，我把你们的手打断！"陈老师直接指着最后排，想了想，然后说，"算了，张麻你回去，唐露上来。我让你们看看，这题目是有人能做出来的。"

我们愁眉苦脸地从座位上起来，慢吞吞走上讲台。张麻则拍着心口，一脸庆幸，冲我们做鬼脸。

这是五道应用题，唐露做第四题，我做最后一题，她的左边还站了一个流着鼻涕的刘鼻涕。

我至今记得这道题目：小明看一本故事书，第一天看了全书的1/9，第二天看了24页，两天看了的页数与剩下页数的比是1：4，这本书共有多少页？我站在黑板前，对着这些文字苦思冥想，脑子里却始终是一团糨糊。

陈老师提着竹板，站在我身后，让我背上生寒。我举着粉笔停在黑板前，却久久不能下笔，大腿开始发抖。

其他人也都不会做，只有唐露在黑板上一笔一画地写着解题步骤。我瞥见了她认真做题的样子。她的侧脸被从窗子透进来的光勾染成了一些柔软的线条，像是初春里被风弯曲的柳枝。这美好的侧脸留在了我的记忆里。很久以后，我学习绘画时，总是习惯性地画一个人的侧脸，用简单的线条，用明显的光影差。我一度疑惑这奇怪的习惯从何而来，原来是记忆埋下的种子，当我拿起画笔时，它就开始萌发，在画板上绽放出唐露的脸。

"看什么看！"陈老师的呵斥打断了我的走神，并用竹板敲了一下我的头，"好好做题，做不到就下来领打。"

我摇摇头，准备放弃，这时，我听到身旁传来了轻轻的话语："设整本书为 X 页。"

我一愣，唐露旁边的刘鼻涕也愣住了，同时侧过头看向她。唐露拿着粉笔做题，一丝不苟，嘴唇轻不可察地颤动着："别看我，老师会发现的。"

我俩连忙各自转回头。刘鼻涕看了眼自己的题目，小声说："我这道题是求面粉和糖，没有书啊……"

"不是你，是胡舟。"

刘鼻涕僵了一下，两条鼻涕趁主人不注意，迅速垂下。

我反应过来，连忙在黑板上写了假设，又小声问："然后呢？"

这时，陈老师在身后呵斥道："说什么！"

顿了十几秒，唐露又小声说："1/9 X 加上 24，然后等于 X 除以括号 1 加 4 括过来，算出来 X 就行了。"

我把方程式列出来，在黑板上打了下草稿，很快写出了答案。这个过程中，刘鼻涕一直用哀求的眼神看着唐露，眼泪和鼻涕都快流下来了。唐露却没有理他，把粉笔放下，转身对陈老师说："老师，我做完了。"

陈老师点点头："完全正确。你们看，这题目一点都不难，你们四个好意思吗！过来领——咦，胡舟，你让开。"

我连忙往右挪，让陈老师看到黑板。她扫了一眼，扶了一下眼镜，又看看我，说："今天太阳打西边出来了啊……你下去吧。"又指着另外3个人,"你们过来!"

  我迷迷糊糊地从讲台走向教室后面,唐露已经在她的座位上坐好了,坐姿端正。我看向她,看到一缕发丝垂下,贴着她脸颊。她的侧脸依然美丽,神情认真,似乎专注在课本上,但有那么一瞬间,她的右眼悄悄眨了一下。

  办完年货,小年一过,村子里也渐渐热闹起来。茶馆里挤满了打工回乡的年轻人,在狭窄的砖屋里凑堆打牌。我闲得无聊,也过去打了一阵,茶馆里满是脏话、汗臭和烟味,待久了有一种眩晕感。摸牌、出牌、递钱和收钱,时间在这4个动作的重复中飞快溜走。

  春节前一天,我去茶馆有些晚了,里面只有一桌是空的,就坐了过去。随后陆陆续续来了3个年轻人,有两个是认识的,另一个比较陌生。

  陌生的青年又矮又瘦,坐我对面,刚坐下就掏出烟,发了一圈。我皱皱眉,没接。

  嫌次?他自顾自点上,嘴里和鼻孔都冒出烟雾,这位兄弟没怎么见过啊,哪家的外地亲戚?

  旁边有人接了话茬,说,大路,你这5块钱一包的红河还好意思发给人家!他可是大老板,在北京工作,拍动画片,挣大钱呢,一个月万把块!

  动画片?嘿,我媳妇儿以前还挺喜欢看动画片呢。这个名叫大路的青年把烟叼在嘴边,伸手摸牌,来来来,打牌。

打了半个多小时，我有些心烦，出了好几把臭牌。大路捡了空子，连赢几把，嘴都笑得合不拢了。他的笑让我更加心烦——不是因为钱，也不是因为他笑的时候露出满口的褐色牙齿，而是他的笑容里有很明显的嘲弄。

大路一根接一根地抽烟，屋子里乌烟瘴气，空气混浊，我有好几次呼吸都感到困难了。又输了一把后，我把钱往桌子上一推，说今天就到这里吧。

大路往地上吐了口痰，用袖子抹了抹嘴，一边把钱扒过去一边说，还这么早，没过中午呢。别扫兴啊，才输了几百。你这种大城市里的人，几百还不是肉上一根毛？来来，坐下来继续打。

我不想理他，站起来，向外走。但这时屋门被推开，一个女人走进来，径自走到大路身旁，说，明天就要团年了，跟我回去收拾一下房子吧，我一个人忙不过来。

大路看了一眼这个女人，脸上露出烦躁神色，你怎么来了？没看到我在忙吗？找你爸去！

我爸腿不好。女人的声音低了下来。

也是，你爸只剩下一条腿了，大路轻蔑地笑了笑，然后摇摇头说，反正我不管！你自己去弄吧，不就是洗几床被褥，擦点墙上的灰吗？你一天忙得完。我现在手气好得不得了，是在给家里挣钱呢。

女人劝不动他，也不愿走，就站在旁边。

你别在这里，晦气！刚刚手气好赢了，现在你一来他就不打了。大路斜眼瞪了一下女人，又看向我，你还打不打啊？不打我再去找别人。

我的视线这才从女人的脸上收回来，讷讷地说，那就……那就再打一会儿吧。

接下来的时间里，我更加心不在焉了，眼睛甚至不能认清麻将上的图案。我输得更多了，不停地拿钱，大路赢钱赢得喜笑颜开。他肯定把我当一个傻子了吧。

而这个傻子正透过烟雾窥视大路身旁的女人。

女人一直低头站着，垂下的头发在烟气中显得有些发白。她穿着红色羽绒服，蓬松地裹住身体，衣服面料上有很多褶皱，随着她身体的弯曲，这些褶皱像一张张细小的嘴巴一样闭紧。我注意到，羽绒服的胸口处印着滑稽的"波可登"。

我一遍遍告诉自己，是认错人了。但眼前这张侧脸，以及垂到脸颊的头发，都丝毫不差地跟记忆深处那张脸重合了。

关于与唐露的久别重逢，我幻想过很多次，却没料到再相遇，会是在这样烟雾缭绕、人声嘈杂的鬼地方。

我的喉咙有些涩，不知是烟呛的，还是别的什么原因。

唐露站了一会儿，见大路实在无动于衷，便转身走了。她出茶馆的同时，我站起来，对他们说我去上个厕所。

我追到唐露身边时，她已经走了十来米远了。唐露。我喊出了这个久违的名字。

她停下来，看着我，脸上憔悴，眼中迷惑。

你还记得我吗？

没见过吧……她才犹疑地摇头。

我不死心，又问，你还有那本画着哆啦Ａ梦的练习册吗？

什么哆啦Ａ梦？

我露出难以掩饰的失望，摇摇头，没什么……唐露看了我一会儿，见我不再说话，便转身走了。她的背影在冷风中有些微微的佝偻。

我回到茶馆，机械地打牌。周围的咒骂、碰牌和拍桌声混在一起，这些嘈杂声一会儿遥远一会儿近，遥远的时候让我一阵空虚，近的时候让我耳膜欲裂。每个人都在喷吐烟雾，越来越浓，我的呼吸都被堵住了。我再也忍受不了了，跑出这个乌烟瘴气的屋子，在路边弯着腰，发出一阵干呕。

自从那次黑板做题后，我和唐露就恢复到了暑假的关系，似乎这半年的隔阂冰消雪融。每天放学后，她独自走到一个路口，等我慢吞吞赶过去，与她汇合，然后一起走回去。

那时我家里已经硝烟弥漫。我父亲跟隔壁程叔媳妇的事情被发现，程叔来我家闹了一次，母亲痛恨欲绝。争吵过后，两个大人在屋子里走动，却形如未见。姨妈专门回乡来劝，但是没用，摸着我的头叹气。

我每天晚上回去，屋子里冷冷清清，连吃饭都是在碗橱里找些剩饭菜热一热，就勉强对付了。

而唐露父亲酗酒的毛病更严重了，大白天都喝得醉醺醺，有时候还无缘无故打唐露。

所以我们都不愿意回家，背着书包，在路上慢吞吞地走着。我记得我们会说一些话，但时光久远，大多数已遗忘，也可能是那一阵子天气寒冷，声音一从嘴边出来，就冻结在冰冷的空气中，刷刷地往下掉，就像雪花一样。

我们通常会走很久，把黄昏走成夜色，看到黑暗笼罩村庄，灯火沿着河亮起来，丝带般缠绕在远处的大地上。然后，她回她家，我背着书包走向我的家。

关于我们那些遥远飘忽的对话，我唯一记得的，就是我们提到了哆啦Ａ梦。她依然记得在上一个夏天看到的几十集《哆啦Ａ梦》，并且遗憾地说："要是能继续看就好了。"她小小的脸蛋在冷风中发抖，说完，还叹了口气。

我心中涌起一股豪情，拍着胸口说："没关系，我给你画！"

于是，在寒假来临前，我把之前辛苦攒下来的四元钱拿出来，去买了彩笔和练习册。练习册选的不是五角钱一本的那种防近视的黄色本，而是三元钱的那种，很厚，纸页的边缘还有淡雅的水墨画。这种高档货，村里小卖部没有卖的，我顶着寒风，骑车到镇上的文具店才买到。我的钱不够，死活不走，求了老板很久，最后他才卖给我。

整个寒假，我都窝在家里，认真地用彩笔画画。我幻想着一头远古的巨龙抢走了静香，大雄在哆啦Ａ梦的帮助下，穿梭时间，回到恐龙纪元，历经千辛万苦把静香救了回来。

记忆里的那个冬天特别干冷,画到后来,我的手都裂开了。但我没有停,把脑海里的那些画面倾泻到纸上,越画越起劲,到最后仿佛不是我在画,而是笔拖着我的手在游走。那是平生第一次,我体会到了"创作"的乐趣。我记得最后画到大雄面对三头恐龙的血盆大口,却紧紧把静香挡在身后时,我的眼角都湿了;而画到静香得救后,快速地吻了一下大雄的脸时,我也忍不住嘿嘿傻笑。

画完后,我在练习册的扉页上郑重地写下了两行字:

每一个孤单童年,都有一只哆啦A梦在守护。

献给唐露——我的静香

开学后,我把这本厚厚的练习册拿出来,打算送给唐露。但刚一拿出来,张胖子一把抢了过去,大声说:"这么厚的本子,你不会真做了寒假作业吧?"说完就准备打开看。

平常我没被他少欺负,通常都很怕他,但当时我眼睛都充血了,一把扑了上去,扯住练习册的书脊,另一手按住陈胖子的胸口。陈胖子毕竟壮硕太多,一伸手就把我推开了。我撞倒了一个课桌,但立刻爬起来,啊呀号叫着,又扑了过去。

陈胖子大概也没想到我会反应这么激烈,有些吓到了,但同学们都看着,他不能把本子还给我。于是我们扭打在一团。

我当然是吃亏的一方,很快就被他压在身下了。他气喘吁吁地坐在我身上,按着我的胸口,然后把练习册捡起来,说:"我还非要看看里面是什——啊!你松开!"

我咬着他的手,死活不松口,嘴里都感觉到一丝腥咸了。

陈胖子痛得眼角迸泪，连忙把练习册丢在我脑袋旁边。我刚松开，他却又把本子抢回去，同时狠狠一拳打在我头上。

这一拳让我有些蒙，陈胖子起身之后，我还站不起来。他拿着本子，洋洋得意地说："哼！敢跟我横！我撕了你这破本子……"他说完，却发现同学们的目光有些躲闪，连忙回头。

果然，陈老师已经站在教室门口了。

她了解了事情的经过后，先是把我扶起来，问我有没有受伤。我只是有点头晕，就摇摇头。然后她打了张胖子十下手板，非常重，张胖子眼角又迸出泪来。张胖子下去后，她拿起练习册，翻了几下，看到扉页上的话后露出了嗤笑，对我说："小小年纪，就想这个？真是跟你爸一样，臭不要脸！今天我不打你，但这个本子没收了，免得你祸害同学。"

我对陈老师有一种本能的畏惧，只能眼睁睁看着她拿着练习册走出教室。我沮丧地走回座位，路过唐露身边时，她用疑惑的眼神看着我，但我只轻轻摇头，错身而过。

我在不安和悔恨中度过了这一天，实在不甘心整个寒假的心血，就这么毁掉了。放学时，唐露照例慢吞吞往小路上走，我一咬牙，对她快速说了一句："等我一会，等我回来！"然后转身就向学校跑。我溜进办公室，在陈老师的办公桌上搜了搜，没有练习册，想了想，又往稻场跑过去。

那一天，憋了整个冬季的天空终于开始下雪，雪粒在黄昏时稀稀拉拉地飘下来。我跑得很快，冷风夹着雪，嗖嗖地灌进衣领。我却丝毫不感觉冷，也不畏惧坟茔的阴森，直接跑到陈老师的屋子前。

我的运气很好，看到陈老师门前那把挂着的黄铜大锁，就知道陈老师回家后又出去了。我绕着她家转了一圈，大门锁牢，窗子紧闭，只有烟囱是唯一的入口。于是我爬上屋顶，顺着烟囱进了里屋，里面很暗，我不敢开灯，只能努力睁大眼睛，用手摸索。

我都能听到自己的心跳声，咚咚咚，像是有人在我胸口敲响了急促的鼓。我的害怕并非来源于屋子外面的坟墓，事实上，我宁愿死尸们全部从坟墓里爬出来，围着这间屋子厉号，也不想陈老师突然推门而进。我实在无法想象陈老师要是看到我偷偷跑进她家之后暴怒的样子。

我找了一遍，但没发现那本练习册，心里不甘，又哆哆嗦嗦地摸索。当我摸到床前时，脚感觉有些不对劲——床头前的一块木板是松动的。我轻轻一扳，木板就翘起来了。

木板的下面不是泥土地，而是一个幽深的地洞，有一排斜斜的台阶通向地洞的黑暗里。

我用脚探着台阶，一步一步往下走。我以为里面会很暗，但完全进入地下之后，反而看到了通道尽头的光。

这通道不长，只有三四米，我小心翼翼地走过去，发现尽头是一道门，光就是从门缝里渗出来的。我贴在门上听了半天，里面没有动静，于是深吸口气，用力把门推开。橙黄色的光哗啦啦涌了出来，将我淹没。

里面空无一人，但我来不及庆幸，就被里面的景象惊呆了。

以后的很多次，我回忆起这一幕时，都会怀疑是不是记忆欺骗了我。因为我之所见，完全颠覆了我对这个贫穷村庄的认知，我一度怀疑是不是我做了一个光怪陆离的梦，而梦里的场景侵蚀了记忆，让我混淆。

因为当时，我看到一排排机器。我叫不出名的机器。

这个地下室大概有二十几平方米，墙壁连同地底都是由一种灰褐色的金属铸成，非常平滑。墙顶上镶满了灯，令整个房间没有死角。而这整个屋子都摆满了方形仪器，红绿黄这三种颜色的灯不断闪烁，地上全是电线。屋子的正中间摆着一个大桌子，由三根支柱撑着，桌面上是一个玻璃罩子，正方形，大概有我两手张开那么宽。玻璃罩里什么都没有，但不知是不是我眼花——我看到玻璃罩中间的空气里，不时闪现着蚯蚓一样的电火花，很暗，一闪即没。

这些巨大而又精密的仪器让我不知所措。幸好，我很快看到了我的练习册就放在桌子边缘，连忙拿起来，塞进衣服里，然后准备出去。

但是在出去之前，眼角余光一闪，我发现有些物件有些眼熟。果然，在地下室的角落里，我看到了几根树枝、破书包还有褪了色的瘪皮球。这些东西各不一样，杂乱摆放着，但对我来说，它们有一个共同点——它们都属于我，都是在半年前的夏天，被我放在那块神秘的水面上后沉入水中消失的。

我翻了一下，发现每个物件上都贴了纸，纸条已经泛黄，但字迹依稀可见。

"1982年7月13日，净重243g，来历：未知"，这是皮球上贴纸的字迹，而几根树枝上分别标记着1985年和1992年。每一个标签上的时间都相差很多。

我逐一看过这些纸条，百思不解，索性不管了，跑出地下室，爬上烟囱，满身灰黑地离开了稻场。刚跑不远，我就远远看见一个踽踽独行的人影，在昏暗的天色里走进坟茔与稻场之间，走进那间神秘的屋子。

这个人影正是陈老师，我一阵侥幸，幸亏跑得及时。

我顺着小路快速奔跑，雪越下越大了，这些小白点从黛蓝的天幕中飘落，在我身边打着旋儿。我有点着急，害怕时间太晚，唐露已经回家了。

但她并没有走。她一直等在路口，渺小的身影若隐若现，似乎随时会融化在漫天细雪的背景中。

"喏，这本书送给你。"我跑过去，小心翼翼地把练习册从衣服里拿出来。我浑身都是烟囱里的灰，但没让练习册沾染一点。

"你今天跟陈胖子打架，就是因为这个吗？"唐露接过练习册，她的脸被冻得红扑扑的，但洋溢着笑容。

"是啊，这是我为你画的最新一集《哆啦A梦》，花了一个寒假呢！除了你，谁都不能看。"

她翻开了扉页，看到我写给她的两行字，然后仰头看着夜空，过了很久，才说："你说，这世界上真的有哆啦A梦吗？"

"嗯,"我郑重地点头,"肯定有!"

"为什么我从来没有见过呢?"

我想了想,脑子一热,说:"因为我就是你的哆啦A梦啊!"

唐露看着我窘迫的脸,轻轻地"扑哧"一笑,说:"你到底是我的大雄,还是我的哆啦A梦呢?"

"我……我既是你的哆啦A梦,也是你的大雄!你放心,你是我们的静香,我们会一直保护你,不让你受伤。"

"你真好!"她突然踮起脚,在我右边脸上轻轻一吻,然后闪电般缩回去。

我被这道闪电击中了,浑身僵直。

我试着回味刚才这一刹那的感觉,但发现她的嘴唇太轻,有些冰凉,跟四周漫天的雪花一模一样。我摸着脸颊,那里有些微的湿润,但我分不清是因为她的唇,还是因为落雪轻吻。

在我发愣的时候,唐露合上了练习册,把它抱在胸口,转身往回走。我反应过来,连忙跟上她。那个晚上的路尤其长,我们都没有再说话,我们周围都是飘舞的雪花。

我们走啊走,走啊走,一不小心,就白了头。

大年三十,天气特别干冷,这艰难的一年终于在这一天走到了尾声。中午吃完团年饭,母亲把全家人的旧衣物都洗了,晾好,然后带着我去坟头拜祖宗。

刚走到小路口，就发现那里围着四五个人，有议论也有劝阻，看样子像是这户人家在吵架。我看了看房子，觉得有些眼熟，仔细回想了一下，记起来这是唐露的家。

果然，我和母亲刚挤进人群，就看到了正坐在地上的唐露。她披散着头发，坐在地上，身上还是那件大红色的羽绒服，只是好几块面料已经被撕开了，在冷风中抖动着。她一只脚上歪歪斜斜地套着拖鞋，另一只脚赤着，被冻得有些乌青，沾满了尘土。

她的神情有些呆滞，眼角垂泪，脸上红肿，嘴里喃喃地说着什么。周围太吵，我听不清，但从嘴型就可以看出来她说的是这日子过不下去了。

母亲看到这场景，说，作孽啊，刚和好没几天，又吵起来了。这还是大年三十啊。

旁边有人搭腔，这次可不得了，听说昨天大路把八万元钱全输了。啧啧，玩得可大哩，输到最后眼睛都红了。

母亲叹了口气，对我解释道，露露是想用这笔钱来盖房子的。

我点点头，看着坐在地上的唐露。她就这么哭着，念叨着，我的目光却只汇聚到她赤着的脚上。它在冷风中有些凄凉。

这时，一身酒味的大路从屋子里冲出来，对着唐露就是一巴掌。这一巴掌太狠了，声响像是干树枝被折断，听得让人心惊。唐露的鼻子登时冒出血来。这个矮瘦的青年像是一头发狂的豹子，满脸通红，喘着粗气，嘴里喊叫着，去你妈的，老子输了点钱，你就把老子的脸都丢完了！你爸爸是个死瘸子，你也是个扫把星!

我才发现,老唐正畏畏缩缩地站在门口。他只剩下一条腿了,挂着拐杖,他似乎想阻止大路,但抖着嘴唇,眼神飘忽,始终没有动。

围观人群里也没有人上前劝阻。我看到杨方伟站在一旁,抽着烟,脸上漠然。我刚想上前一步,就被母亲拉住了。她摇了摇头。

大路又打了几下,然后要把唐露拉回家里去,但拉了几下,没拉得她站起来,索性直接抓住羽绒服的衣领,把她拖回了屋子里。

唐露的头发和脸都在尘土里拖动。一滴血落下来,转瞬被尘土遮住了。

在去拜坟的路上,母亲告诉我,大家不是不想上去劝,以前劝过,结果更惨。母亲说,大路这人啊,手黑心也黑,坐过牢的。现在劝了,倒是也能拦住,但大伙儿不能守在他家一辈子啊,一有空子,他就把唐露往死里打。

唐露怎么会嫁给这样的人?我的语气闷闷的。

母亲眉头蹙起,似在仔细回忆,然后说,你是小学毕业那年离开村子的,很多事情都不知道。

在母亲的述说里,我渐渐知晓了唐露后来的经历。小学结束的那个夏天,老唐的一条腿断了,为了治病,家里的钱都花完了。唐露也因此在读完初一上学期后,就无法再去读书,早早地跟了一个裁缝师傅学做衣服。学了一年后就到隔壁县城的一家服装厂工作，一天10个小时，全坐在封闭的地下车间里，佝偻着腰，踩着缝纫机，在幽暗的光线里拼接一块块质量堪忧的布。下班了之后跟同龄的女孩们一起回到宿舍，挤着休息一夜。但那家厂很快因为雇佣童工被举报，唐露被送回家。这件事上了报纸，也成了当地派出所的业绩，但对唐露这个风雨飘摇的家来说，无疑是雨中墙塌。

那时唐露在家里待了不到一个星期，受不了老唐躺在床上看她的冰冷眼神，央求准备去外地打工的沈阿姨。沈阿姨本来不想添加麻烦，但唐露跪在她家门口，凌晨时才离去。沈阿姨离乡的那一天，上车都坐好了，看着路边杨树掠过，突然骂了一声，然后叫司机停车，步行回到老唐家，把唐露拽起来就走，临出门时又扭头朝老唐骂了一句：早死早超生，别祸害孩子！

此后唐露一直跟着沈阿姨，在广东一带打工。她们先是当缝纫工，但机械化普及之后，这一行迅速没落，当时广东约有几十万缝纫工无路可走。于是那年春节，沈阿姨给唐露办了一张假身份证，年龄增加了两岁，能合法打工。春节过后，唐露没有留在家里，独自去往上海，碰壁之后再去深圳，然后到了北京。而她在北京的那阵子，我也刚刚毕业，进入那家动漫公司。

是的，那一年多里，我们这两个漂流于异乡的人，可能在某个地方遇到过——地铁、街道或者便利店里。北京太过拥挤，充斥着一张张面无表情的脸，即使我们擦肩而过，也认不出彼此。

当我在北京立稳脚跟的时候，唐露却厌倦了这样漫无目的的飘荡，拖着疲乏的身体回到了故乡。对农村女孩子来说，23岁已经是亟待结婚的年龄了，但村里没人敢上门——娶了唐露，还得捎上一个残废嗜酒的老唐。据说杨方伟曾经跟家里商量过，认为经济能力可以负担得起，但杨家酒厂的突然倒闭，让这件事无疾而终。这可能是唐露一生中唯一接触到幸福的机会，但这扇门在她还未抬起脚准备跨进时，就发出一声无情的"咣当"声，关闭了。

最后，媒婆领着邻村的大路来到了唐露家里。唐露刚开始对他并没有好感，但吃完饭后，唐露去看电视，大路走过来，看到唐露心烦意乱地拿着遥控器换台，最后换到了儿童频道。大路问，你喜欢动画片吗？唐露点点头。大路又说，我也喜欢啊。唐露问，你喜欢什么动画片呢？大路挠着头想了很久，最后说，哆……哆啦Ａ梦。唐露这才抬起头，看着这个矮且瘦的年轻人。他看起来并没有别人说的那么粗鲁和暴躁。

但结婚之后，大路的秉性才体现出来。唐露住进了大路家，跟几个婆嫂一起，还不到一个月，就被喝醉了的大路毒打，婆嫂们都只是冷眼看着。大路还有一个毛病，就是吵架时喜欢砸东西，家具、电视、摩托……在一次次争吵中，一次次破碎声中，这个原本就拮据的家更加贫寒。

平时唐露在镇上开店，音像店、面馆、劣质服装店，什么挣钱就做什么，都做不长。大路隔三岔五还过来要钱去打牌或喝酒。但在这样的情况下，她还是省下钱来，想自己再盖一间房，离开那几个冷嘲热讽的婆嫂。

但现在，四五年攒下来的八万元钱又被大路悄悄输掉了。

这番叙述漫长而絮叨，我在冷风中听着，思绪时常抽离。天很快暗了下来，坟场上许多坟墓上都插了蜡烛，火光在冷风中飘摇成星星点点。这一年的最后时光，竟然如此寒冷荒凉。

路过陈老师的家时，我问到她的来历。母亲摇了摇头说，这个就不清楚了，但应该不是本地人，听说是很久以前有一支军队驻扎在这里，后来撤走了，只有她一个人留下来了。因为懂得多，就成了小学老师。后来小学人不够，学校解散了，她也没走。

天空暗如锅底，破旧的屋子像是锈迹一样。我看了看，也没再多问。

晚上我陪着父亲守夜，一边打哈欠，一边看着无聊的春晚。时间就这样缓缓流逝，快到凌晨时，我把鞭炮拿出来，准备等午夜倒计时就去点燃。这是老家的习俗，以爆竹声来宣告新旧年交替。

这时，一直沉寂的夜幕里突然传来嘈杂声，有人在呼喊。我听了一下，立刻从屋里窜出去，跑向河边。

因为，我听到的是——快出来啊，唐家那个丫头要跳河了！

当我们赶到河边，果然看到一个人影站在桥头。我们小心围过去，手电筒的光驱开了浓重的黑暗，照着唐露的啜泣。她脸上伤痕与泪痕密布。我们都劝她不要想不开。

唐露突然转头看向我，露出一笑，说，你不是说每个人都有自己的哆啦A梦在守护吗？她的笑容迅速被泪水融化，成了一个凄婉的表情，为什么我从来没有看到呢？

我浑身一颤。

所有人都看向我。我张张嘴，想说些什么，但只发出嘶嘶的含混声音。

"扑通"一声，桥头已经没有了她的身影。

人们连忙涌过去。我却迈不动步子，任这些幢幢人影从我身边掠过，脑袋里只是想着：原来，她一直是记得的。

我有些恍惚，又有点冷，缩紧了衣领。

这时，噼里啪啦的鞭炮声在身后响起，密集得没有间隙。我转过身，看到家家户户的爆竹火光把夜撕成了零散的碎片。

新的一年终于姗姗而来。

关于故乡最后的记忆，停留在了小学毕业的夏天。那一年之后，小学因为没有足够的生源而停办，我们成了最后一届毕业生。拍毕业照的时候，谁都看得出来，尽管陈老师依旧面目阴沉，但眼圈泛红，拍完之后长久地坐在椅子上，不肯起来。

但对那时的我来说，这意味着长达六年的监狱生活终于结束了。我唯一需要忧虑的，是夏季漫长，蝉鸣聒噪，这三个月的暑假该怎么度过。

这时，我家里也买了一台 VCD 放映机，是用来给我爸看戏曲的。正是因为这个，我对哆啦 A 梦的爱好卷土重来，但我到处借，也只借到零零散散的几张碟，而且上面字迹都不清晰了，所以唐露认真地在每一张光碟上写下了"哆啦 A 梦"。这些碟显然不够度过夏天，我对唐露说："你还想看《哆啦 A 梦》吗？"

她使劲点头。

我暗自思揣——如果能搞到《哆啦A梦》的一套VCD，暑假就能每天和唐露一起看大雄和静香的奇妙冒险了。童年即将结束，接下来是混乱迷茫的青春期，在童年最后的尾巴上，能以这样美妙的方式跟唐露一起度过，是我梦寐以求的。

但是大山版《哆啦A梦》的一整套，有一千多集，即使是租VCD，也需要120块钱。这笔天文数字，超过了我的想象。我把小学六年的教材和练习册装在一个麻袋里，用自行车驮着它去了镇上，卖给了收废品的老头，换回十来块钱。当我捏着这薄薄的几张纸时，感慨六年求学，换回这么点钱，实在是替我父母愧疚。

"书这个玩意啊，最不值钱了，"老头把麻袋里的书倒出来，用脚踢进角落，"值钱的还得是铁啊，你看，墙上写得一清二楚。"

果然，墙上贴了价格表：可乐罐一毛三个，书本一毛五一斤，废铁一块二一斤……我看了一会儿，叹口气，捏着钱走了。

那阵子，还发生了一件让我和唐露难堪的事情——我爸爸和唐露的爸爸打了一架。据说是在田里干活时，我爸爸听到老唐在跟人嚼舌根，说他出轨的事情。于是我爸冲过去，两个人扭打成一团，旁人拉了好久都拉不开。

因为这件事，我们都不想在家里待了，忧愁地继续游荡。我们在午后太阳西斜的时候，沿着河边行走，河面上也出现了两个人影。我对唐露说："你看，他们是谁？一直跟着我们呢。"唐露把手指竖在嘴边，"嘘"一声，说："他们是住在水里面的人，看我们靠近了,也在小心地观察我们。别大声说话,吓着他们了。"

于是我们四个沉默地走在河边。夕阳斜照,河面上的影子越来越长,也越来越淡,在它们即将消失时,我和唐露走到了那块能吞噬一切的水域前。

"对了,我一直很好奇,"唐露说,"既然什么东西都能沉进去,那,可以从里面拿出东西来吗?"

"试试不就知道了?"我把上衣脱掉,准备游过去,但唐露把我拦住了。

"你要是也像其他东西一样,掉进去了出不来怎么办?"她忧虑地说,"那就没人陪我玩了……"

"放心!我不会离开你的!"我拍了拍胸膛。但唐露说的确实令人担忧,我想了想,看到岸边那颗歪脖子老树,树枝低垂,几乎快贴着水面了,一拍脑门,说,"我有办法了。"

我跐溜爬到树上,顺着最靠近水面的枝干,小心挪动身体。那根枝干只有手臂粗,我一爬上去,就压得枝干下坠,正好贴近了水面。我深吸一口气,准备把手伸进水里。

"小心!"唐露在河边,面色紧张。

我的手臂伸进水里。在我的想象中,这块神秘水域的下面,可能是一条有着一口密齿的大蛇,或者是布满火焰的地狱,但手真正进入水面的一刻,却什么危险都没有——甚至,水面都没有经过了一天暴晒后的温热,触之清凉。

我试图移动手臂,阻力很大,水里的黏稠感远胜正常水流。

我慢慢移动手臂，手指碰到了一个硬物，像是一个铁片。我抓住它，慢慢上拖，随着手臂从水里伸出来，我看到了手里抓住的东西——是一个方形铁盖，上面有规律地摆布着一些孔洞，我感觉有些熟悉，但想不起来在哪里见过。

我把铁盖提出水面，这时它比在水里重多了，足有十几斤。树枝摇摇晃晃，似乎随时要断。我心里突然一动，一手夹着铁盖，一边小心往回爬，爬到老树的主干上后，冲唐露道："你躲开些！"

唐露让了几步，我把铁盖扔下去，大声说："你看好它！我再去捞几个出来！"

"捞出来干吗啊？"

"卖钱啊，废铁很贵的，那个老头说一斤废铁一块二呢。就这个铁盖，就有十几块钱了，比一麻袋书值钱。"

唐露有些犹豫，说："这些是谁的呢？万一有主人，怎么办？我们不能偷东西啊。"

"这条河有主人吗？"我头也不回地反问。

"没有……吧？"

"那不得了，我从河里捞出来的，那就属于我们啊。就跟钓鱼一样，别多想啦，看我的！"

天已经渐渐暗了下来，远处的人家亮起了灯火。已经不早了，我隐约听到母亲在喊我的名字，于是加紧如法炮制，又捞出几个铁件。他们各不相同，铁盖铁盒、圆柱支架之类的，加起来得有七八十斤了。按照这个速度，我再最后捞出一件，就可以凑到租全套《哆啦A梦》碟片的钱了。

最后一个物件比我想象中大。

我摸索了一会儿，摸到一个类似提手的东西，用力上拉。树枝在我身下呻吟着。我提出来的是一个正方形的铁盒，边角圆润，四周有许多密密麻麻的圆孔，透过圆孔可以看到里面是一层层的片状镶嵌物。整体感觉像是一台电视机的机箱，只是更加密实。铁盒侧面插着一个浑圆的突起，其余部位还有一些孔洞，看上去像是某种接口。

我两手并用，把它提出水面。这时，我听到空气中有一声隐约的"咔嚓"，随后，远处的人间灯火次第熄灭，村庄被笼进黑暗。

唐露往回看了几眼，疑惑地说："停电了吗？"

"好多年没停过电了……"我也有点纳闷儿，但天越发晚了，再不回去，父母就该找过来了。于是咬着牙，把铁盒提出来，这时，身下的树枝发出最后的呻吟，"哗"的一声断了。我抓着箱子，一起落向水面。

那一瞬间，我脑中闪现出可怕的画面——皮球、树枝和泡沫板，这些绝不可能下沉的东西，都被这块水域吞噬了，再不复现。我直直地摔下去，正中水面，肯定也会沉进去，再也见不着唐露了。我有一点儿懊悔，想扭头去看唐露，但还未扭动脖子，就已经落进水里，砸出一大片水花。

温热的河水在那一瞬间吞噬了我。

我满心绝望,但手脚下意识地划动,居然很快站了起来。这块水域靠近岸边,并不深,才浸没到我胸口。

断掉的树枝浮在水面,静悄悄的,也没有一点儿下沉的趋势。

唐露刚要惊叫,见我从水里站了起来,惊呼声又吞回去了,指着我说:"怎么……你没掉进去吗?"

"水很浅啊。"一阵夜风吹来,我打了个冷战,在水里拖着铁盒,一步步走上岸,"那么浅,以前的东西是怎么沉进去的?"

唐露盯着这个怪模怪样的铁盒,点头说:"是啊,而且这么浅,你是怎么捞出来这些东西的?"

我穿上衣服,暖和了些,突然灵光一现,大喊道:"我知道了!"

"是什么?告诉我嘛!"

"这里肯定有一个任意门,连接另一个时空,嗯嗯,一定是这样!"

唐露笑了下:"怎么可能?"

"怎么不可能!你想想,哆啦A梦的口袋不就是一个任意门吗?可以从里面拿出任何东西。"我越说越觉得正确,郑重点头,"《哆啦A梦》里说的,还有假吗?我想,水下面肯定住着一只机器猫,知道我们要去买VCD,就把废铁送给我们了。嗯嗯,一定是这样!"

"那它为什么不直接送我们碟子呢?"

"呃……"我一下子愣住了,不知如何作答。唐露见我窘迫,脸上绽开笑容,说:"不过我相信你!一定是哆啦Ａ梦在帮助我们,你不是说每一个童年都有一只哆啦Ａ梦在守护吗,一定是我们的童年快结束了,所以这只哆啦Ａ梦来给我们最后的帮助。"

"嗯!"我摇摇头,把刚才的问题甩出脑袋。

废铁已经收集齐了,一百多斤,我今晚肯定带不走。于是把它们拖到树下面,用树枝盖住,打算明天用自行车运到镇上,卖给那老头儿。

第二天,天色阴沉,太阳被遮在云层后面,雨却迟迟不下。我起床的时候,感觉有点头疼,可能是昨天掉在河里后吹了风。但即将租到《哆啦Ａ梦》的喜悦充盈我全身,我对唐露说我要去卖废铁,直接租VCD,下午回来,让她在家等我。

"嗯!"看得出来,唐露也很期待。

于是我骑着自行车,来到河边,用麻袋把铁件装好,放在车的后座上。装铁盒的时候,我看到侧面那个圆形凸起,好奇地去掰,一下子就把这个凸起拔了下来。圆形凸起的下面,是一截五六厘米长的晶体方块,半透明,此前这个方块一直插在铁盒里,只露出金属材质的圆形头部。我观察了一下,觉得造型有趣,就放在了口袋里,打算一会儿送给唐露。

我骑的是一辆老式二八自行车,直立起来比我都要高,我坐在座板上脚都够不着车蹬,只能斜跨着骑。它的好处在于结实,一百多斤的铁放上去都浑然无事,只是骑得更吃力而已。

出了村子，拐上公路，再骑两个多小时就能到镇上。我使出了吃奶的劲儿蹬车，天气闷热得厉害，不一会儿就满身大汗了。但一股劲在我胸中鼓荡，尽管腿累得像灌了铅，却越骑越快。

路两旁的杨树静默着，在黏稠的天气里连树叶都死气沉沉地下垂着。拐过前面最后一段水泥路，上了桥，再下去就能到镇上了。

意外就是在桥上发生的。

二八自行车牢固，我尚且有劲，没想到问题出在了麻袋上——经过两个小时的摩擦，铁件把麻袋刺破了，"哗啦"一声，这七八件沉重的铁块全部掉了下来，在桥面上叮叮当当地碰响。

"嘿，小崽子，偷了这么多东西！"

一个熟悉的声音响起来，我正蹲在地上捡铁件，扭头一看，居然是老唐。老唐脸上一片通红，步子有点歪，走过来踢了踢铁盒。

"我没有！"我扶住铁盒，争辩道，"是我从河里捞出来的！"

"这些东西这么新，一点锈都没有，你说从河里捞出来？骗鬼吧！"老唐喷出一口酒气，"你老子偷人！你偷东西！一家人出息啊，走，我带你去派出所！"

我想起老唐跟父亲在田里打的那一架，他打输了，还一直怀恨在心。他身子枯瘦，心胸狭小，打不过我父亲，现在自以为抓到了我的把柄。我着急起来，大声喊："我真的是从河里捞出来的，不信，唐露可以作证！"

老唐嘴角一撇:"露露?我早就让露露不跟你一起玩,这个死丫头非要跑出去。别说那么多了,跟我走!"

我死命反抗,但依旧敌不过老唐,他如提小鸡般揪着我的衣领,打算带着我离开桥。

"天杀的老唐!"我死死抱住桥边栏杆,"你欺负我,我爸爸会打死你的!"

老唐一下子火了,脸上更红,踢了我一脚,"别说老胡不在这儿,就算他在,我也得教训你!"他拉了我两下,没拉动,也不敢太过用力,就松手了,骂骂咧咧地转过身,"好,你不走!你不走我去把你偷的东西上交!"

他气冲冲地扶起自行车,把铁件装在麻袋里,系在车座下的铁杆上,然后骑着车下桥,拐进了镇上的街道。

我追了几步,没追上,满心委屈地站在桥边哭,一边哭一边骂。路过的人都诧异地看着我。我哭了一会儿,累了,脑袋昏沉,于是转身往回走。

闷了许久的天空滚动着隐隐雷声,没走到一半,雨就落了下来。初时只有几点,后来就成了瓢泼大雨,将我浑身淋湿。

我在雨中抽泣,走了整整一个下午,才回到村子。路过唐露家时,看到她家家门紧闭,过去敲了敲门,没人在。我想起跟唐露的约定,她应该会在这里等我,等我带回全套《哆啦A梦》的碟片。我没有带回来,但她应该在这里等我。我昏昏沉沉地想着。

我干脆在她家门口坐了下来,四周雨点如瀑,地上水流汇聚成河。我的头越来越晕,就靠着墙,但一直到我睡着,都没有等到唐露回来。

在唐露的葬礼上，我见到了陈老师。

大年初办葬礼，在村子里是大忌，基本上都不愿意参加。再加上老唐酗酒暴躁，人缘不好，葬礼冷冷清清的。

下葬的那一天，细雨蒙蒙，唢呐声混在雨幕中，格外萧索。我走在十来个人的送葬队伍里，缓慢地跟着前面的人，雨落在脸上，而脸已没有知觉。

老唐坐在唐露的墓前，胸前系着一个白色麻袋，脸色呆滞。他的独腿直直地伸在斜前方，触目惊心。我们依次上前，把用白布包着的钱丢进麻袋（见注释3），然后离开。

我前面的是一个老人，颤巍巍的，她丢完钱转身的时候，我才把她认了出来。

陈老师？

她看着我，枯瘦的脸上看上去很深邃，不知是因为衰老，还是因为哀戚。她抖动着干瘪的嘴唇，对我说，你也来了，你来参加唐露的葬礼。唐露是我最好的学生，却过得最惨，现在埋进土里，比我都早。但你不知道，她这么惨淡的一生，可怜的结局，都是你造成的。

我一愣，疑心陈老师是不是年老昏了头，摇头说，从小学毕业起，我就没有再见过她了。

陈老师却不再说话，身子佝着，在冬雨里慢慢走向自己的那间破屋。

她离开了，她的话却像是一层阴影般笼住了我。我把羽绒服的帽子戴上，缩着脖子回家，母亲正在火炉边烤火，问我，你把钱给老唐了？

我点点头，然后问母亲，对了，老唐的腿，是怎么断的？

母亲眯着眼睛想了一会儿，火炉因失去了拨弄而变得暗红，青色的烟雾升腾。好多年了，她说，不过这事我记得很清楚，因为他出车祸，正巧是你生大病那天。你小时候淋雨生了场大病，你还记得吗？

我当然记得。小学毕业的暑假里，我淋雨回来，在唐露家门前等了很久，后来倚着门睡了过去。当路过的人看到我时，过来拍我的脸，却发现怎么都醒不过来，这才通知我父母，把我送到医院，

那场大病其实早有预告——前一天我下河捞铁件，已经是着了凉，早上时便头疼。但我却没有在意，骑车骑得大汗淋漓，然后冒雨回村，于是一场高烧将我击倒。这是我得过的最严重的病，因处理不及时，高烧引发脑水肿，一度呼吸衰弱，在医院里昏昏沉沉地躺了两个月才有好转。也正是因为这场病，远在北方的姨妈千里迢迢赶过来，把父母骂得狗血淋头，然后在我出院后，将我接走。我走的那天，路过唐露家，她家依旧家门紧闭。

母亲接着说，我听说他当时骑着咱家的车，去废品站卖废铁，喝多了，结果被一辆车给撞了。

我恍然，原来老唐后来并没有把那些铁件交给派出所，而是像我一样去当废品卖钱。听到这个，我一点都不吃惊，这太像是老唐能做出来的事情了。

我惊讶的是，陈老师说的果然没错——我驮着铁件去卖，被老唐看到，他抢了铁件和自行车自己去废品站，因此出了车祸，失去了一条腿，唐家从此没有了经济来源。唐露的整个人生就在那一天发生了转折。她之所以没有如约等我，恐怕也是因为老唐出车祸，她要赶去医院吧。

尽管我并非故意，也无须自责，但确实是我的行为，导致了唐露命运的急转，间接将她推向了悲惨绝望的人生。

想到这里，我豁然转身。

你去哪？母亲在我身后喊道，外面冷，把衣服换上。

雨丝如针，刺在我身上每一寸露出的皮肤上。我边跑边裹紧衣服，一路跑到陈老师家中，推开门，床上没人。我有些发愣，略一思索，把床前的地板挪开，再次进入那条深邃的通道。

果然，推开门，在满是金属的房间里，我看到陈老师。她的头发在灯光下犹如一蓬风中的蒿草。

你来了。她甚至没有转身，在按那些复杂的按钮，我知道你会来的，唐露是我最好的学生，是你最好的朋友。现在她死了，我们都有责任，我们都是她命运的推手。

可是……我莫名地口干舌燥，后退两步，抵到了桌角，可是我不是故意的……

陈老师继续拨弄那些按钮，一阵嗡嗡声响了起来，越来越剧烈，但随着陈老师按下最后一个按钮，屋子里的仪器一颤，又恢复了寂静。她微弱地叹了口气，转过身来看着我问，你知道时间是什么吗？

什么？我一时愣住了。

时间是一条河，每个人都在河里挣扎着。而命运，命运又是多么无力的东西，不过是河流里的一个小小旋涡，每一个旋涡互相交缠，每个人都是别人命运的推手。不管是故意，还是无心，一个小小的动作都能让所有的旋涡在时间之河中卷向全然不同的方向。胡舟，这是时间的魅力，也是时间的残酷。

这些话在房间里回荡着。我张着嘴，不可思议地看着这个年近八十的老人，无论如何也想象不出这番话是她说出的。陈老师，我印象中永远阴沉偏执的陈老师，在她生命的尾声，开始思考时间和命运了吗？

陈老师让我感到一阵诡异，四周闪烁的灯更让我觉得陌生。我说，但时间是不能更改的，就算是我间接造成了她的悲剧，也没有办法了……

陈老师看着我，眼睛浑浊如陈酒，良久，她摇了摇头说，时间并非不能更改。这条河的很多流段是存在闭环的。

我越发迷糊。陈老师伸出枯瘦的手指，在四周画了一圈，问道，你知道这间屋子是做什么的吗？

这是从童年开始便笼罩我的疑惑，但还未等我猜测，陈老师已经接着说，这是一个实验室。

我环顾四周,这些电路和仪器确实像是在进行着某种实验。但我想不出,在这个落后偏僻的乡村,有什么可做实验的。

这个实验室的背景,是军方。陈老师一边说,一边抚摸着仪器的外壳,但是更多的,我不能跟你说——尽管他们已经放弃了这个项目,已经有三十多年没有联系过我了。我能告诉你的是,这个实验的目的,是研究时间闭环。

什么,我疑心听错了,时间闭环?

当时,我们从全国各地被调过来,都不知道是要来干什么。但那是……那段时间,我们只能听从安排。这里是全国范式指数最高的地方,哦,你不知道范式指数。这是以老范的姓来命名的,老范已经死了,他的上半身就埋在外面的义山上。

我浑身一寒,为什么只有上半身?

因为我们找不到他的下半身。我们钻研了十多年,才人为造出了一条时间闭环,老范亲自做了第一例人体实验。但他刚刚沉入河面一半,闭环就失稳关闭了,时间和空间的错位被切合,他的下半身消失在另一个时空里。我记得当时,整个河面都被染红了。

河面?你说的是外面那个长了歪脖子树的河面吗?

陈老师点点头,时空闭环在空间上的两个结点,就是这间实验室,和外面那个直径1.42米的圆形河面。而在时间上的结点是随机的。河面上经常漂来一些乱七八糟的东西,漂到河面结点时,就会落进这间实验室。

所以你都标了记,是吗?我的记忆开始清晰,指着角落——

时隔多年,我的皮球、泡沫板都还堆在那里。

嗯,你曾经为了拿走你的练习册,偷跑进来过。但你没有跟别人提起,我也就没多管。一口气说了这么多,陈老师似乎耗尽了精力,摸索着坐下来,然后继续说,这个实验耗费了太多的人力物力,一直没有进展,所以那个时期结束后,实验被叫停了。他们都想回家,毕竟做这个研究就像坐牢一样,他们都走了,只有我留下来,央求他们不要销毁实验室。

你为什么不回家呢?

因为我没有家了,陈老师凄凉地一笑,你知道我跟老范是什么关系吗?他是我的丈夫,他埋在哪里,哪里就是我的家。

我大概猜到了,心里戚戚,只能点头。

陈老师接着说,他们看在老范的面子上,把这些仪器留下了,把我的名字划掉。在当时的中国,这种无疾而终的实验多不胜数,没人在意一个留在乡村的寡妇。说到这里,她苦笑着摇了摇头,反正我之后就一直留在这里,替老范继续完成这个实验。

你刚才说时间可以改变,是已经完成了这个实验吗?

陈老师刚要回答,突然咳嗽起来,她掏出手帕捂着,手帕立刻被染红。我连忙扶住她,然后背她离开实验室。她轻得像是一片叶子。

我把她放在床上,倒了药和热水,喂她服下。她这才呼吸通顺些,喘了许久,说,我差一点就成功了……数据和原理我已经推导了无数遍,没有任何问题,但就在我准备做实验的时候,实验室里的几样关键仪器不见了。

是什么时候？

太久了……但应该是小学倒闭之后两三年吧。

我噢了一声，大概明白了——陈老师说时间闭环另一端是随机的。我那次从河里捞出铁件，手伸进的地方，应该是两三年以后的实验室。过了两三年，她才发现实验室的仪器被我偷走了。

我花了很长时间来重新制造消失的仪器，但只有超晶体协稳器没法复原，它太精密了，材料少见，我一个人无论如何也做不出。所以我谈不上成功，但是，但是时间确实是可以更改的。她说着，眼睛慢慢合上，眼角沁出一滴浑浊的泪水，在丘壑般的脸颊上滑下，离完成老范的夙愿只差一步，这一步我却再也走不下去了……

我离开了这间小屋。外面依然雨丝飘飞，一座座坟茔在冬雨中瑟瑟发抖。我深一脚浅一脚地穿过这些荒凉墓碑，来到一处新墓前。送葬的队伍已经走了，一片空旷、安寂，只有丝丝雨声。地上洒满了白纸，被雨打湿，混进了泥里。

我看到墓碑上贴着一张泛黄的照片，上面是一个清秀小女孩的剪影，扎着辫子，嘴角挂着微笑。听说老唐找遍了家里，没有一张唐露的照片，只找到了小学毕业照。他本来想把毕业照贴在墓碑上，但照片上还有其他人，这些人家里觉得晦气，死活拦住了他。于是他把唐露的人影剪下来，当作冥照贴了上去。老唐手抖，剪得不太干净，唐露身旁还残留有我的侧脸。

天色暗了，雨更冷了。

我看着童年记忆里的唐露,她也看着我,对我笑。我伸出手,碰到了她的脸。

我和唐露最后一次见面,是在我高二的寒假。

那时我已在城市里生活多年,成了一个十七岁的少年。我爱听周杰伦的歌,爱打篮球,想买一双耐克鞋,暗恋隔壁班的长头发女孩。我厌恶记忆里贫穷闭塞的故乡。

但姨妈多年未归,春节探亲时把我带上了。我住在父母家里,却格格不入。这里的人和其他一切,都让我感觉脏且陈旧。其间父母担心太麻烦姨妈照顾我了,向她提出把我接回来,姨妈以让我接受更好的教育为由拒绝了。我当时坐在旁边,悄悄松了口气。

好不容易挨到大年初六,我跟姨妈一起,坐陈叔的拖拉机去镇上,然后从镇上搭大巴去市里,再坐火车回山西。但我们到镇上时,大巴已经开走了,我们在街边等了半个多小时,才拦到一辆顺路回市里的小汽车。司机要收一百,姨妈谈了半天,才以五十块的价格谈妥。

刚要走时,身后突然传来一个怯生生的声音:"你们是要去市里吗?"

我转头看见一个女生,十五六岁的样子,身形消瘦,却背着一个鼓鼓的大包,手里也提着两个布袋。我疑心这些包裹比她自己都要重。

"是啊。"我说。

"捎我一个吧,我也去市里……没赶上大巴。"

我觉得她有些眼熟,点点头:"应该可以吧。"

这时,司机探出头来,不满地说:"这可不行啊!3个人就不是50块了,得加钱,60块!"

姨妈瞪了他一眼,然后转头看着女孩,说:"小姑娘,一共60块,三个人。我们40块,你出20块,可以吗?"

女孩犹豫了,在司机催促地按了几下喇叭后,才点点头。我帮她把行李放在后车厢里,突然记起了她的名字,脱口而出:"唐露?"

"好久不见,"她却没有太惊讶,看着我笑了笑,"胡舟,你长高了。"

在去镇上的一个多小时里,我坐在唐露旁边,彼此沉默着,气氛有些尴尬。我扭头看着车窗外飞逝的树影,车窗倒映出她的脸。我看到她低着头,刘海的影子若有若无。

"你是去哪里呀?"我打破沉默。

"上海。你呢?"

"我跟姨妈回山西,快开学了。你现在也是在上海读书吗?"话刚说完,我就后悔了——她背着这样多的行李,无论如何都不像是去念书的样子。

唐露依旧笑了笑:"去打工。"

坐在前座的姨妈回了下头,看了一眼唐露,又转过去。我下意识地问:"做什么工作呢?"

"还不知道,去了再看吧,"顿了顿,她又补充说,"总有活儿做吧。"

接下来,又是沉默。车子上了跨江大桥,飞速行驶,我看到江面上有一只白色的鸟飞过。过了桥,就是市火车站,我和姨妈将在这里踏上回山西的火车。

唐露突然说:"你还看《哆啦A梦》吗?"

我一愣:"很久没看了……怎么了?"

"没什么。"她说。她的声音突然变得有些闷,像是鼻子被堵住了一样。

车子下了桥,在车流中缓慢行进,喇叭声此起彼伏。破旧的火车站已然在望,门口拥挤着黑压压的一片人。

"我一直在看,但是他们说,《哆啦A梦》已经有结局了。"唐露说话的时候,视线掠过了我的脸,投射到窗外的很远处,"原来,大雄得了精神病,所有发生的故事,都是他的幻想,都是假的(见注释4)。所以,这个世界上从来没有哆啦A梦……"

那时我迷恋着周杰伦和NBA,已经很久没看动画片了,对《哆啦A梦》的印象都模糊了,只能硬着头皮问:"是谁告诉你是这个结局的?"

"网上是这么说的,都这么说,就不会有假吧。"唐露收回目光,垂下头。不知是不是我眼花,我看到她脸上划过了两道浅浅的泪痕,"可是你跟我说过,每一个孤单童年,都有……"

这时,司机开到了火车站前,停下车,转头对我们说:"到了，下去吧。"

唐露便没有把后面的话说完。她推开车门，我帮着把行李拿出来。姨妈给了司机60块钱，唐露随后掏出一个布钱包，数出20块零钱，递给姨妈。

"不用了，不用了。"姨妈看了我一眼，对她摆手说，"你留着吧，以后用得着。"

唐露执意要给，姨妈毕竟处事老到，拉着我的手就往售票厅走。我回头看去，看到唐露背着硕大的包裹，手里捏着钱，没有追上来。但她眼眶有些红，似乎是想说什么。

周围全是背着行囊赶往四方的人，人太多了，我走了几步再回头时，唐露瘦弱的身躯已经被淹没在人潮里。我使劲昂着头，看不到她的影子，我再踮起脚，依然只看得到人流汹涌。我再也找不见她了。

雨丝透进脖子，我突然一个激灵，转身往家里跑。我在装着旧物的木箱子里一阵翻找，找到了那个底方顶圆的金属和晶体无缝接合的物件。现在端详起来，它更像是一个造型拙朴的U盘，但它的底部不是USB接口。

我把它揣在怀里，匆匆跑出去。出门前，母亲拉住我问，都晚上了，你还去哪里？

这是我的母亲，旁边木讷寡言的人是我的父亲。我突然有些心酸，上前抱住了他们，母亲满脸困惑，而父亲则有些不习惯。

我对他们说，我很快会回来的。

几点？母亲说。

不是今晚。我说完，出门一路快走，我不需要在黑夜里打开电筒，只沿着记忆里的路，很快就到了陈老师家里。

现在实验室里唯一缺的，我把那物件掏出来，就是这个吧？

陈老师本已经睡下了，看到我手上的物件，眼皮一跳，挣扎着坐了起来。是，是超晶体协稳器，她说话都在抖，我找了这么久，怎么会在你手里？

我没有回答，急切地问，是不是有了这个，你就能把我送到从前？

陈老师从激动中回过神来，抬头看我，你真的要回去？

我点头。

你现在的日子很好，舍得放弃吗？

我苦笑，很好吗？我在北京遍体鳞伤，所以才回到故乡。

现实没有往事美好，所以就要回去吗？但往事是用来回忆的，不是用来重复的。在你的想象中它很美好，但当你真正进去，它就未必了。你要想好。

没关系，我不是逃避，也不是去重复往事。我上前一步，看着神态老朽的陈老师，我是去改变。

改变什么？

如果按照因果论，唐露的悲惨是我造成的，那我就应该去纠正这个错误。我要当一只真正的哆啦A梦。

你去了就再也回不来了,你知道吗?

我摇摇头,没关系。我会再次长大的,不是吗?

我扶着陈老师来到地下通道,进了实验室。她把协稳器插好,熟练地启动繁复的按钮。中间桌子的玻璃箱里,电火花再次闪现,越来越密集,最终交织成环。

这十多年我没闲着,一直在计算闭环的落点,理论上,可以精确控制两个结点的时间。陈老师问,你要去哪一天?

我输入了日期。

光环随之扩大,透出了玻璃箱子,在空中悬浮着。陈老师点点头,眼里闪光,说,看来计算没有错。她再次按下几个按钮,光环竖向转动,与地面垂直,成了一个圆形门。

我最后问你一遍,你想好了吗?

这个问题已经无须回答了。我深吸一口气,站在光环前。它闪烁着,光照在我脸上,越来越亮。电流的刺刺声在房间里回想。我突然流下泪来,上前一步,跨进了光环里。

那一瞬间,我像是初领圣餐的孩子,放大了胆子,但屏住了呼吸。

有光。黏稠。清冷。

我的大脑短暂性地停止工作,等恢复过来时,只记得这三个感觉了。

我睁开眼睛,发现还是这间实验室里,但陈老师不知去向。难道失败了?我疑惑地走出地下通道,推开陈老师的家门,走出去,一股只属于夏天的沉闷灼热感顿时袭来。

没错!

我回到了那个夏天的阴沉上午!

我顾不得惊讶,匆匆赶到大路边,看到一个男孩正骑着老式自行车,车座后面驮着一个麻袋,正向镇上骑去。

"你等下。"我拦住了他。

男孩停下来,扶着车,惊讶地看着我:"你是谁?"

我说:"不用管我——你的麻袋不太结实,待会儿里面的东西就掉出来了,我帮你重新系一下。"我把羽绒服脱下来,包住麻袋,用袖子拴紧车杠,"嗯,这样应该就可以了。还有,你去镇上时,不要走桥上,从小路绕过去,听到了吗?"

男孩一直疑惑地盯着我,闻言点点头。

"去吧,"我挥挥手,"早点回来,唐露还等你呢。"

"你怎么知道……"

"对了,你卖了废铁,找那老头借一套雨衣,待会儿你回来时会下雨。千万不要淋雨。"

男孩重新跨上车,走之前又盯着我看了几眼,说:"你跟我爸爸长得好像,你是我家亲戚吗?"

我笑了笑:"总之你记住我说的话就可以了,去吧!"

男孩骑车远去,很快消失在树影里。我站在原地踟蹰了一会儿,然后走向唐露家。我没有进去,站在屋前马路的对面,坐下来开始等。

这个午后过得很慢,时光像天气一样黏稠,但没关系,我有足够的耐心。我一直坐着,路过的人惊奇地打量我,我一直坐着。后来下雨了,我便到唐露家地屋檐下躲雨。

一个女孩从屋里探出头来,看见我,粉雕玉砌的脸上有些失望,然后冲我一笑,说:"要喝杯水吗?"

我说:"不用了,我只是躲会儿雨。谢谢你。"

"哦。"唐露缩回头,但过了一会儿,又搬了两把板凳出来,递给我一把。她也坐在我身边,看着外面无穷无尽的雨幕。

"你在等什么人吗?"我问。

唐露点点头:"我在等哆啦A梦。"

"是动画片吗?"

"不是的,是一个人。"她没有回头看我。我却看到了她的侧脸,熟悉的侧脸。

我们就这么坐在屋檐下。

男孩的身影出现在雨中,骑着车,身上披了一件雨衣。女孩站起来,板凳倒在她身后,她都没有察觉。

男孩骑过来,把车靠在墙边,冲女孩大声喊:"露露,我租到了!"他看到了我,有些诧异,却没有理我,只把雨衣脱下,从怀里掏出一叠厚厚的光碟,递给女孩。

"太好啦!"女孩高兴地接过来。

我站起来,转身踏进雨中。这时,女孩对男孩说,"谢谢你,哆啦Ａ梦!"然后,他们抑不住高兴,牵着手,在屋檐下唱起了歌——

每天过的都一样,

偶尔会突发奇想,

只要有了哆啦Ａ梦,

欢笑就无限延长……

歌声清脆欢快,穿过无边雨幕,在这村庄上空回荡。我没有转身,不知道他们是唱给自己听,还是唱给我听的。但这已不重要了,从这一刻起,命运已经转向,时间之河上的旋涡被打乱重组。这两个小孩将踏上他们全新的人生,就像野比大雄和藤野静香,将会慢慢成长。

而哆啦Ａ梦,已经完成了它的使命。

注释1：湖北南部地区在结婚时，双方亲友共坐一桌，在桌面中间的竹篮里放钱，称为茶钱。关系越亲，钱越多。

注释2：经典游戏《魂斗罗》的主角之一。

注释3：湖北南方一带农村的规矩，死者下葬时，亲人用素布包好钱，在布上写上名字，丢进死者亲属胸口系着的麻袋里。亲属会在晚上将钱取出，记录上哪家给了多少钱，下次轮到别人家白事，就给同样金额或者更多的钱。

注释4：关于《哆啦A梦》，网上有诸多版本，此为其中流传度较广的一版，偏向黑暗。但此为虚假结局，《哆啦A梦》的故事仍在继续。

天弦

献给伟大的乐圣

文／也飞

1. 生日的惊喜

"主人,你该练琴了。"冰叔叔说。

星宇坐上了琴凳,两手在黑白键上轻巧地盘旋起来,仿佛一对水上觅食的鸟儿。这首曲子是贝多芬的《月光奏鸣曲》,音符清脆,一点一滴,轻轻敲打着灵魂;旋律似水,从十指流淌而出,淅淅沥沥,渐渐溢满整个房间。

然而这动人的旋律却只有一个听众。琴声中,冰叔叔慢慢地滑向墙角,收拢四条修长的手臂,站直了身体,便不再动弹。它是一只机器人——准确地说,是一台家务型 AI。

它是不会懂得音乐的。

房间十分宽敞,除了这架钢琴,还摆放着床、椅子和写字台,却没有窗户,只有一扇孤零零的门嵌在颜色惨白的墙上。门外是一条走廊,狭窄而修长,四壁同样的惨白,上面有另一扇门,后面的厨房和厕所也没有窗户。走廊的尽头有一部电梯,紧闭着,只有冰叔叔发出指令才会打开。

这里是地下，星宇不知道有多深，但他知道，自己一个人不可能上得去。

更糟糕的是：他失忆了。过往的一切都七零八落，就像一串散落一地的珍珠项链，而其中最近的一颗，更是不知滚到了何处。

曲子结束了，星宇将手轻轻放在膝盖上，低垂着头，等待余音散去。

"现在你可以告诉我，爸爸妈妈在哪儿了吗？"当周围再次陷入死寂时，他问道。

"你很快就会知道的，主人。"背后传来富有磁性的男低音。

"我是怎么失忆的？"

"你很快就会知道的，主人。"

"那……我还要这样过多久？！"

"你很快就——"

"你给我滚！"他怒吼道，转过头盯着它，可它一动不动。

"明天你就能去上面了，主人。"它又说话了。

"真的！？为什么？"他不敢相信自己的耳朵。

"因为明天你将满15岁，该出去看看了，主人。"

生日？他不记得了。而他记得最清楚的，便是这寂静的走廊、光秃的墙壁和黑色的钢琴，还有这台冰冷的AI——实际上，根本不用它来提醒自己练琴。

因为他是如此渴望触摸琴键。弹琴的技巧奇怪地未被遗忘，仿佛是他与生俱来的本能，而只有当琴声响起，他才会感到自己是活着的。在这暗无天日、不知晨昏的地下，他在琴凳上一坐就是四五个小时甚至更长，弹奏着一首首曲子，感受着每一个音符，直到手指完全脱力、身体支撑不住才下来。每当这时，冰叔叔就递上来吃的和用的，却对他的诸多问题做着同一个回答：

"你很快就会知道的，主人。"

现在，事情终于有了变化。

星宇倒在床上沉沉睡去，做了一个奇怪的梦。

他站在一片乳白色的浓雾中，什么也看不清。伸出手去，他触到了一堵墙——不，是一块毛玻璃。玻璃后面有两个模糊的人影，那是……爸爸和妈妈？！只见两个人正襟危坐，身体前倾，似乎在讨论什么。过了一会儿，其中一个人起身走了过来，将脸贴到玻璃上，两片模糊的嘴唇一张一合，在对他说话。她的身形苗条又丰满，这是一个女人，这一定是妈妈……

醒来时，他看到冰叔叔立在床边，似乎等待已久。他们便走进那部电梯，来到了地上的世界。

举目而望，寸草不生。碎石砂砾、断壁残垣，在视野里堆砌铺陈，无边无际地向着地平线延伸出去，化为灰白色的海洋。硕大的块石散落各处，点缀其中，仿佛凝固的海浪。

星宇走出几步，突然感到一阵晕眩。这片斑驳与杂乱，波涛般起伏翻滚，向他猛扑过来。他觉得自己变成了一只小小的蚂蚁，在辽阔无垠的海面上无力地挣扎……正要闭上眼睛，他的眼前却闪过一道亮光，于是他又朝远处望去。

在"海"天相接的地方，仿佛有什么东西撕开了铅灰色的天幕，留下了一条长长的、竖直而下的裂痕。这条裂痕镶嵌在一片苍茫中，迸射着雪亮的光芒，直刺双眼，就像一道凝结的闪电。可是注视稍久，又感觉那是一枚倒立的长针，银光闪闪，一端杵在地上，另一端高高昂起，刺入天空，消失在乌云深处。

"那是什么？"他问冰叔叔。

"你很快就会知道的，主人。"

他瞪了 AI 一眼，狠狠地踩下去，脚下的碎石咔嚓作响。

这里发生了什么？人都去了哪里？我该往哪走？

他又望向那道凝结的闪电——它似乎是这里唯一的路标。

也许他该去那里看看？

忽然，远处出现了不同的景象。那像是一根挺立的筷子，通体漆黑，正从一片浓郁的雾气中显出轮廓。一根、两根、三根、四根……更多的"筷子"出现了，高矮不一、鳞次栉比，竟是一座城市。

他兴奋地"啊"了一声，朝那里飞奔过去，冰叔叔紧紧地跟在后面。

这些黑色的"筷子"都高得吓人，随着他越走越近，仰起头来已看不到其顶端。它们的外形也真的像筷子，方正笔直，没有一丝起伏。更奇怪的是，在它们那漆黑的墙面上，不见一扇窗户。再走近一些，它们就密密麻麻、层层叠叠地填满了视野，遮住了天空，恍如一片阴森的树林。

　　星宇壮起胆子，走向最近的建筑。这栋楼朝向他的一面足有上百米长，墙上看不到门和其他装饰物，只有一排又一排的白色按钮密密麻麻地嵌在黑色的墙壁上，如同烙饼上的芝麻；每个按钮有手掌大小，上面是醒目的阿拉伯数字。

　　这是做什么的？他下意识地看向冰叔叔，又生生地忍住了发问。他感到一阵突如其来的疲惫，还有沮丧，不禁两腿一软，一屁股坐到地上。

　　怎么还是不见一个人？一切怎么会是这个样子？

2. 属鱼的女孩

　　突然，前面楼房的墙壁像滑门一般往两边打开了，涌出了人来。

　　男男女女，个个身材肥胖，穿着银灰色的紧身衣，全身闪烁着荧光。他们三两成行，朝着星宇走来；他们步伐僵硬，如同上了发条的机械。

　　星宇看到，他们的脸上没有表情。他吓得一骨碌爬了起来，一步一步往后挪动，他们却保持着沉默，不紧不慢地绕开了他和它，就像水流绕过两块石头。

　　周围又出现动静。只见远近的每栋楼都敞开了门，吐出更多的人来。他们穿着同样闪亮的衣服，同样的一言不发，迈着凌乱的步伐，安静而迅速地填满了整条街道。

头顶的天空晦暗如暮，衬出这些高楼愈深的黑色。在最深的地方，一条长长的光带开始了蠕动，仿佛黑夜的海中，一大群闪闪发亮的水母。

这些人要去哪儿？好奇心战胜了恐惧，星宇跟在了后面。没走多久，他们来到废墟和城市的交界处，便停止了前进。

只见他们仰起头，齐刷刷地望向远处那道凝结的闪电，异口同声地发出歌唱般的声音：

"天——弦——"

然后一片一片地跪倒下去，弓着腰匍匐在地上，不再动弹。

周围一丝风也没有，整个世界仿佛凝固了。

不知过了多久，他们又纷纷起立，脱去紧身衣，里面竟一丝不挂。接着，男男女女们搂抱纠缠，倒在地上，开始了毫无声息的运动。黄黄白白的躯体在银灰色的地面上铺了开去，扭成各种姿势，颤颤地抖动着，好像一大锅冒泡的稀饭。热气袅袅升腾，一股湿乎乎、暖烘烘的味道在空气中弥漫开来。

猛地，星宇感到一股难以忍受的燥热从下腹涌起，爬上脊柱，直袭脑髓。他一个激灵，几乎没有站稳。

"哈，又一条漏网之鱼！"

背后传来清脆稚嫩的声音，他转过头，看到一个女孩。她和他一样高，穿着一件白色的连衣裙，身材纤细，留着长发。

"什……什么？"他盯着她。

她也盯着他，歪着脑袋："奇怪啊奇怪，你和他们不一样。"

她的眼睛很大，晶莹水汪，却透出一股莫名的呆滞。她的裙摆撑开成一个夸张的扇形，底下露出细如牙签的脚脖子，整个人就像一条直立着的、瘦骨伶仃的金鱼。

"你……你是谁？"

"陈小雅。你呢？"

"我……我叫李星宇。"

"土里土气。"她说着，翻了一下白眼。

星宇没有理会她的粗鲁："你看这些人，为什么要……"

他说不下去了。

"这怎么了？人总要有后代啊。"她显出不耐烦的表情，"这是今年的第四批了。"

后代？

"你是说，现在的人，都是这样……有小孩的吗？"

"对啊。"

"那，其他人在哪里？"

"那里啊。"女孩扭过头，用手指向最近的楼房，"比如这栋楼，里面就住了9万人呢。"

他吃了一惊。抬头望去，只见这大楼伸向天空，高得让人看不到顶，黑得让人透不过气。他越看，越觉得它像一块墓碑，哪里是人住的地方？

忽然,女孩走开了。只见她来到最近的墙壁面前,伸手按下那些按钮中的一个,这墙便"吱"的一声出现了一个洞,吐出一个纸盒。她捡起,取出一块饼干一样的东西,大口啃起来。

"这楼房还能生产东西?"他惊得合不拢嘴。

"很奇怪吗?"她的腮帮子鼓鼓地蠕动着,口齿不清,"这里面还能种庄稼呢。合成阳光技术,你不知道?"

他摇了摇头。

女孩停止了咀嚼,看着他:"现在,大家都住在楼房里面,想做什么,想要什么,直接就送上门来了。这是因为科技的进步,产品已经极大地丰富了。这就叫按需分配,懂吗?"

按需分配?这么说,现在已经是……可这一切,又不太对劲儿。

正在这时,人群结束了运动。他们悄然起立,穿好衣服,开始返回。他们保持着来时一样的沉默,只听脚步声"哗啦哗啦",四处回荡。

所有的楼房又都敞开了门,将他们如地上的积水一般吸了回去。

星宇望着这些银光闪闪的背影,不知怎的,感到一阵失落。名叫小雅的女孩用鱼一样的眼睛打量着他,问道:"你为什么不跟他们一起走呢?"

"我……我不想去。"他犹豫了片刻,回答。

"这些楼房里面,什么都有呢。"她的嘴角微微地咧开,似乎在笑。

星宇疑惑地看了她一眼。爸爸妈妈会在这里面吗？接着，他想道。

可最后他还是摇了摇头，说："我不喜欢这些楼房。"

听到这话，小雅收起了笑容："那你住哪儿呢？"

"我……我住在地下。"

"地下？"猛地，她的眼睛睁得更大了，"难怪呢……走，带我去看看！"

说着，她竟拉起了他的手——星宇只觉一阵冰凉。

"那你……你不回家吗？"他尴尬地问。

"家？随便找栋楼就可以住进去，你不知道？"她又翻了一下白眼，"但我更喜欢在外面玩。喂，你到底带不带我去啊？"

她瞪着他，眼睛眨也不眨。

"呃，这个……"星宇吞吞吐吐，脸微微发红。

她叹了口气："我差点忘了，你失忆了啊。一年前，有好多你这样的人，说着胡话，在外面乱逛。可现在早就见不到他们了，都被送进了楼里。所以你是漏网之鱼——"

一年前？！等等！

"一年前，这里出了什么事吗？"他大声问。

忽然，小雅沉默了，表情变得呆滞。

"一年前到底发生了什么？是不是和那个'天弦'有关？"

"别说了，别说了！"她竟尖叫起来，甩开他的手，扭头往废墟跑去。

星宇愣在了原地。

他看见，女孩的裙摆飘飘，如同一只白色的幽灵。她飘过碎石，飘过瓦砾，竟没有发出一点声响。

"主人，我们回去吧。"冷不丁地，冰叔叔的声音在身边响起。它伸出一只手，指着她远去的背影，于是他才反应过来：那边，不正是自己来的方向吗？

这可有点巧了。但不管怎样，他还有很多问题要问她呢。

等他追上她的时候，已经快到家了。可是直到进了电梯，小雅仍然一言不发，对星宇也不理不睬。刚到站，她便径直走了出去，将他和冰叔叔甩在后面。只见她挨个拉开墙上的门，把脑袋探进去查看，就像在自己的家一样随便。很快，她结束了参观，折返回来。

"这电梯还能往下吗？"她瞪着他，表情古怪。

星宇没想过这个。

"可是这电梯只听——"他还没说完，背后便响起了富有磁性的声音：

"主人，我来带你下去。"

这一次，电梯运行了很久。

门开了,一股热浪迎面扑来。而外面,是昏暗的暮色。

一片广场映入眼帘,宽阔平整,一眼看不到边。雪白的地面从脚下延伸出去,颜色渐渐变得昏黄。三四百米开外,竖着一排高大的栏杆,缕缕红光从栏杆后面透了上来,变幻闪动,就像燃烧的晚霞。顶着灼人的热浪,星宇朝那片晚霞走去,却很快停下了脚步——他看到了栏杆外面的景象。

他突然觉得自己正站在一艘巨轮高高的甲板上。下面,浓汤般的红色海洋正在翻滚冒泡,不时传来什么东西爆裂的声音,令人头皮一紧。远处,几根白色的柱子从沸腾的"海面"升起,在熊熊热浪中扭曲了形状,斜斜地插入头顶那浓浓的黑暗。

更远处,则是一片暗红色的混沌,就像燃烧未尽的炉火。

3. 深埋的真相

"请不要靠近防护栏,以免烫伤。"后面传来冰叔叔的声音。

"这里……有多深?"

"地下 2 000 米。"

"可是岩浆……只有更深的地方才有啊!"星宇难以置信。

"这些岩浆是从下面涌上来的,富含矿物质,主要是铁、镁和硅,可以直接开采。这里是一号控制台,下面连接的导轨长 25 公里,插入地幔,将地热传导至上面的汽轮机,以供发电。"冰叔叔解释道。

头顶的黑暗中传来隆隆的声音,似乎有一只看不见的巨兽正发出咆哮。

"可是这导轨,怎么能钻得这么深呢?"他张大了嘴。

"它的上下两端开放,外围包裹着一层超密度材料,用来维持结构,而中间的主要成分是液态的铜,用来导热。整个构造就像一根吸管。"旁边传来清脆的回答。

他侧过脸,看到小雅纤细的身体围着一圈跳动的光芒。她的发梢仿佛燃起了火焰。

"以这种材料的强度,就算把它扔进太阳的中心,也能完好无损。"她又说道。

星宇呆若木鸡。从他记得的知识,他明白这东西意味着什么。他望着那些柱子……毫无疑问,它们也是控制台,也都包裹着这种超密度材料。还有上面那些楼房,一定也含有这种材料,才能修那么高。

这一切竟是人造的?!

"这些往上升的柱子,都连接着地上的楼房,对吗?"他突然想到。

小雅点了点头:"每一根'柱子'的发电功率约为200万千瓦,全都输送到楼里,大部分用于制造和加工,小部分用于照明和日常消耗,剩下的用来种菜,还有养猪养牛什么的。"

"那谁来管理、运行这些呢?"

"AI啊。"她指了指冰叔叔,又指着脚底下,"人制造了

AI，AI 控制机器，为人服务。这是一个自动化的时代，每个人足不出户，就能过得很幸福。"

很幸福？

"那些楼房里面真的什么都有吗？"他喃喃地问道。

"那里面有你想要的一切。墙上那些按钮，只是方便有人外出时用的。"

火光愈发明亮，她变成了一条细长的剪影。

一切？星宇想着，如果，如果是这样的话，人们为什么又要跑出来做那种事呢？然而一想到那些人冷漠的表情，他似乎明白了。

人总要有后代啊。

"我知道了，他们明明住在一起，可每个人却很孤独！所以只有那样做才会有小孩！"他大声说，"就像，就像一群动物！这也算是幸福吗？"

"以前有以前的幸福，现在有现在的幸福。在拥有了无尽的物质以后，人和人之间就不再需要情感的连接了。孤独，不再意味着不幸。"她语气平静。

他似懂非懂。但他还有问题："那个'天弦'，也是这种材料做的吗？"

"是的。"

"那他们为什么……要去拜它呢？"

小雅转过脸来看着他，黑色的瞳孔里跳动着熊熊火光："是因为爱与恨啊。"

"什么意思？"

可是她垂下头，陷入了沉默。

冰叔叔接了下去："天弦的表面涂着一种呈电子简并态的材料，是人类创造的最为强固的物质，没有任何东西能破坏它。这种材料是天弦集团的代表性产品，自从——"

"别说了，别说了！别说了！！"小雅凄厉地尖叫出来，两手捂住耳朵，蹲下缩成了一团！

天弦集团？！这四个字如沉重的巨石，轰然落进星宇的脑海，激起了滔天巨浪！

一阵晕眩狠狠地击中了他。接着，头顶的黑暗向他倾倒下来……

他又坠入了那个奇怪的梦境。

周围的浓雾消散了，那块毛玻璃仍然立在那里，玻璃后的两个人正在激烈地讨论，他们的声音隐约可辨：

"冰，他们要我立即解散董事会……否则就冻结公司的资产……我是不会妥协的……"

"这真是太过分了……可多少在我的预料之中……"

"是啊……他们认为我们这样的公司已经没必要存在了……"

"其实这也没什么……你已经尽力了……快回来吧……"

"不……再给我一点时间……"

接着,一男一女停止了交谈,静静地立着。

突然间,男人喊道:"他们动武了……这群傻瓜……这样只会造成……"

女人的声音惊恐万状:"寒,你为什么还在那里……快回来……"

男人沉默了片刻,语气平静:"来不及了……别管我了……你们快去地下……"

正说着,他的身影便突然消失了。

女人发出了一声凄厉的哭喊。可旋即,她冲了过来,把自己的脸贴在玻璃上,急促地喊出了六个字——他仍然看不清她的模样——

"快跑,离开这儿……"

突然,一切都消失了。

黑色的虚无中,几幅画面如定格的幻灯片,一闪而过,模糊又清晰:空气在燃烧,噼啪作响。毁灭的花朵猛然绽放,光芒胜过一万个太阳。废墟之中,凝结的闪电静静地屹立,无数冤魂在周围飘荡。

……

原来,这就是他失忆的原因。

现在,他终于能体会她的恐惧了……

星宇醒来，发现自己仰面躺在地上。小雅的脸悬在半空中看着他，低垂的发梢上闪动着点点火光。

他也看着她，没有说话。

"你会弹琴吗？"过了一会儿，她问道。

在没有窗户的地下房间里，琴声又一次响起。

小雅坐在椅子上，闭上了眼睛。伴着旋律，她轻轻摆动着身体，似乎陶醉了：遥远的海上，夜空清冷，繁星满天。一座冰山静静地漂浮着，收敛了雪白的颜色，沐浴着皎洁的月光。可在这平静的水面之下，它那庞然的身躯正悄然沉睡，周围涌动着无声的暗流……

余音散去。

"我听过这首曲子，"她说，"这是《悲怆》，贝多芬的。"

星宇点点头，开始了下一首。这一次，旋律激烈而明快，她却皱起了眉头："停！这是他的《命运》，可你为什么要这样弹？"

"因为它是交响曲啊。"琴声戛然而止。

她将眉头皱得更紧："钢琴，好像不适合弹交响曲吧。"（见注释1）

"我知道。可是我想，只要曲子具有了灵魂，那用什么演奏就是次要的了。"他一脸严肃。

"切，原来你在卖弄啊。那就再来几首。"

"好啊。"

……

不知过了多久,两个孩子忽然不约而同地安静了下来。星宇偷偷看了一眼小雅,发现她的眼角闪着晶莹的光,不那么像鱼眼了。

"这些曲子真好听。现在已经听不到了。"她两眼低垂,仿佛在自言自语。

"那现在的曲子又是怎样的呢?"

她没有回答。

猛地,星宇的脑海里又闪过那些可怕的画面。勉强克制着心头的恐惧,他终于问道:"它……是怎么来的?"

"它来自一个理想。"她轻轻地回答。

什么?他有点恼了:怎么一个个的都不把话说明白呢!然而小雅看着他,神情庄严:"而理想,就是不管结果如何,都仍然要去追求的东西啊。请你认真回答我:你有理想吗?"

星宇愣了愣。一句话从他记忆的深处浮了上来。

"我有。我要走遍世界,让所有人都听到我的琴声。"他也一脸的严肃。

"那现在,你为什么不去别的地方看看呢?"

去别的地方?没错,他讨厌这里。而除了讨厌,还有深深的恐惧。爸爸妈妈也应该不在这儿——如果他们还活着的话。

于是他说:"行啊。那你呢?"

"我?反正我也无聊,就陪你一起吧。"她冲他露出了笑容。

他们回到地面,走向黑色的高楼。小雅凑近冰叔叔,说了些什么,它便来到那些按钮面前,伸展开四只手臂,噼里啪啦地操作起来。十多分钟以后,墙壁打开,驶出了一辆房车:高大宽敞,分成三节,最后一节载着一个圆形的平台,上面放着一架黑色的钢琴。

"带这个干吗?"他指着那架钢琴。

"实现你的理想啊。"她耸了耸肩。

她到底多大了?星宇想着,可不知怎的,他感到自己的脸有点发烫。

"主人,我要和你一起去。"冰叔叔说道。

他们便上了车,开始了远行。

4. 外面的世界

这是一条平原上的高速公路,宽阔笔直,延伸到天边。

可是一路上,却始终不见来往的车。星宇把头伸出窗外,感受着迎面而来的风,还有莫名的孤寂。抬眼望去,只见蔚蓝的天空下,四处矗立着黑色的楼群,或远或近,好像地平线上长出来的一簇一簇的蘑菇。

很快，他开始厌烦这种景色，可他却不愿回头探望。

因为，一道凝结的闪电撕开了身后的天空——是它，那个不敢念出的名字。它高高挺立，俯视着这个世界，仿佛天地之间一个怪异的音符。

不知怎的，星宇感到这音符正无声地振动着，召唤着自己。终于，他忍不住往后瞥去，不禁汗毛倒竖！

它……变得更加明亮了！这不是错觉！！

他惊慌地回头，躲避那刺眼的光芒，却发现小雅正盯着它，眼神呆滞。

她不害怕吗？！

可是，这到底是怎么回事？？他想问她，也想问它，却被一阵翻腾而来的恐惧堵住了嘴。他只知道，这恐惧来自记忆深处……

车开得飞快。

终于，刺眼的光芒渐渐暗淡下去，在四天以后的下午，总算是看不见了。

就在这时，车窗外出现了一片湖泊，金光粼粼，美丽之极。过了一会儿，星宇发现那其实是无数的房屋，建得整整齐齐，在阳光下闪闪发亮。再近一些，他才看清每一栋房顶都覆盖着太阳能电池板。

这个地方似乎与众不同。最近的一块路牌写着：乌托镇。他们便驶了过去。

这是一座美丽的小镇，仿佛沙漠中的绿洲。街道干净平整，纵横交错；道路两旁有参天大树，树的脚下是绿草鲜花。微风吹过，它们便一同摇摆起来，掩映着造型别致的旧式房屋。

一切都静静地沐浴着温暖的阳光。可奇怪的是，所有的门窗都紧闭着，路上也不见一个行人。

星宇开始感到不安。

突然，"啪啪"的脚步声传来，只见一个圆滚滚的人在路上奔跑，后面跟着两个穿制服的人。他们很快追上了他，将他扑倒在地，他便"嗷呜嗷呜"地嚎起来，两只圆鼓如卷心菜的拳头一下下地捶着地面。

这人戴着一顶黑色的头盔——星宇感觉似曾相识。记忆中又有什么东西被悄然唤醒，然而突如其来的另一幕吸引了他全部的注意。

前面的街口出现了一群人，有数十之多。他们大呼小叫、你追我赶，闹哄哄地涌过街道——星宇发现这些人大都体态丰腴，有的人手里还拿着棍子、刀子，而每个人都戴着一顶黑色的头盔。

这些人好像疯了一般。

当经过路口的第一栋房屋时，他们一拥而上，使出拳头、脚尖和各种工具，砸门砸窗砸墙壁，砰砰巨响络绎不绝。不过几秒钟，门破了，窗户碎了，他们从每一个入口涌进屋去，便有翻箱倒柜的声音传来，其中混杂着几声细若蚊蝇的惨叫。

很快地，他们走了出来，脸上挂着满意的微笑。可是接着，这些人又嗷嗷地吼叫起来，扑向下一栋房子，就像一群饿得发狂的野兽看到了唾手可得的猎物。

星宇目瞪口呆，面无人色。

突然有人尖叫一声：

"钢琴！"

旋即，他们飞跑过来，把房车围困在路中间。

"这是真的钢琴，真的！"

"哇，我从来没见过……"

"它真的可以奏曲子吗？"

"让我摸摸。"

一个胖胖的男人上前，开始攀爬车沿，可是怎么都上不去。眼看又有几个人试图爬上车来，星宇壮起胆子，把头伸出来喊道："各位请让一让。钢琴……是不能自己奏曲子的！"

"那，谁会弹钢琴？谁会？"

他们开始互相询问，然而，没有人会。

这时，一个脸上有血的女人用手指着星宇，高声说："怎么不问问他呢？他带着钢琴啊！"

"对啊，就是！"

"你，快给我弹一弹！"

……

他们叫嚷着,围得更近了。

星宇只得坐上琴凳。他手指轻点,一串音符便清越灵动,冲破了周围的空气。一曲完毕,人群鸦雀无声,又很快响起了窃窃私语。

"我听过这首曲子,是……是莫什特的《致爱丽丝》。"
(见注释2)

"太美了……"

"能弹钢琴,真是了不起啊!"

星宇感到了他们热切的目光,有点不自在。

突然,一个声音高喊道:"他是天弦的使者!"

于是众人附和起来:"没错,一定是!"

"我们有福了。"

"啊,天弦!我高呼你的名字,将你歌颂……"

一顶又一顶的黑色头盔下,笑容如花朵般绽放,闪动的眼眸洋溢出发自内心的虔诚。

一阵晕眩袭来。星宇吃力地抬起头,看着欢呼雀跃的人群……

玻璃后面,那两个人的身影显得清晰了一些。

"孩子今天怎样……"男人问道。

"还好,就是越来越贪玩,不想练琴,就喜欢上VR网,唉……"女人的声音满是无奈。

"他这年龄，正常……先不说他了，我有坏消息……"男人递过去一张纸，"当达到这个尺寸时，一旦它的这一点受到猛烈的外力冲击，将导致其整体产生超频振动……要是早点发现的话……"

女人拿着纸端详片刻，猛地捂住了自己的嘴："啊……那会是……太可怕了……必须立即启动降解程序……"

"只能这样了……但你也不用太担心……在自然的情况下，是不会出现那种振动的……"男人提高了声音，"而且，关于是否继续修建它……全民表决的结果……赞成的不到百分之五……"

"我们改变不了什么，就遂了他们的愿吧，可我们必须对刚才的事情保密，否则会引起恐慌……"

"是的……后天政府会派人来和我谈判……我要想办法把他们糊弄过去，唉……"

男人长长地叹了一口气……

星宇睁开眼睛，发现自己躺在一张床上。这间卧室低矮狭仄，没有多少家具，像是阁楼。房间里视线昏暗，只有一束刺眼的阳光穿过窗洞，在灰扑扑的地板上画出一个明亮的圆。

冰叔叔立在床头，床前站着一个秃顶男人，小腹高高隆起。

小雅却不见了。她去了哪里？

"孩子，你还好吧？"男人凑了近来，他的嘴里喷出一股腐臭的味道，星宇皱起了眉头。

"咳，可算把你给捞出来了。"男人笑眯眯地看着他，"你不知道，刚才你昏倒的时候，那些人还围着车不让你走呢！还嚷什么'天弦的使者'。真是无可救药！"

说到最后，他一脸厌恶的表情。

"那些人为什么要这样？"

"那些人？！我呸，所有人都这样！哪里一停电，哪里就有人发疯！今天要不是因为你，还不知道会闹到什么地步！"他一跺脚，滔滔不绝起来，"这帮畜生，吃了睡，睡了吃，还要一个劲儿地生娃！现在好了吧：人太多了，基建跟不上，只好限制用电，可一没电，人又会发疯！其实这都是他们自己作的孽！别说什么太阳能了，再来一个核电站都不顶事！这样下去，这儿迟早完蛋……"

原来如此。这个小镇的人口过多，资源却又太少。而一旦没有获得满足，任何人都随时可能变成歹徒。

这一片宁静安详竟是假象。可是，这里为什么没有黑色的楼房呢？

"唉！这可怎么办，怎么办啊？！"男人一屁股跌坐在地上，揪着自己所剩无几的头发，"我们这穷乡僻壤的，谁能帮帮我啊……"

这人是干什么的？星宇疑惑了，可看着他痛苦的样子，他不禁又生出了同情。

"对了，他们喜欢听我弹琴！我弹给他们听，他们就不会发疯了！"他灵机一动，喊道。

听到这话，男人一骨碌爬了起来。他冲着星宇弯下腰，两行清泪自眼角而下："孩子，我早看出来了，你是一位心地善良的钢琴家！只有你才能帮我……"

一边说，他一边递过来一张纸，原来是整个地区限制用电的时间表，下面还附了一条合同：只要哪里即将停电，星宇和他的钢琴就得出现在哪里，开始演奏。

星宇考虑片刻，便在上面签了名字。男人兴高采烈，笑弯了眉毛，握住他的手使劲摇晃起来。

突然，一个清脆高亢，又怒气冲冲的声音钻进了星宇的耳朵："不行，他不能去！你没看到他很虚弱吗？！"

是小雅。只见她一阵风般冲进来，站到屋子中间，两手叉起了腰。她是从什么时候开始在门外偷听的？

男人愕然了，张着嘴，目不转睛地看着星宇。

"小雅！我已经决定了。"他冲她大声道，于是她不再说话。

男人显出古怪的表情。又注视了星宇片刻，他才移开目光，起身往门口走去。

"等一下！你是谁？"星宇喊道。

"呵呵，忘记介绍了，看我这记性。"他回过头来，满脸笑容，"我姓朱，是这里的镇长。欢迎来到乌托镇，欢迎来到我的家。"

5. 振动的琴弦

两个孩子吵了起来。

她说：你知道吗，你被他利用了！你在替他安抚民心！再说，你这副样子，到时候昏倒了怎么办？！

他说：这跟利不利用没有关系！重要的是我能阻止他们发疯，去伤害别人！而且我已经发现了，我的记忆正在以这种方式恢复，所以你根本不用——

等下，你说你的记忆正在恢复？她瞪大了眼睛。

于是他告诉她这段时间以来他做的"梦"。

她怔住了，半天没有说话，眼角又闪起了微光。

你怎么了？他问道。

没什么。你打算给他们弹贝多芬的曲子，对吗？她换了话题。

嗯。因为他的音乐具有伟大的力量！他看着她，不容置疑地说。

所以你觉得，这样做能帮助他们？

当然！只要我——

好，我同意了。她打断道，拍了拍他的肩膀。

冰叔叔安静地立在一旁，聆听着这场争论。

两天以后的清晨,东方初露霞光。

在镇中心的广场上,一座高高的喷泉正欢快地跳跃,金色的花朵竞相绽放,又跌落碎裂,化为一片氤氲,映出淡淡的彩虹。

在彩虹的下面,一位少年身着黑色的西装,站在一架黑色的钢琴旁。

好奇的人们围拢过来。在他们中间,少年看到了一袭白裙,脸上露出会心的微笑。

第一场演出就这样开始了。

琴声响起,惊动了一群白鸽。它们扑棱着翅膀从人们头顶掠过,弹琴的少年却毫无察觉。旭日初升,黎明来临,他的鼻尖上,一颗小小的汗珠正金光闪闪。

呵,《黎明》——(见注释3)

表演结束了,星宇转身面对观众,却没有遭遇欢呼和掌声。他看到人们正在纷纷散去,很快就成了乱哄哄的一窝蜂,留下一地凌乱。望着他们的背影,屈辱就像一把尖刀,深深地扎进了他的心。

他的头也痛得快要裂开。

"寒,你在吗?"玻璃后的女人发出欣喜的声音,"你猜我发现了什么?刚才我听到钢琴在响,跑去一看,原来是星宇踮着脚,两只手在按音阶呢!他才一岁半呢!"

"这太好了!说不定啊,他能成为一个音乐家!"玻璃后的男人也兴奋异常,"我也有好消息要告诉你。我刚刚被任命为天弦集团的董事长了！"

"真的？！这样的话，我们的进度就能大大加快了！"

"是啊。我们的理想就要实现了——不，应该是人类的理想！"

女人的声调平缓了下来："可我有种不好的感觉。寒，你没发现吗，现在的人正在变懒，他们越来越喜欢享受，而不是积极勤劳地生活了。或许，我们不该开发这样的技术……"

"冰，你过虑了。技术将最终带来进步！当他们看到我的伟大作品时，一定会燃起熊熊热情的！"男人的声音坚定豪迈。

"呵，但愿吧。"

他才一岁半——不对，这不是他的记忆。（见注释4）

这是……妈妈的？怎么会这样？！

星宇猛地惊醒，发现自己趴在琴键上。抬头一看，整片广场空空荡荡，小雅也不见踪影。

忽然，背后响起一个怯生生的声音："您、您好……"

他转过身来，看到一个男孩。他和自己差不多大，圆滚滚的身材，搂着一个高出一头的女人。这女人上身穿着一件粉色的水手服，下身是一条短得惊人的迷你裙，长腿玉立，胸部高耸，脸蛋精致。

可她的两眼却没有神采——原来她是一台AI。

"尊敬的、天弦的使者，您、您的琴声真是太美了。我、我携爱妻一道，特来向您表达我的一点敬意。"男孩一边说，一边向他深深地鞠躬，"她"也款款地弯下腰来，水手服的领口大大地敞开，露出万种风情。

星宇的脸"腾"地红了，一时语塞，直到他看到男孩背上的东西：一顶黑色的头盔。

"那是什么？"

"这个？这是VR头盔，您、您不知道？"男孩把它取下来，拿在手里，"一戴上就能联网，玩VR游戏什么的，可、可好玩了，大、大家都在玩。"

星宇目不转睛地盯着它。他知道，这东西一定和他的过去有关。

"能借我玩一会儿吗？"

"给。"男孩把头盔递过来。就在这时——"你不准玩这个！" 星宇的耳边响起一阵如雷猛喝，把他吓了一大跳。小雅不知从哪里冒了出来，一脸的咬牙切齿。

"为什么？"他诧异了。

"没有为什么！有的事，你就是不能做！"她两手叉腰，声音凶狠，那不容商量的架势就像一个发怒的女人。

真是莫名其妙！

"我要你管？！"一股怒气直冲脑门，他也大吼道，两眼一瞪，和她对峙起来。

男孩收起头盔，往后退了几步。他盯着星宇，表情古怪：

"您、您有病……我、我先走了。"

"你才有病呢!"

星宇扭过头冲他喊道,可这位最后的听众搂着他的"爱妻",一言不发地离开了。

身后,小雅的声音恢复了平静:"行了,说说你吧。其实你弹得非常好,这不是你的问题。"

"那就是他们的问题了?!"他余怒未消。

"你啊,死脑筋。"她叹了口气,伸手摸向钢琴的底板,按动了什么。于是门板打开,露出了里面复杂的装置——这不是普通的琴。

"我一直在想,钢琴为什么就不能演奏交响曲呢?所以啊,我做了一些改进……"

原来,这架钢琴的弦非同一般,无比纤细,又无比坚韧——这是一种超密度材料。弹奏时,按照设定好的乐曲按下琴键,将信号传递给内置电脑,找到与旋律匹配的乐器程序,电脑便发出指令,以精确控制的力度和角度敲击琴弦。这些弦的振动能够丝毫不差地模拟任何乐器的声音,包括人声。再辅之以高级的音响,它演奏的曲子足以让最宏大的交响乐团也黯然失色。

"欲善其事,必利其器。现在,你可以学习新的弹法了。"小雅在琴凳上坐下,跷起了二郎腿。她的长裙下露出一只白嫩透着粉红的脚丫,在空中晃晃悠悠。

忽然,星宇低下了头。

"喂,这很难理解吗?想想看,一切音乐……不,一切声音,不都是某种振动吗?"她看着他。

"你……懂得挺多的。"他仍然低着头,右手抓着身上西装的衣领,捏紧,松开,又捏紧,再松开。

"这很奇怪吗?"她的嘴角浮起一丝笑意,旋即又消失无踪,"问你呢,你学还是不学?"

"我、我需要一点时间。"说完,星宇停下右手的动作,抬头看了她一眼,又低下头去。

3天以后的正午,昏昏欲睡的人们突然听到了一阵音乐。

一开始,那旋律在空中缭绕盘旋,如丝如缕,几不可闻。可渐渐地,它成长起来,流动起来,伴着习习微风,掠过每一个街角和屋檐,吹进每一双耳朵和眼睛。然后,它翻了几个筋斗,打着转儿奔腾起来,像天国的列车从空中轰鸣而过,一路高歌欢唱,拉扯着阳光,裹挟着白云,将它们揉成碎屑,又抖落抛洒。于是金色的音符暴雨般倾泻而下,温热明亮,将小镇彻底淹没。

人们纷纷走到街上,失魂落魄。他们不由自主地排成长队,循着这天籁而去,来到了郊外。他们看到,在一片茫茫绿野中,那位少年正飞舞着指尖,与那架黑色的钢琴融为一体,就像碧波万顷的海面上,一块小小的礁石。

人们席地而坐,摇摆起身体,感受着海浪的冲刷……

突然,眼前一片雪亮!每个人都变成了盲人,什么也看不见了!这致盲的亮光转瞬即逝,但紧接着,耀眼的雪白再次吞没了田野,吞没了蓝天,吞没了所有人,吞没了这个世界!旋即,又将它们复原!然后是第三次、第四次、第五次……就像,有一台巨大的老式相机,在眼前连续按动着快门!

在这样的反复中,这光芒很快暗淡下去,不到半分钟,一切又恢复了正常。

除了,一道凝结的闪电出现在地平线上,撕开了天空。(见注释5)

6. 唯一的希望

人们张大着嘴,呆立如木偶。可是转眼间,他们爆发出了惊天动地的欢呼声。

"是天弦!天弦又显灵了!"

"是呀,它在振动!它在传播福音!"

"仁慈的父啊,汝以祂为形,降临人世……"

"哈利路亚!!"

……

震耳欲聋的声浪将星宇淹没,他听不见自己的演奏……

玻璃后面,那两个人影站在落地窗前,紧紧依偎在一起。

"20年……这项工程将耗费很多。"男人的声音略显疲惫。

"你也会付出很多,但是这值得。"女人的声音充满温柔。

"是啊。这将是人类的第一部太空电梯!"男人伸出手指着窗外,语气激动,"现在才打好地基,我们还看不到它,其实它很高很高……等到它建成,我们将迈入真正的太空时代!"

"对了,你给这部很高很高的电梯起了名字吗?"

"还没呢。我想想……就叫'天弦'吧。"

"真好,真好。等'天弦'建成的时候,孩子也该长大了。"

女人低下头,轻轻抚摸自己的小腹。

"冰,你想好他(她)的名字了吗?"

"星宇。星空,宇宙……"

"真好,真好。就是它了……"

"哎,你怎么停下了?!继续弹啊!"

星宇猛地惊醒。眼前是一张愤怒到扭曲的脸——一个胖胖的女人正站在他面前。

"真是太煞风景了!你怎么这么不懂事呢?!"她咆哮着,唾沫四溅。

"就是!快弹,快弹!快弹啊……"人们早已围拢过来,不满的声音一浪高过一浪。

星宇摇摇晃晃地站起来,看了看他们,又望向远方那道闪电。

突然,某个东西猛扑了上来,伸出魔爪,一把扼住了他的呼吸。

他看不清它的模样,但他知道,它来自记忆的深处。它是最黑的黑色,是最深的绝望。它是死亡,是毁灭,是万物的终结。

星宇奋力挣扎着。他的视线开始模糊,眼前出现了浓黑的雾——他就要窒息了,他就要倒下了。

可他却用尽最后的力气,撑开了自己的喉咙:

"你们快跑啊!天弦……会毁了一切的!!"

人们出离愤怒了。

"你在胡说什么?你这魔鬼!"

"这外面来的小杂种,竟敢对天弦不敬?!"

"他是不信者!"

"打死他!"

几个高壮的男人扑了上来,铁钳般的大手握住星宇的四肢,将他抬了起来,很快又伸来更多的手,加入了行动。

瘦弱的身躯在狂暴的人海中浮动着,眼看就要沉没。

突然传来一声惨叫。只见一个满脸是血的人飞奔而来,大喊:"救命啊!AI造反了……"人们惊恐地张望,接着发出了绝望的嚎叫。他们拼命地四散逃离,留下一片狼藉。

原来是冰叔叔来了。只见它那四只修长的手臂正以身体为轴心飞速旋转着,好似一只陀螺;陀螺的边沿泛着雪白的光芒——那是一种超密度材料,无坚不摧。这股死亡的旋风刮过田野,在孩子身边停息了下来,接着,两双大手将他轻轻抱起:

"主人，你有受伤吗？"

不，我没有。可是小雅呢？她千万别出事……

接着，他发现自己站在一扇窗户外面。

他往里看去：这是一间卧室，不大，只有几样简单的家具。天花板上的吊灯老旧泛黄，将里面的一切笼罩上一层模糊又温暖的颜色。

女人躺在床上，正在读一本书，门开了，男人走了进来。

"冰，祝你生日快乐。"他双手捧着一个圆圆的东西，把它放到她面前。

"这是什么？"

"你的生日礼物啊。也是我的最新成果。"

女人把书放到一边，凑近察看。它看上去像一个大号的雪花球。

"可是这里面……什么都没有啊。"

"哈，这是因为它太小了。它是一根弦，"男人的声音渐渐兴奋，"长度不到五纳米。这是一种超密度材料，在常温常压下呈电子简并态。"

"天啊，这……这可是白矮星上才有的东西！你把它造出来了！可为什么你叫它弦呢？"

"因为它会振动啊。我发现，当尺寸足够小，超密度物质会在引力波的影响下产生剧烈的振动。也就是说，它能放大时空的涟漪。"

"但不管是它还是时空的涟漪，都太微小了，即便放大，也没什么意义吧。"

"没错。可我进一步发现，如果将数根这样的弦以特定的位置和距离加以布置，这种放大效应就会叠加起来。"男人在房间里走来走去，双手不时地举到空中，"据我计算，假如这样特定排列的弦再多一些，再施以恰当的刺激，这个系统对时空的扰动就可能强到被人察觉的地步。这是一种奇妙的谐振效应！"

女人的声音变得严肃："寒，引力波是无处不在的。你就没有想过，也许有一天，你的发明会严重影响到现实世界，甚至造成灾难吗？"

"冰，你就放一万个心罢！首先，一切实验的规模都在控制之下；其次，除了我这样的天才科学家，还有谁知道该如何操作呢？我——"

"行了行了，我要睡觉了，你呢？"

"我、我要去实验室。"

"这才结婚一个月……算了。晚安，寒。"

男人离开了。

女人起身，走了过来，站在窗前。隔着厚厚的玻璃，星宇看到了她眼中盈盈的泪水。

妈妈，你在看我吗？

突然，玻璃无声地碎裂了，化为千千万万颗珍珠，晶莹剔透，就像泪滴。

女人的长发在空中飞舞，她那苍白的脖颈之上，是小雅美丽的脸——他终于看清了。

她嘴唇轻启：

"你是唯一的希望……"

7. 命运的叩门（见注释6）

星宇发现自己又回到了阁楼的床上，而她又不在，只有冰叔叔安静地立在床头。

他起身来到露台，往外眺望。湛蓝的天穹下，乌托镇宁静地酣睡着。无数的屋顶在午后的阳光下闪闪发亮，连成一片金光粼粼的湖泊。

突然，眼前的湖泊沸腾起来。

星宇看到，那金色的波光碎裂了，疯狂地跳跃着，化为一排波涛，由远而近，朝自己猛扑过来，他赶紧扶住墙壁。

大地开始摇晃。站立的阳台仿佛变成了一只小船，随着海浪颠簸起伏。头晕目眩中，星宇感到了某种节奏，正通过这大地、这空气、这正在振动的一切，传进他的脑子里。

像是隐隐的雷声。

车开了整整四天，如果按每小时100公里计算，这里到那里已有近万公里。可在这样的距离上，仍然能够感受到它的威力！

那些黑色的楼房，还在吗？他那地下的家，还在吗？如果爸爸妈妈也在那边的话……

星宇想着，恐惧又翻腾上来。他大口地呼吸，艰难地仰起头，却看到了另一幕景象：

一个巨大的同心圆形状悬浮在上，占据了头顶一半的天空。数不清的黑色圆环正从圆心疯狂地往外涌动，由细而粗，由小变大，就像水面上翻滚扩散的涟漪，又像一只庞然巨兽圆睁的怪眼，睥睨着这个卑微的世界。

那是……云吗？！

不知过了多久，也许只有几分钟，却感觉是几个小时，一切终于平息下来。

靠着墙壁，星宇忽然又听见一阵喧嚣。往外一望，他看见了一块高高举起的标志牌：那是一道闪电，颜色雪白，形状狭长。举着牌子的人昂首挺胸，一边走一边高喊着什么，他的后面是一支长长的队伍，人人都戴着一顶又尖又长的锥形帽子，也是雪白的颜色。他们大声唱着一首圣歌，双手合十，步伐整齐，徐徐地穿过街道，显得庄严肃穆。

目睹身受了刚才发生的一切的人，竟开始了游行庆祝……不，必须让他们明白危险！星宇跟跟跄跄地回过身来，准备下楼，却看到小雅和冰叔叔并排出现在眼前。

"那就是云,你不用担心。"她微笑着,说。

小雅,你怎么会知道我在想什么?他看着她的脸,这张"梦"中出现的脸,说不出话来。

"你刚才一定又梦到爸爸妈妈了。"她继续微笑着,"当然,那不是梦,是回忆……现在请你想一想:这些回忆有什么特别的地方呢?"

星宇吞吞口水,立即找到了答案:"它们是倒着的……我是说,这些回忆的顺序是倒着的。"

她的笑容消失了,换上了淡淡的愁容:"没错。因为人啊,总是先想起最近的事情,再想起较远的事情……那么现在,把它们连起来,你得到了一个怎样的故事呢?"

可是晕眩又一次袭来,扰乱了他的思绪。

"我、我做不到……"他捂着脑袋,发出痛苦的呻吟。

"没关系的。"小雅轻轻地说。

"对了!我必须告诉他们危险——"他跳了起来,又突然双膝一弯,跌坐到地上。而这后一个动作,绝非他自己的意愿。

星宇仰起头,看着面前的少女。她也看着他,细长的身体挺立如一根竹竿,脸上的笑容若有若无:"别去了,没有用的。"

他死死地盯着她:"几个星期以前,你要我去别的地方……是因为你知道那里马上就要……"

她点了点头。

"你、你到底是谁?你是从哪里来的?你的爸爸妈妈呢?"他连珠炮似的发问。

"主人,是时候了。"还未等到回答,冰叔叔开口了。它将4只背着的手转到面前,20根修长的手指捧着一个圆圆的东西——看上去像是一个大号的雪花球。

星宇睁大了眼睛:这是爸爸送给妈妈的生日礼物,这里面有一根看不见的弦。

回忆与现实,就这样接驳到一起。

"一年前的一个上午,天弦集团与联合政府的谈判破裂。后者为了抹除集团的财产,动用了国防武器。"冰叔叔的声音饱含磁性,又毫无感情,"一枚导弹击中了'天弦'的上端,引起了其整体的超频振动,并带动了周围的空气,进而生成了一次超级冲击波。其当量约为五亿吨,冲击半径为57公里,影响面积约为1万平方公里,夷平了89.2万多座建筑,共造成约3 675万人死亡。"

星宇呆呆地听着这一串数字。他突然明白了什么,心猛地一紧:爸爸就在那里面……

冰叔叔继续:"政府很快发现,他们没有任何手段能破坏天弦。即便有,强硬的外力也只会使情况进一步恶化。他们也没有封锁和引导言论,因为天弦就立在那里,而谁都无能为力。"

猛地,他的眼前闪过那些跪拜在地的人,还有这些高喊"福音"的人。

小雅说:"天弦振动引发的冲击波能量非常巨大,被大气完全吸收后，会在相当大的范围内形成强烈气流，也就是刮风。可它的影响远不止此。由于地球大气是一个相对封闭的系统，振动的能量并不会消失，而是被稀释，并随着气流的运动扩散到全世界。这些能量尽管微弱，却仍然会与天弦产生谐振效应，从它的一端传到另一端，如此反复，由弱变强。要是别的东西，早就因此断裂了，可天弦不会。最终，它积累的能量将超过临界点，并再次以振动的方式释放到大气中。"

冰叔叔说："据计算，第二次振动将在第一次的一年后发生，其威力是前一次的3倍，冲击半径为152公里，将摧毁7万平方公里内的一切；第三次将在这之后的第八年发生，威力是前一次的10倍，将彻底毁灭这个国家，全球将刮起15级台风，各地出现持续不断的8级以上地震；第四次将在这之后的第12年发生，其影响的具体数字很难估计，但可以预见，它将蒸发海洋，抹平山脉，掀起地壳，改变板块结构；第五次——"

小雅打断道："就算有第五次，也轮不到我们操心了吧？"

不知为何，她仍然在微笑。

那么刚才就是第二次振动了，不知又毁灭了多少生灵？！而在第四次之后，这颗星球上还会有活着的东西吗？！

星宇看了看她，又看了看它，语气平静："你们早就知道这些，却一直瞒着我。"

"因为你还没有长大。你必须去经历，去思考，才会明白自己该做什么，才有可能肩负起责任。"她注视着他，目光无比温柔。

"什么责任?"

冰叔叔将"雪花球"捧到他眼前:"只有它能阻止灾难,只有你才能使用它。"

星宇呆呆地看着那个空空如也的球。可是等等!妈妈在……

正在这时,朱镇长走了进来。他瞥了一眼冰叔叔,脸上立即堆满笑容:"孩子,我谨代表我个人,就刚才发生的事向你表示歉意。请放心,我已经把他们摆平了!因此,我想斗胆请求你,再帮我一次,嘿嘿……"

"说吧。"

"是这样的,3 天以后的晚上,镇中心还会有一次大停电,但那是最后一次!之后,我们就和过去说拜拜了!可在那之前,我希望你能够……嘿嘿……"

"好,我会去的。"

"哈哈,您真是爽快……"

3 天以后的夜晚。8 点钟左右,镇中心的广场上挤满了人,他们踮着脚尖,裹紧衣服,在寒风中翘首期盼。

朱镇长出现了,他高举着麦克风,神情豪迈:"诸位,我很荣幸能主持今晚的聚会……漫漫长夜,何其艰难。可是等到明天的太阳升起时,所有的苦难都将结束。伟大的天弦回应了我们的要求,新居计划已经启动!我们将住进高入云霄的新家,我们将拥有无穷无尽的产品,我们将进入一个没有痛苦、纵情高歌的时代!"

欢声雷动。

"下面，有请天弦的使者——李星宇先生，为大家献上美妙的乐章！"

话音刚落，灯光熄灭，周围顿时伸手不见五指——这是最后一次停电。片刻的宁静后，恐慌开始蔓延，人群不安地骚动起来。

突然，四个凶猛的音符冲破了黑暗。

8. 温暖的新家

一、二、三、四：世界将会毁灭。

一、二、三、四：一切化为乌有。

一、二、三、四：人类啊，请不要坐以待毙。

一、二、三、四：醒来吧，与命运决一死战！

……

人们立在原地，战栗不已。看不见任何东西，他们便把头转来转去，用耳朵寻找四个音符的来源——却发觉它们无处不在，无孔不入，钻进了五脏六腑，又从每一根汗毛钻出，惊得全身每一个细胞都缩成了一团。忽然，这四个音符变得天鹅绒般柔软了，轻抚过颤抖的身体，宽慰着受伤的心灵——可是当人们惊魂稍定，那温柔的细语又变成了凶狠的呵斥，敲打起每个人的头颅。在这恐怖与宁和的不断交替中，人们如痴如狂，一惊一乍，大口喘息，汗水淋漓……终于，四个音符轮番做出了最后的沉重一击，便重归于黑暗。

人们失魂落魄。

不知过了多久，灯光再次亮起。人们四处张望，才发现这旋律来自上方——在喷泉的顶端，那位少年正端坐在钢琴前。

随着他双手一抬，第二乐章开始了。

那旋律旖旎绵长，好似华丽的绸缎，柔软而温暖，轻抚着人们的身体，驱走凛冽的寒意。忽然，它又化为醇烈的美酒，晶莹闪亮，带着火样的热辣入喉，将他们灌醉。于是，每个人都举起了酒杯，拿起了蛋糕，走向离自己最近的人，向他致以最诚挚的问候，再来上一个大而紧的拥抱。最后，伴着舒缓的节奏，他们或出双入对，或三五成群，跳起了各式各样的舞蹈。（见注释7）

朱镇长右手高举着酒杯，左手紧捂着胸口，两眼微闭，缓缓地踱着步："啊，诸位请看呐，看呐。看那雪白的地板，是何等的华丽！看那光滑的圆柱，又是如此的优美！当我，漫步在这神灵的宫殿中，我——啊哟！"

他踩到了一块香蕉皮，肥胖的身躯重重地仰倒在地，四脚朝天。

热气正在升腾，气氛继续高涨，欲望开始肆虐。当狂热的灵魂将至高的欢愉燃烧殆尽，原始的渴望便侵蚀了意犹未尽的心灵。热舞的人们打量着面前的身体，饥渴地抱紧了彼此……

天弦的使者却执着地沉浸在那欢愉中，等他有所察觉，为时已晚。他停止演奏，往下一望，看到了曾经的一幕：无数黄黄白白的躯体正交缠着、颤抖着,在蒸腾的热气中化为一锅烂熟的稀饭。

他又放眼平视:在漆黑的天幕下,在那恍如彼岸的远处,那道闪电正隐隐地跳动着,仿佛发出无声的嘲笑。

原来,它从来都不是堕落的罪魁祸首。

刺骨的寒风中,乌托镇迎来了黎明。广场上人影全无,一片凌乱,弹琴的少年仍然立在原地,望着远方。

她出现在他身旁。

"我以为我用这种方式,能够惊醒他们。我失败了。"

"不,你尽力了。"

星宇没有看她。沉默良久,他再次开口:"一年前,冲击波到来时,我正戴着VR头盔。我的大脑深度连接着VR娱乐网络,受到了严重的损伤,我就要死了。是她把自己的一部分脑组织移植给了我,并因此,离世。"

小雅露出了美丽的笑容,仿佛在说:你终于想起来了。

"大脑移植技术还没成熟,即便是直系血亲间的移植,也会留下很多后遗症……"他的声音变得很轻很轻,"比如幻视、幻听,还有人格分裂。"

初升的旭日照亮了女孩的秀发,将她的笑容衬得更加灿烂。

"她留下的那些回忆 —— 我的回忆,都是她生命中那些重要的时刻。"

说完,他面向她,神情庄重:"谢谢你的陪伴。"

听到这话，少女走近几步，看着少年的眼睛。裹着那纤细的身体，她的裙裾在空中飞舞起来，宛如一只洁白轻盈的风筝，在阳光下渐渐变得透明了。

"如果你愿意，我可以继续陪着你。"

"我愿意。"

远处传来隆隆的声音，那是七八架庞大的机器正在建设新乌托镇。黑色的地基已经打了下去，白色的根须也将生长出来——很快，镇上的人们再也不用担心停电了。

在更远的地方，漆黑的楼群正一丛又一丛地冒出来，点缀着平原，就像湿地上深色的苔藓。它们把根须深深地扎下去，贪婪地吮吸着母亲的营养，生长着、分裂着、繁衍着——不久，便将爬满整个大地。

在更远更远的地方，天弦无声地闪耀，俯视着这一切。

……

他们离开小镇，往家的方向奔去。

一天以后，他们开始了步行。

大地上不见一个人影。断壁残垣、碎石瓦砾，堆成了数不清的、灰白色的小丘，犹如一座座新添的坟冢。狂风从它们中间呼啸而过，呜呜咽咽的声音犹如万鬼哭号。

忽然，前面出现了一个入口，像是地铁站，他们便下去一探究竟。

扶梯很长很长，到底以后，星宇发现这里像是一个站台，有上百米宽，两头却长得望不到边；左右两边分别停着两列地铁，同样长得看不到头尾。他走近车窗，不由惊得倒退了一步。

里面，一个个体形臃肿、一丝不挂的人正坐在座位上，双眼紧闭，神态安详，看不出性别。从每个座位上方垂下来两根管子和一捆导线：一根管子插进人的嘴里，另一根伸向下体；导线连接着一顶黑色的头盔，戴在头上。这些人不时地做出细微的表情和动作：抬一下眉毛，抽一下嘴角，动一下手指——他们的确还活着。

突然，其中一个人站了起来，接着站起了另一个。两只肥胖的身躯摇晃着互相靠近，然后贴在了一起。不一会儿，第一个人剧烈地抖动起身体，仰着头，张开嘴，似乎正发出嚎叫，他的同伴也随之嚎叫起来。接着，仿佛受到这两个人的感染，其余的人也站了起来，各自捉对儿，然后贴到一起，开始了疯狂的运动。于是整条车厢"哐当哐当"地响起来，剧烈地摇晃着，似乎不堪重负。

看来幸存的人们也找到了新家，还过得不错，尽管是暂时的。可他们知道这是暂时的吗？星宇想着这个问题，感觉找不到答案。

他只得转向另一个问题，于是打开电脑，开始了艰苦的学习。

9. 最后的乐章（见注释8）

七年以后。

废墟。废墟吞吃了城市，废墟化为森林，废墟堆成了平原，废墟成为世界。风从废墟中穿过，狂奔着，怒吼着，是这个世界上唯一的活物。

可是忽然间，这废墟的世界中出现了另一个活物。那是一个瘦削的男人，他的两颊凹陷，使得一双眼睛凸了出来；他的头发在风中舞动，就像一团顽固的野草。他时而停下脚步，在原地转起了圈；时而高声言语，似乎在和谁交谈；而他做得最多的，就是盘腿坐下，打开一台破旧的电脑，敲击键盘。

他的身后跟着一台AI，手里捧着一个圆圆的东西。

"这里面的这根弦具有某种特质。它会在感应到天弦的振动时，作出与其频率不同步的谐振。在恰当的位置上，它的波形将完美地契合后者，将其能量抵消，就像声波的相消一样。只要时间够久，这种消弭效应将积累起来，不断增强，最终使天弦平息下来。可由于它太过微小，导致确定这样的位置变得非常困难。而如果放在错误的位置上，它的振动反而会增强天弦的谐振效应，从而加快灾难的到来……"

"我早就知道了！我是说，我知道这件事的重要性，所以你就不要重复了吧！"男人不耐烦地对它说。经过一年的计算，他已经确定了那个位置出现的大致范围——离那道闪电非常的近。于是他越走越慢，最后几乎停了下来。

真的非常近了。前方，一根通体雪白的圆柱从废墟里拔地而起，插入天空，就像一潭污泥中长出的一尖荷叶。这根柱子并非完全垂直于地面，而是与其有一个接近90度的倾角——男人明白这是因为它太重了，如果完全垂直，它迟早会陷进地里。

近了，更近了。

现在，男人面对的是一堵墙壁了。他将脑袋摆动180度，感受着这堵白色的巨墙。站在它脚下，男人感觉它是分隔两个世界的一道宏伟的屏障，而自己是一只试图攀越这道屏障的小小蚂蚁。

他不禁想起了一个古老的隐喻：

"你在平原上走着走着，突然迎面遇到一堵墙，这墙向上无限高，向下无限深，向左无限远，向右无限远，这墙是什么？"

"是死亡。"

然而这墙的表面并不发出耀眼的光，无论怎么看都不像闪电。道理很简单——当它的全反射表面处于高频振动状态时，对空气的扰动就会在远处呈现出光线闪烁的现象。

男人笑了笑。就算它真的是那样的墙，他也不会感到恐惧。他发现墙的表面并不发出耀眼的光，无论怎么看都不像闪电。

他伸出手抚摸它，感觉热乎乎的，要是搁上一会儿，甚至会觉得烫手。这当然是因为它在振动的缘故。并且，它会变得越来越烫，直到……

别想了，先解决问题吧。男人打开电脑，开始了计算。

根据计算结果，他又往回走了一段精确的路程。但经过再一次分析，他发现位置还是不对。雪花球里的那根弦太小，而干扰太多了，那个准确的位置就像悬在空中的苹果，近在眼前，可每次张嘴去咬，却总是功亏一篑。男人陷入了思考：看来，要想将它抓住，只有一个办法。等到天弦积蓄的能量即将再次到达顶峰时，猛烈增幅的波形将透露出更多信息，并过滤掉其余的干扰，那时，它就无处可逃了。

他便在原地开始了等待。

地平线上，一轮夕阳正缓缓地坠落。在它下面，有一块巨石高耸，突兀而尖锐，慢慢地刺进它的身体。那伤口无声地淌出了血液，鲜艳而炽热，染红了这块石头，染红了这片大地，于是这荒凉的世界也变得鲜艳起来，仿佛具有了生气——然而这只是假象。

很快地，黑暗从每个角落爬行而出，蠢蠢蠕动着，悄无声息地吮吸着鲜血，凝聚成形，渐渐长大，连成一片，终于吞噬了最后一丝光明——黑夜降临了。

男人躺在地上，望着夜空。

漫天璀璨，星河闪耀，却有一道黑色的剪影横贯而过，将这片灿烂一切为二。可男人并不觉得煞风景，反而产生了一种奇怪的、说不清的感觉。

他想起了多年前见过的，那些形形色色的人，但他跟他们到底不同……所以，那究竟是一种什么感觉呢？是敬畏？是恐惧？是憎恨？是神圣？是——但，或许以上都不对，那只是一种……感觉。

忽然，他又听到了某种声音，但转瞬间它就消失了。

于是他闭上眼睛，捂住耳朵，沉下心思，终于再次找到了它：群星正轻轻地低语，倾诉着宇宙的秘密；大地正缓缓地呼吸，进入了沉睡的梦乡；寒风正恨恨地咆哮，发泄着无尽的悲怨，天弦正默默地歌唱，追随着它们的节拍；而他自己，正静静地躺着，感受着跳动的心脏。

只要曲子具有了灵魂，那用什么演奏就是次要的了。

妈妈？！

随着这声呼唤，他加入了这场宏大的合奏，与一切融为一体。于是他终于醒悟：原来，其实，怎样都无所谓的啊……

一切声音——不，一切存在，不都是某种振动吗？

我知道。所以妈妈，他们真的值得拯救吗？

你有两个选择。

选择？

是的。

哦，我明白了，妈妈。

于是男人打开电脑，又开始了计算。

可是睡意渐渐袭来，他保持着坐姿，垂下了头，进入了梦乡。

孩子，当明天的太阳升起的时候，所有的苦难都将结束……

太阳升起来了，男人醒了。

他眯着双眼，仰起头来，看着眼前的景象。

金色的阳光穿透了黑浓的乌云，条条缕缕，刚直绵长，倾洒在天弦那洁白无瑕的身躯上，描绘出无人见过的乐谱。

那明暗交替，那色彩变幻，那光影流转。

那是起伏的山峦，是摇曳的树影，是激荡的波涛……

有一只看不见的巨掌，正轻轻拨弄着这根顶天立地的琴弦。

呵，这父亲的造物，这曾经的理想，就这样屹立着，哪怕世界毁灭，直到时光尽头——它仍将以这样的姿态屹立着：高高昂起，直刺苍穹。

呵，父亲啊，你可满意？然而父亲保持着沉默。

可忽然间，男人感到了那来自遥远云端的、严厉的目光。

……

"主人，你算出准确的位置了吗？"那个富有磁性的声音问道——它是不会懂得音乐的。

"你很快就会知道的。"男人笑了起来。

于是他站直了身体，将那个雪花球高高举起，迎着那金色的光芒。

于是在一个漫长的瞬间，他看到了那根小小的弦，正伴着那段熟悉的旋律，泛着七彩的颜色，跳起了欢乐的舞蹈。（见注释9）

——献给伟大的乐圣

注释1：《第五交响曲》的第一章激昂雄壮，非钢琴能驾驭。

注释2：《致爱丽丝》原名《a小调巴加泰勒》，是贝多芬在1810年创作的一首独立钢琴小品。

注释3：《黎明奏鸣曲》是贝多芬钢琴奏鸣曲的第二十一首，洋溢着蓬勃的活力、清新的气息和抒情的诗趣。

注释4：正常人不可能记得一岁半的时候发生的事情。

注释5：《田园交响曲》第四章的标题是"暴风雨"。本章开始不久，平和甜美的旋律出现陡变，转眼间电闪雷鸣、狂风大作。

注释6：在贝多芬著名的《第五交响曲》的扉页上，写着"命运在叩门"。

注释7：《第五交响曲》的第二章以舒缓祥和著称，却又穿插着高昂雄壮的旋律，仿佛在展望美好的未来。

注释8：贝多芬共著有九部交响曲，最后的《第九交响曲》被誉为他最高的成就。

注释9：意指《欢乐颂》。

偷窃

盗窃明天

文 / 喀拉昆仑

◆ 1 ◆

我买到一辆奇怪的电动车。

今天应该是我最后一次驾驶它了,通知已经发下来,联合国启动了一个针对它的全球召回行动,"让它们回到自己该去的地方"。召回行动强制级别为红色,最高级,各国政府均表示无条件服从,身为车主的我对此无法抗拒,只能乖乖地把它交出去。

当我打开自己那狭窄的车库时,发现它静静地趴在里面一动不动,就像是电量已经耗竭。觉察到我的到来,它亮起了示廓灯,并打开车门让我进去。可怜的车子,如果不是担心被人发现、举报,它本应该在外面晒太阳、自由呼吸新鲜空气的,不会被主人狠心锁在小黑屋里。还好,现在囚禁结束了,我要送它"回家"。

这车颜色纯黑,铭牌上写着"燕子电动"4个字——我还没听说过哪个车厂叫这个名字,网上也查不到。看这黑乎乎的样子,叫"乌鸦电动"更合适。我当初也是着了魔,稀里糊涂地买了这么一辆车,等第二天觉得不对劲,回去找时,那家店居然关门了,而且没有留下任何联系方式,商家一夜之间人间蒸发!

就这样,我买了一辆没有售后保障的车。

但如果只是这样的话,我顶多算是上当受骗,不会说它奇怪。这车找不到厂址,查不到生产商,销售服务商也跑路了,从头到尾完全是一锤子买卖,但让人意外的是,车辆本身却不是坑人货,它质量很好,好得不可思议,我甚至怀疑它不是人类有能力制造出来的。

我上了车,关上车门,开始倒车出库。

车库非常狭窄,门口走廊更窄,出门便有直角弯,老司机倒车也会撞到,如果不是亲眼所见,没有人会相信这里是车库——事实上这里根本就不是什么车库,原本只是个杂物间而已,为了把这辆车藏起来才被临时改作车库的。在这个老司机都感到棘手的地方,我却不用担心撞到,启动车辆,先倒车,随后原地向左转直角,以精确到厘米的车技将车开了出去——AI智能驾驶和独特的电动设计让这套杂技动作成为可能,整个过程流畅自如。这辆车是四驱的,装有四个轮毂电机,且四个轮子都能独立转向,所以操作灵活,转弯循迹性极好,还能原地转向掉头,都快赶上杂技车了,不赞不行。

出了车库,来到公路上,就到了比拼速度的时刻。这车的四个轮毂电机加起来总功率有35千瓦,不算大,但放在自重不足350千克的超轻型车身上就很惊人了,实际使用过程中应付一般的家庭通勤绝对绰绰有余,上高速开到120公里/小时也没问题，加速更是杠杠的，路口起步提速干脆秒杀诸多豪车。哈，方才这下子，我又超了一辆丰田霸道，从后视镜看过去，那车主的神情似乎很吃瘪，就像遇到了特斯拉，哈哈，要的就是这种感觉，我这车马上就要被强制回收了，临走前不好好出出风头怎么行！

接下来就是一路的风驰电掣了，我把加速踏板踩到底。

最近的集中召回地是在韩城市五一广场，大约八十公里路程。我查看了一下剩余电量，基本够用。在最关键的动力电池方面，这车的车载电量容量只有区区 18 千瓦时（俗称"度"），不过它还有自充电系统作为弥补，整个车身外壳都是太阳能电池板，有效接收面积达到了 2.5 平方米左右，且不知采用了什么材料，光电转换率高得吓人，从一开始就达到了 40% 以上，晴朗夏日晒一天，至少能收获 4 至 10 千瓦时的电能，基本能满足一天行驶所需，于是电池容量短板就不那么明显了。我看了看窗外，今天这光照，一个小时的行程应该能充 2 度电，加上现有的 9 度电，总共 11 度电，能提供 88 至 110 公里的行程，足够跑到目的地了。好了，这些都是无关紧要的细节，不用在意，如果实在不够用还可以去买电，也就是我接下来要说的重点内容——无线充电。车辆的底盘电池（该车模仿了特斯拉，动力电池放置于车身底部，以降低重心增加车内空间）能接入一个名叫"以太能源网"的无线充电网络，随时随地与网络云端实现电能共享，等于是无限扩充了容量，且最大"下载"速度达到了每小时 18 千瓦，可满足高速公路行驶需要，不惧远行！刚知道这个时我惊呆了，这是一项逆天的技术，能彻底解决电动车的里程焦虑问题！全世界的科学家工程师们苦恼多年的难题，居然被它这么一辆来历不明的山寨电动车给完美解决了，还是以这么一种极具科幻色彩的方式：全球无线充电网络！

面对这么一辆"能上网"的电动车，不奇怪是不可能的。我曾把这个告诉朋友们，他们也都很惊讶，说从未见过这种充电方式，还笑着提醒我试试能不能用，以免被商家忽悠。它能用的，我试过了，能无线充电，很好用，随时随地都可以高功率充电。我一直怀疑，那个无线供电网络可能是以地球大气电磁振荡原理工作的，就像著名的科技奇才特斯拉所构想的那样，让电能以交变电磁场的形式在大气电离层和地壳组成的天然电容中震荡循环，无缝覆盖全球；而接收端应该就是车载底盘电池周围那圈翅膀般的金属板，它以多层叠加金属箔的结构梳理在大气电离层和地壳之间震荡循环的电磁场，实现电能的接收与释放。当然，出于安全和经济角度的考虑，肯定不是所有的金属板都能接通那个电磁振荡场，这种车载底盘电池应该进行了特别的调制，能与地球电磁振荡场的频率共鸣，所以才能接上网。

目前还不知道这套无线充电网络是谁建造的，又是如何运作的，但这不要紧，好用就行了。上了车，只要轻轻点击驾驶室的触屏控制器，让主控电脑把车载电池接上那网络，登录个人账号，就能实现电能的双向流动，在以太网上买卖电能了：车辆电能不足时花钱买电，车辆太阳能发电过剩时则向网络售电赚钱。身为车主，我购车时随车获赠一张银行卡，买卖电能所有的收支都通过卡上的账号结算，整个过程明码标价。

说到这里，我不得不佩服设计者的智慧——事实上从发现这一逆天功能的那一刻起我就已经五体投地了,这简直就不是人类能制造出来的东西,完全是神迹!从购买它的那一天起,我的生活发生了质变,我虔诚地献上了自己的膝盖。

所以我很不明白,这样的神车,为什么会被强制召回,还是联合国出面主持。

这车明明很好啊!

作为车主,我该怎么描述它带给我的幸福和惊喜呢?我仍旧记得刚买到它时的兴奋,载着全家四处游玩,当时正是春夏之交,阳光明媚,每天晒晒太阳电量就够用了,连充电都不用。它操纵起来很科幻,方向盘中央是触屏显示器,上面显示着周围的地形结构图,以本车为中心,一定距离内的任何障碍物都会被显示出来,甚至包括被遮挡的障碍物。每次转弯,一打方向盘,屏幕上就自动显示转向轨迹,能不能转过去驾驶员一目了然,堪称"傻瓜驾驶",对我这样的新手司机特别友好。为了方便走夜路,它还配备了偏振光车灯、挡风玻璃系统,本车前照灯反射光能够100%通过,而前方来车的前照灯灯光则会被遮挡95%以上,晦暗得就像一只只萤火虫,再也不用担心跑夜路灯光耀眼。它的四驱轮毂电机设计一方面扩大了车内空间,腾出了原本属于发动机和油箱的地方作为储物箱,以两厢车的形体提供了三厢车才有的空间;另一方面提供了极为出色的抓地性和机动性。每次满载出行,它都以电车特有的安静和平稳做风全程护送,把那35千瓦的功率全心全意地奉献给了乘客。在任何路况、任何情形下,四个轮子的发力都遵循着最完美的力学、工程学方案,相互配合,以最小的能耗实现最优做功,就像电动四足爬兽般精巧——这很不寻常，要知道，四轮驱动的电控可是个世界级难题，要以超高性能的传感器和计算机为物质基础，还必须设计出一整套科学的动力模型，在各大公司都是作为核心机密存在的，被视为抢占市场的核心竞争力，领先竞争者一星半点都值得大肆宣传。而这款"燕子"在实际使用过程中表现出来的电控水平绝对傲视群雄，甚至明显比同行高出几代。越是使用便越是觉得不可思议，很多时候我都会忍不住想，这么好的车是谁制造的呢？

这车身上属于"未来"的特征太多了。神一般的太阳能自发电"皮肤"，加上神一般的四驱电控"神经中枢"，晒晒太阳就能跑一天，且动作灵巧流畅，完美吻合力学、工程学上的最优解，怎么看怎么像一个使用光能的外星机械生命体，智慧程度还不低。哦，对了，它还是联网的，能与以太网共享电能，就像隶属于蜂群的一只蜜蜂那样，供养着蜂群，也被蜂群供养着，永远不用担心饿肚子。因为没有里程焦虑，这辆轻便灵巧的电动车成为称心如意的代步神器，用起来非常放心。想去哪儿都行，只要卡里有钱就能按价买到电，随时随地都可以大功率充电。从以太网买电比固定电网的居民生活电价贵个两三倍，但这车轻便省电，平均下来每公里的行驶成本仍然只有传统汽油车的1/4到1/2，很划算。再加上电动车共有的那种简便易上手的操作体验和低廉的维护保养成本，还有清洁环保的美名，天啊，我简直找不出一个不用它的理由——不客气地说，就是谁再白给我一辆燃油车让我免费开，我也会对其嗤之以鼻，我眼里只有这辆神奇的电动车！燕子电动车，恰如其名，就像燕子一样轻盈又灵巧，清洁又亲民，让人爱不释手。

这样的车，开起来就一个字：赞！

这样的好车，为什么会被联合国以"全人类核心利益严重受损"的名义，强制召回呢？一路上，伴随着屏幕上显示的光伏发电量的增长，我心中的困惑也越来越重。

如果没有这场强制召回该多好！我至今仍旧清楚地记得，驾驶着它，与身边那些驾驶燃油车的人对比时，内心生出的那种优越感。

"汽油要提价了，许多车主半夜就开始排队加油，昨晚南环路因为这个都堵车了！"每当这样的噩耗传来，同事们都一片叹息。看着他们那一张张晦气的脸，我心底涌起一阵幸灾乐祸之情：该！让你们再顽固，让你们看不起电车这个新生事物，一个个都非要去买落后的燃油车，怎么样，被套牢了吧？买了那类烧油的大家伙，就等于一辈子做加油站的奴隶，没了油，它就是一团昂贵的废铁！更大的折磨是心理上的，现在全球经济一体化了，可问题是中外不同轨，国际油价涨时咱们涨，国际油价跌时咱们却不跌……

还是电车好，轻便，经济，又环保。

你说什么？电车力气小，弱鸡？呵呵，你还是先回去补补初中物理吧，书上说得很清楚，根据牛顿力学第二定律，车辆加速可不是单靠引擎动力，还要看车身自重的。传统燃油车动辄一两吨重，没个上百马力的引擎还真拖不动；可电动车不一样，它没有复杂笨重的引擎和齿轮变速箱等大部件，很轻便，区区几十千瓦的功率就能让它飞起来。电动车"无级变速"不用换挡，电机又有低速高扭矩的特征，起步简直超神，像我这个 35 千瓦的"燕子",每次路口绿灯亮起时都能把同行的奔驰、宝马们甩出好几条街,不服不行。何况电机一定就是弱鸡吗?特斯拉富田电机了解一下。

什么?电车跑不远?电池不成熟?呵呵,已经搞定了。电动车生来就不是靠堆电池续航的,因为电能是物理能而非化学能,它不是物质态,所以不能用油箱那样的储物容器来储存——也没必要那样储存。电能是场态的,它天生自由,注定要以广阔空间为舞台,整个地球的大气电离层和地壳层就是储存它的超级电容。它是在天空和地底间跃迁的精灵,无形无相,又无所不能,这样的它,没理由如奴隶般蜷缩在黑暗幽闭的容器里!

"唉,车就是个消费品,买了就花钱没数了。"每当周围人这样哀叹,我听了都是微微一笑:花钱,消费品,那是你们的车,我的"燕子"可不一样,它不仅不花钱,还能挣钱呢!它是电车,烧电不烧油,而且自发电,只要有阳光就能发电。春夏秋三季阳光充足,车载电池那 18 度电的浅薄容量很快吃饱,富余的电量就可以卖给以太能源网,有时一天就可售电 10 多度,进账五六元。我第一次开着它带孩子去 50 公里外的山区旅游景点玩那次,阳光太好,停车晒太阳的时间居然电量盈余了,于是我以自动联网售电的收入给两个孩子买了冷饮。看着孩子们开心地吃着冰激凌,那一刻,我忽然觉得自己买的不是车,不是工具,而是亲人!不是我驱车载家人来游玩,而是一位宽厚慈爱的亲人带着我们来游玩!它就是这样,不仅不花钱,还能挣钱,虽然数额不多,但积少成多,整个夏天过完,余额好几百，足够用于冬季阳光不足时的买电开销了，多出来的部分还能当零花钱。跟电信运营商一样，以太能源网也提供了多种服务套餐可供选择，我在入网之初就购买了最廉价的套餐，每月基本费8元，一年12个月共96元，年初一次性交付，套餐附赠免费下载电量50度，当年用不完还可以累积到下一年。这50度的免费电量不限使用时间，如果都放到下载电价最高的冬季，折算起来价值达150元左右，已经超出了入网年费，车主等于是一分钱不花就取得了联网共享电能的特权，还白赚一笔，比交手机费还便宜。

电网费实在是太便宜了，比那种"交钱保号"性质的"中国移动8元套餐"还便宜，便宜得没天理——天知道那家运营以太能源网的公司是靠什么赚钱的！我很好奇那家公司的利润来源：靠买卖电的差价赚钱不可能，因为我的例子在那摆着，入网车辆一年下来买电卖电金额基本相抵，无法给以太网提供利润；收年费也不现实，像我这样买最廉价套餐的肯定还大有人在，这样的主儿，全世界有多少个也带不来收益，光那个免费电量就能把以太网吃穷；向有线供电不便的偏远地区售卖高价电，也不合理，因为那些地区通常经济生产落后，耗电量很小，风电、太阳能发电之类的就可以满足生活需要，如果是耗电量大的高原矿区的话则会就近自建电厂，也没必要再从以太能源网购买高价电……总而言之，以太能源网的经营收益是个谜。我查不到车辆生产商的信息，也就找不到那个网络的运营商，每天都在联网，每天都在上传下载电能，却不知道它到底是干什么的。

这种未知，让我在享受这台先进电动车带来的便利和心理优越感的同时,总是带着一丝隐忧,担心自己是一条咬了饵、上了钩的鱼。我忍不住猜测,或许,联合国强制召回它们,跟这个有关?

这真是一台奇怪的电动车。

我买到一辆很奇怪的电动车。

现在,我正开着这辆车,送到政府和联合国指定的集中召回点去。

我不能再用它了。

◆2◆

长期使用这车,对我的性格产生了微妙的影响。每天都在上传下载电能,每天都查看在以太网上的收支,每一分钱的收支都与电量、晒太阳挂钩,潜移默化中,我变得小肚鸡肠,对能源消费斤斤计较,像守财奴一样精打细算,认真使用每一度电。我相信,不是只有我一个人这样,所有购买并使用了这种电动车的人都会如此。之前使用燃油车时,我习惯了高消耗高消费,对金钱上的支出渐渐变得麻木,也就失去了消费心理痛觉,现在,使用经济环保的燕子电动车,过往的纯支出变成了收支并存,我的"能耗痛觉""环保痛觉"开始复苏。因为燕子电动车,环保对我不再是付出,而是快乐。

就在我日渐沉浸在快乐中时,某天我无意中发现,"燕子"的光电池外壳在成长,其光电转换效率提升了,达到了60%,一个理论上不可能达到的数值!当时我惊讶地叫了起来。如果我没记错,刚买到时,光电转换率是在40%左右,我对这个数值印象深刻,因为绿色植物光合作用的平均效率也是40%。这种巧合让我怀疑过那套光电池外壳是不是某种仿生学产品——现在看来,不是,因为绿色植物光合作用的效率是恒定的,亿万年来一直如此,据科学家们说那是因为转换率已经达到极限,触碰到了自然原理的"天花板"。

那"燕子"光电池外壳这种自动进化,这种突破极限的转换效率,又是怎么回事?

我百思不得其解。

在我的困惑中,进化继续。通过精确的测量,我观察到那东西的光电转换效率的稳步提升过程,一年时间从61%提升到69%,再一年后提升至75%,之后半年提升至77%——这已经远远超出当前人类应有的科技水平,甚至,现有的理论根本无法对此做出解释!

我感到后背升起一股寒气。

正当我准备把那车封存起来不再使用,甚至有报警的冲动时,忽然收到一个匿名快递,里面装着一只自带插头的节能灯,还有一份产品说明书。我确信自己没有网购这类东西,便好奇地翻开那说明书:

"尊敬的用户,感谢您使用燕子电动车,谢谢您过去五年来对我们工作的信任和支持,我们在此郑重承诺,您的满意,是我们永远的追求!"

我不由得愣住了。

这是燕子电动车的经销商发来的?那家店不是跑路了吗?我买车的第二天他们就全员人间蒸发了啊!难道他们只是躲了起来,在暗地里一直跟踪观察?

我糊涂了。

继续看那个说明书,果然如我猜测,"燕子"的研发团队是想做一个秘密的市场调研,看看这种革命性的"光电+储电+网电"三位一体的新型电动车到底会产生多大的影响。于是包括我在内,众多的购车者都成为幸运的"小白鼠",被暗中追踪观察。研发团队表达了他们的歉意,希望客户能谅解他们的不辞而别,将合作继续下去(这其实属于多此一举,性能这么好的电动车,买到就是捡到宝,谁舍得放弃?),他们简要地讲解了车辆光伏外壳不断增加转换率的基本原理(其实我根本看不懂,只知道越晒效率越高),并在说明书的最后重点介绍了寄来的那只节能灯的用法。

那并不是什么节能灯,而是一种叫"震荡子共鸣器"的黑科技产品。它基于量子纠缠效应工作,与"燕子"的底盘电池适配,能够实现能量的超距传输,只要把它接上电源插座,就能给"燕子"充电,充电功率可调,最高可至6千瓦。说白了,这就是给"燕子"配的充电器,无线版的,有了它,"燕子"在阳光不足时便可从固定电网充电了,随便找个插座插上就行。这种充电器摆脱了烦人的电线的束缚,确实是革命性的进步。

但研发团队送充电器的目的可不仅是为了方便客户自行充电——说明书中写到，这款充电器有两种使用模式，即"接固定电网模式"和"接车载电池模式"，前者是插在家里的电源插座上，用于给"燕子"充电；后者则是插在"燕子"内置的一个特殊接口上，用于"燕子"们之间的电能借贷，实现电量共享。

"鉴于众多消费者对'众星拱月'格局的以太能源网存有困惑和质疑，甚至拒绝那种垂直式的电量共享方式，我们特推出了这种'去中心化'的横向共享模式，让车主们相互拆借电能，免去'被电网掐住脖子'的顾虑，敬请试用！"说明书里写道。

我看了不禁哑然失笑：还有人拒绝使用以太能源网？那可是这种电动车最具价值的部分，许多人想要都得不到，你倒好，居然送到手边都不接？不入网，你怎么用车，总是开短途，没电就停车？与其那么憋屈，还不如直接买燃油车呢！

这大千世界，还真是无奇不有啊。

怀着对那些愚昧无知者的鄙视，我把那无线充电器，即震荡子共鸣器插入燕子的对应接口，然后点击方向盘中央的触摸操作屏，接入了横向电量拆借网络。这才发觉有好多用户！

居然有这么多人都在用这种燕子电动车（我原本以为自己是唯一用户），而且有这么多人都把充电器插在车载电池上，横向拆借电量！当然，这些人并不都是对以太能源网不信任（事实上我从未发现这种人），而是出于好奇，想看看所谓"车主相互拆借，横向共享电能"模式是怎么回事。大家的震荡子充电器系出同源，频率都相同，启动后便集体共鸣，于是结网聚到了一起，形成一个能源共同体。

就像进入了 QQ 群，大家很快都熟悉了彼此，成为朋友，甚至约见。大家来自世界各地，每时每刻都在用各种语言交流各种话题，并分享用车经验和感受，很热闹。我发现很多人都跟我一样，对这款电动车不断成长的光伏发电系统和远超当前的电控系统感到惊讶，当然，最让人惊艳的还是那个无线供电的以太网。当人们意识到这个"QQ 群"的目的是为了方便车主们相互拆借电能，回头去查找操作方法时，发现系统早就有了默认设置：车载电池电量划分为"自留电""自由电"两部分（默认 7∶3 的比例，车主也可自行设置），前者自用，不能借；后者公用，可被借走。对方偿还电量时需额外多付 20% 作为利息，限时 36 小时内偿还本息，如果逾期未能偿还则自动赔款，数额以借贷时电价为依据。为便于收支统计，赔款关联账户仍是随车附赠的那张银行卡。

就这样，在以太网之外，燕子有了第二个充电网络——"拆借网"。两个供电网各有优劣：前者买卖差价大，定价比较黑，但胜在供电稳定高效；后者交易透明价格低廉，但供应不稳定，不保证一定能借到所需的电量，且充电功率低，最高也只有 6 千瓦，上不了高速。两个供电网相互制衡，相辅相成，车主可选择自己喜欢的一个入网，也可以双网都入，比方说我。斤斤计较的守财奴性格让我在两个网络间徘徊，"双网双待"，试图让利益最大化。以太网是一定要入的，以备不时之需；同时为了收益最大化，拆借网也不能退。因为工作地点离家比较近，每天行程不超过 40 公里，耗电量不到 5 度，我便把车载电池"自留电""自由电"的比重调整为 1∶2，总共 18 度的容量，留 6 度电自用，剩下 12 度电随时准备借出。网上借电的人总是很多，再加上价格可以自由浮动，自由电通常都能顺利借出，我最喜欢那种逾期不还的借电人，收贷时拿回的是钱，而且是以太网的买电时令价，与直接卖给以太网相比，收入高了三到五倍。这样时间久了，总是用着 6 度的自留电容量，我忽然有种"那 12 度的电池容量已经不属于我"的感觉，感觉自己这车就算一开始就只有 6 度电的容量也没什么——但也只是想想而已，没有哪个电动车主会嫌自己的电池容量太大。以我为例，尽管有双网可用，我仍然恨不得那 18 度的容量倒过来，变成 81 度电。消费者总是喜欢囤积，这在经济学上是不合理的，所以才有了以太网和拆借网，两个无线冲电网的存在意义，是让闲置容量由"死"变"活"，产生经济效益。当然，这两个网络的建成都是以逆天的科技水平为基础的，而"燕子"身上这样的逆天技术已经不要太多，有时候我甚至都忍不住想，它都凝聚了这么多高科技了，为什么还只是一辆车呢？为什么不是飞机，甚至飞船呢？

后来我才知道，几乎所有的车主都有过这样的疑问。但疑问归疑问，谁也不会因此嫌弃车上的高科技太多，人生难得糊涂，该享受的时候还是要闭上眼睛享受的。

有了横向相互联系的网络，"燕子"车主们打破了闭塞，结识了朋友，就开始成群结队地出行，出现了所谓"燕群出游"的壮观景象：几十辆、上百辆"燕子"在高速公路上一字排开，像大雁一样远行，或者无数只"燕子"从四面八方飞来，在某个小镇扎堆聚会，欢乐过后便一哄而散，就像一堆麻雀。因为"燕子"有卓越的太阳能自发电系统，越用越好用，越是经验丰富的

"老燕子"发电效率越高,"燕群"便喜欢在一些阳光充足的地方,如戈壁甚至沙漠之类的不毛之地落脚休息,然后一有机会便追着太阳跑。车主们乐此不疲,虽然驾驶着不同型号的车型,却有着对太阳能同样的嗜好,有好事者自诩为"荒漠逐日者",还以中国古代神话传说中的英雄人物"夸父"来自喻。

我也是这些人中的一员,我是个逐日者。天生的完美主义情结让我不停地追求最佳光照角度,在这过程中"燕子"也在成长,从"新燕"变成"老燕子",它的光电池外壳发电效率越来越高,最后终于达到了80%这个极限值(研发团队官方数据),夏天的时候轻轻松松一天发电20来度,几乎每天都有卖电和借电的收入。这时驾驶"燕子"已经成为一种习惯,成为我生活的一部分,每日斤斤计较电量收支,让我对太阳能、对天上那颗熊熊燃烧的太阳投以越来越多的关注。我知道车子的发电效率已经是极限了,要继续增加发电量就只能寄希望于天上那颗太阳能更努力地发光,于是,我借来各种仪器,包括专业的天文观测设备,对那颗"力量之源"进行细致观测,每天都向它问好。

于是,我终于觉察到了异常,太阳正中心,有一颗奇异的黑子,总是固定不动,正对着地球这边。我翻阅资料时才发现,它已经出现好久了,之前在专业的天文学杂志上多次报道过,学者们很好奇它为什么如此恒定,又为什么不随着太阳的自转移动(所有黑子的共性特征),为此还进行了持续的大讨论。这原本只是天文学领域的专业讨论,因为事关太阳,事关"燕子"晒太阳,我很感兴趣,便在拆借网的"太阳能发电"

板块发了讨论帖子,但奇怪的是该帖子被秒删了,问询时得到的回复是"内容违规"。这让我忍不住开始怀疑那颗恒定黑子与"燕子"或以太网有关,且不是什么好事。

也许,联合国强制召回所有的"燕子",就是因为这个?它影响了太阳黑子?

世上还有这么离奇的事?在地球上弄个无线充电网络,居然能够影响到 1.5 亿公里外的太阳,导致太阳光球层形成一个恒定指向地球的黑子区域?

这里太不可思议了。

◆ 3 ◆

此刻已经快到目的地了,我心里的困惑越来越大,越想越觉得奇怪。

我买到一辆奇怪的电动车。

韩城市,五一广场,暨南地区最大的露天广场,占地面积超过 120 亩,联合国在全世界统一划定的 8 000 个强制召回集中地之一,此刻已经停满了车辆,全都是"燕子",各种型号的"燕子",粗略数数有五六百辆。我这才意识到"燕子"居然已经如此普及,仅在这附近便有这么多,以往"燕群"大规模出动也没看到这种阵势。

广场上划分出不同区域,"燕子"们按照型号和入场次序一一排列，我在入口处接受了身份验证，在工作人员的引导下缓缓驶入指定的停车位，把车停好。按照规定，我没有下车，待会儿会议开始后我可以直接在车内方向盘的显示屏上观看。

这既是一场强制召回，也是一场仲裁，车主们都有投票权。

等候的时间里我进入拆借网，发现车友们都来了，也都是密切关注召回进程。有人摆出一副知晓内幕消息的姿态说，"燕子"的研发团队现身了，与各国政府谈判新能源协议不幸谈崩，又不肯退让，于是才有了现在的局面，由联合国出面强制召回所有的"燕子"作为惩戒。让车主们亲自驾车过来，则是为了釜底抽薪，把"燕子"的粉丝群彻底挖出来，达到斩草除根的目的。这一消息，让乖乖服从强制召回的车主们（比如我）心惊胆战，于是彼此悄悄联系，通告各自在广场的位置并自行编队，策划着待会儿是否统一行动，来场突围大逃亡。但也有人安抚大家说，情况没那么糟，谈判还在继续，正进入最关键阶段，把车主们都叫来是要我们参与投票表决。还有人说这次强制召回只是"燕子"幕后团队搞的一次促销活动，是一场恶作剧，很快就会让大家回家……

正当我被各种真真假假的消息弄得六神无主的时候，方向盘上的显示屏切换成了联合国主会场的情景，会议开始了。

秘书长柯里昂在主席台上发言，一脸严肃："女士们，先生们，各位'燕子'车主们，今天把你们都召集起来，是为了见证，为了一个至关重要的仲裁。这件事太过重要，不夸张地说，整个人类文明都将是这仲裁的一部分，所以容不得缺席。我在此有必要再次重申一下，这次要仲裁的，不仅仅是一种新能源交通工具,而是整个太阳系的未来!如今的法律明确宣布私有财产神圣不可侵犯,但是今天,我希望诸位车主能在自己的爱车和我们世界的根本利益之间认真权衡,做出正确的选择。"

"现在,请上我们的客人,未来人。"随着秘书长柯里昂的声音,镜头一转,移向会场另一边那群装束怪异的人,那群人神情倨傲,其中为首那人更是满脸自得。

镜头对准了那人。

"我们就是'燕子'的研发和制造者。"那位首领傲慢地说,"很多人一直好奇'燕子'为什么那么厉害,是不是使用了未来技术之类的。今天我在这里可以明确地回答,是的,'燕子'确实使用了未来技术,原因很简单,因为我们就来自未来,如柯里昂先生所言,我们是未来人,未来的地球人,我们以时间旅行的形式回到了这个时代。"

他这番话引起了一阵惊呼。

未来人!我们的世界居然出现了未来的人!这太让人难以相信了,是的,之前已经有过太多自称未来人的骗子,但这次显然不是骗术,这次是真的,有联合国为他们背书,身份基本就是确定无疑的,谁也不会花这么大代价搞一场骗术或恶作剧。

他们真的是来自未来的人!

"你们来自什么时代?"有人问道,但是只闻其声不见其人,应该是位"燕子"车主,通过车上的显示屏向会场传了声,这也是车主们的一项特权。那车主本人此刻应该和我一样,和自己的爱车一起,停在世界某地的一个集中召回点,观看视频。

他这个问题也问出了车主们的心声。

"我们来自距今一百多年以后,公元 2159 年。"面对车主的询问,未来人的首领回答,"我们把那个时代的技术带回了现代,以电动车的形态呈现出来,这就是你们所用的'燕子'。目前这个世界上总共奔跑着 29 153 342 辆'燕子',分为 5 个系列 27 种款式,其中货运型 300 112 辆,客运型 44 214 辆,商务型 5 593 154 辆,运动型 192 344 辆,剩下的全都是家庭轿车……以上所有这些,都是未来科技的结晶,是一百多年后的科学技术的提前呈现。借此机会,在这里我要恭喜您,这位幸运的车主,以及所有的'燕子'车主们,你们都是幸运的,提前享受到了科技所带来的福祉!你们在全世界人口中占到了一个不可忽视的比重,所以这次才把你们都请来。"

又是一大片惊呼声。

我从屏幕上收回目光,四下扫视,看看自己这辆车,过往所有的困惑顿时烟消云散——毕竟是一百多年以后的技术,出现什么神迹都有可能。

我深感自己的幸运。

"你们怎么回来的?那个时代发明了时间机器吗?"又有人问。

"不,没有,"未来人首领摇摇头,"我们的技术也是由别人提供的,核心技术不在我们手里,应用的部分也经过了删减压缩,所以才只能回溯一百多年……不过这些都不重要了,我想问的是,你们不想问问我们为什么回来吗?"他眼里闪着狡黠的光芒。

这让许多人一愣。

"是给你们提供技术的人要求的？"有车主猜测。

"只答对了一小半。"未来人首领又摇摇头，"对方只是给出了建议，没有强制要求。回到你们这个时代是我们那个世界的生存所需，是我们那个世界的集体行为，为我们提供技术那人顶多只是参与利润分成罢了——尽管他拿走的是大头。"

"你们来这里干什么？"联合国会场里，有人不安地问道。

"终于问到关键问题了啊……你们这才刚知道害怕，"未来人首领鄙视地笑笑，"害怕也是没用的，在未来技术面前，你们的任何反抗都如原始人般幼稚。其实你们也没必要害怕成那样，活路已经给你们留下了，我们来这里是抱着合作双赢的原则，不是侵略。"

"侵略"这词一出，会场气氛顿时变得很紧张。

他只是淡淡地看着周围如临大敌的众人："没必要这么警觉，我们本质上也是地球人，跟你们一样热爱这个世界——事实上，在场的诸位，我和我同伴的身上可能就有你们的基因。大家都是亲人，我们生活在时间长河的下游，是你们的晚辈，细数起来还应该是五六代子孙的样子。如果一切正常，一百多年以后，这个世界就会有我们诞生。"

"荒唐！没有我们，哪儿来的你们！"有人怒道。

"第一次听说有不经过父母生育就提前冒出来的家伙。"有人讽刺。

"时间是标量,而非向量,就像一条河一样,上下游河岸都可以住人。"未来人首领皱皱眉头,"具体的科学原理我不想深谈,但我知道礼貌是相互的,既然你们不喜欢我们这群晚辈,我们也就没必要尊重你们这群长辈了。你们只是更靠近时间长河的上游而已,并不是河主,你们在我们之前享用过太阳的光辉,也并不代表你们拥有这个太阳的永久使用权。现在我们下游居民要修一座水坝发电,淹没你们应该也算不得什么大事!"他一挥手,"看来谈判也是多余的,那么,告辞了!"

"要走可以,把你们的电动车也都弄走!"秘书长柯里昂说。

这话让我们广大车主心里暗暗一痛,终于还是扯到这个上面了。

"把它们也弄走?"未来人首领脸上带着玩味的笑,"你是认真的吗?就为了石油产业和汽车巨头的那点儿利益,放弃这么好的一款新能源产品?并且粗暴地践踏全世界近3 000万'燕子'车主的切身利益?那可是3 000万人!"他强调道。

这话说得太有道理了,简直说到了我的心坎上——那一刻我忽然开始佩服这个人,希望他能够说服联合国撤销召回令。我相信,所有车主都和我一样的心声,这车太好了,我们舍不得放弃,哪怕是面对"维护全人类根本利益"的大义。而且,我们这样的车主总共已经有近3 000万人,这样一个规模,任何决策者都必须慎重对待。直接侵犯3 000万人的切身利益,这理由已经足够发动一场世界大战了。

"注意你的言辞，"柯里昂表态，"我不是任何利益集团的代理人，我只代表联合国本身。"

未来人首领轻蔑一笑："那好，我也表个态，顺便提醒柯里昂阁下，我方一直秉承'合则两利、分则两害'的合作原则。不错，'燕子'们确实导致太阳出现了恒定黑子，让天文学界惴惴不安，但是，除此之外——让我们抛开那一小撮杞人忧天的无聊天文学家的幼稚观点不谈——在天文学之外的所有领域和行业，那颗黑子对地球文明产生任何实质性的恶劣影响了吗？它污染了地球环境，破坏了生态平衡，还是制造了战乱，或者拉低了地球人整体的生活水平了吗？以上所有这些都跟它一点儿关系也没有吧！而与此同时，地球又因为'燕子'这种清洁交通工具的存在获得了多少环境效益和社会效益？"

我听了心里一惊，那颗恒定黑子，竟然真的是"燕子"弄出来的！难怪我那篇帖子会被他们封杀。

只是，未来人是怎么做到的？为什么要这么做？

"代价是，任由你们偷走我们的太阳能。"柯里昂一脸讽刺，"这是那所谓清洁交通工具带给我们的福祉？"

"我再次强调，这是合作共赢！"未来人首领说，"太阳能的利用本就是一个逐级开发的过程，没有谁可以全盘通吃。没有我们的援助，就凭你们现在的技术水平根本做不到太阳能的有效利用。还'你们的太阳能'，大言不惭！连天然的绿色植物都比你们强吧？"

"我们的低效利用不会损害太阳本身，而你们的技术却制造了黑子,这很阴险。"

"那是纳米点技术开发太阳能的必然结果。"未来人首领不以为然,"这么多年的日光浴晒下来,'燕子'们已经和这个时代的太阳建立起稳固的量子级别的能量联系,借助超强的量子纠缠牵引,直接吸纳了太阳能量,这才有了光伏发电效率的逐年提升,车主们才有越来越高的自发电收益。"

"你是在避重就轻!"柯里昂秘书长怒斥,"你们埋设了技术后门,'燕子'一方面以光电池建立与太阳光球层的量子联系,提升发电效率;一方面以'震荡子'横向连接编制量子矩阵网络,成为'矩阵吸管',这么多年来一直在持续抽取太阳能!这才是恒定黑子出现的原因:那里是被你们抽取了过多能量才变暗的,我们的太阳在失血!每次日光浴,车主拿到的只是太阳的光能转化出的一点儿电量,是九牛一毛,不,是沧海一粟,你们通过技术后门偷走的,却是太阳本源的核能,是太阳的生命!"

柯里昂的话引起一大片惊呼。

原来,这才是"燕子"光伏自发电的真相?难怪以太网会那么便宜,原来它主要目的是偷取太阳本源的核能,根本看不上那点儿光伏发电量。可笑的是,我们这群自诩环保的车主,这么多年来居然一直都被蒙在鼓里,为虎作伥!

也难怪联合国会强制召回这些"燕子"们。

"这只是标准的合作开发罢了。"未来人首领面色不改,"我们提供核心技术,分享最有价值的利润;你们提供原料,于是获得符合你们需要的那部分收益。你我双方各尽所能,各取所需,两全其美。怎么，你难不成想要反过来，我们光伏发电，你们去收集那太阳光球层辐射？你们确信自己有那个能力？"他讥讽道，"那可是6 000摄氏度＋几百亿兆帕＋数亿高斯超强辐射，再加上其中复杂的核反应物质演变，你们怎么储存？"

"资源主权在我们手里，我们随时可以终止合作！"柯里昂恼羞成怒。

但我们的车主们都认为没必要这样，对方的话很在理。

"那可不行，毁约的后果可是很严重的。"未来人首领露出令人胆寒的笑容，"难道您想让太阳的怒火把地球文明彻底摧毁吗？"

"你什么意思？"柯里昂秘书长以为受到了挑衅，一脸激愤。

"没什么意思，我只是想提醒您一下：太阳黑子消失之后会出现什么，您老还记得吗？"未来人首领坏笑。

柯里昂愣住了。

旁边一个明显是专家的人凑过来，小声地说了什么，柯里昂低头听完，又悄声询问几句，再抬起头时，脸色已变得苍白，额头甚至有冷汗冒出来。

我能看出，他眼神里满是恐惧。

"是的，黑子消失之后，是耀斑！"未来人首领得意地笑笑，"我们撤走'燕子'，目前这个正对着地球方向的恒定黑子消失后，按照太阳活动的基本规律，那个区域紧接着就会出现能量反弹，形成一个正对着地球方向的恒定耀斑！耀斑具体的喷发强度和持续时间尚不能预测，但因为其角度正对着地球这里，听上去怎么都不太妙……"

这一刻,世界上所有的人都像柯里昂一样,脸色苍白,额头冒着冷汗。

完了,上当了——很多人都是这样的念头,包括我在内的车主们更是懊悔不已,自己当初为什么好奇心就那么重,又为什么那么喜欢贪小便宜,非要一直用这种来历不明的电动车呢?如果不用它,不就没这事了吗?

一旦正对着地球的耀斑,强大的带电粒子袭来,卫星受袭,全球通信肯定会受到严重干扰,更可怕的是如果耀斑持续下去的话,强大的带电粒子流持续刷过地球,产生的感应电流肯定会让全球电网陷入过载崩溃,整个地球文明都会停滞,甚至倒退!如果辐射足够强,侵蚀了大气层,人类的健康乃至整个地球生态系统的稳定都会成问题,再来一次二叠纪、三叠纪那样惨烈的生物大灭绝事件也不是不可能……只要撤回"燕子",撤下那套开采太阳能的未来科技系统,这些就有可能发生。那个持续从太阳上抽血,偷走能量的恒定黑子已经成为不可取代的安全阀,就像封住火山口的岩石,当前的地球文明不敢动它。

这未来人,已经吃定了这个世界。

"我想,现在我们可以进行下一步的合作谈判了。"未来人首领把我们这边的反应收入眼里,已经胸有成竹。

柯里昂秘书长和会场的各国政要交换了一下眼神,无奈道:"请讲。"

他这一举动,其实意味着这个世界已经被未来人绑架。

未来人首领清清嗓子:"我们在此郑重地向贵方提出一个建议,还请慎重考虑。"

"什么建议？"

"合作开发太阳资源，以前的太阳资源。"未来人首领说。

"什么？"这边完全愣住了。

未来人首领又重复了一遍，然后说："现在只是个大框架，具体的方案还要和贵方进一步磋商才行。"

"你们采集的太阳能还不够吗？"有车主壮着胆子问。

"不够，技术越进步对能源的需求量就越大，我们那个文明的能源缺口还很大，必须进一步扩大采集量。"未来人那边坦言。

这意思就是要再多开几个恒定黑子了吧？柯里昂秘书长想明白这一条，又气又恼，说："已经有一个了，不在乎再多几个，太阳光球层那么大地方，你们爱怎么采怎么采吧，只是有一条，别把太阳真的弄熄灭了，我们还要靠它生活呢。"

未来人首领却露出苦笑的表情："贵方的诚意我们心领了……只是我们真不能那么做，不是技术达不到，而是合约不允许，当代那部分光球层的开采权不在我们这里。"

"不在你们那边，那在谁那里？"有人问。

未来人那边不说话了。

"难道，是给你们提供技术的那人？"柯里昂秘书长忽然想到了什么。

闻言，未来人首领再度苦笑："果然瞒不下去……没办法，我们也是受制于人的。"

"也就是说——"柯里昂秘书长反应很快，"我们这个时代的太阳,是被你们合作开发的?他提供技术,你们出力?"

"对,核心技术在他手里,所以他拿大头,而我们只能获得其中极小一部分,也就是现在这个恒定黑子'矿点',除此之外的整个光球层都是他的矿区。"未来人首领说这个时神情尴尬,显然是觉得那个协议很不光彩。

"欺人太甚!"有人愤怒,"那人这么横,有没有问过我们同意不同意!"

未来人首领顿时露出奇怪的表情,说:"……这个……你们会同意的……"

之前愤怒叫嚣的那人先是一愣,随即明白过来,羞得满脸通红。

现代这个世界的人肯定会同意的。单就方才那阵势,这批未来人都已经凭技术手段控制了太阳黑子,掌控了地球的命运,最终迫使全世界的人屈服,如果再来个技术更厉害的,还有什么做不到?他不来,只是不屑于出面罢了。

"你们作为处于弱势的合作者,要承担前期的铺垫工作,搞定'矿区'原住居民也是分内的职责之一,对吧?"柯里昂秘书长接过话,顺便帮同僚解了围。

"是,这些事费时费力,没人愿意干,我们没有核心技术,只好硬着头皮上了。"未来人首领承认了。

"这可真不公平。"

"某种意义上也是公平的,"未来人首领说,"他并没有强迫我们,只是给出了一个建议,而我们的世界出于保障能源供给及未来发展的考虑,同意了。"

"就像我们现在这样。"柯里昂秘书长道。

"是的……"未来人首领尴尬极了。

柯里昂笑了："说吧，我们具体怎么合作。"

未来人首领立刻来了精神，拿出早就准备好的方案："我方可以给你们提供沿着时间长河回溯 60 年的时空旅行技术，以及配套的太阳能开采及能量储存、传输技术，还会指导你们把这些技术转化为民用产品投放市场，以普通消费者为基点，迅速掌控局势。"

"收益如何分配？"

"按照老规矩，掌握核心技术的一方拿大头。你们负责说服那个时代的政府和联合国，清除政策障碍，然后可以在太阳光球层上建立一个恒定黑子'矿点'作为专属经济区，开采期为 60 年，也就是时间回溯的长度；其余矿区都属于我们。"

"为什么只有 60 年？"有人问。

"因为 60 年过后就到了现在这个时间段，而这时的太阳，已经不属于你们了。"未来人首领笑笑，"你们没必要纠结这个问题，专注于合作开采过去的太阳能就可以了。"

"那合作开采太不公平了，我们明明出力最多，收益却那么少，只有一个黑子！"

"大家都是这样过来的好不好……"未来人首领嘟囔了一句，"核心技术在任何时代都是王道。心理不平衡，你们就去剥削更早的时代啊！我们给你们的时间回溯技术，你们可以删减一下，比方说弄成 30 年的，然后和配套技术一起传回 60 年前，把你们今天遭受的一切翻版再输出一下，让古代人去开采更早期太阳的'矿点',并负责搞定原住民,接下来你们坐享其成,包揽剩下的光球层开采权,不就行了……"

全场顿时恍然。

"那些都不是问题,最难的环节是如何快速在那个时代推广开自己的产品,发展出足够的'下线'。"柯里昂秘书长意识到这是在时间层面上进行的一种传销,于是老道地指出了其中最大的难点,"这部分,我们需要你们予以配合。"

"事实上正好相反,那是最不用担心的一环,完全是水到渠成。"未来人首领说。

"如何证明?"柯里昂秘书长老奸巨猾,自然不相信。

"我现在就可以证明给你们看。"未来人首领自信地笑笑,转个身,正对着屏幕,"各位车主们,现在你们已经知道了整件事的来龙去脉,使用'燕子'的收益和风险你们也都了解了,那么,现在我想请你们一起来仲裁下——其实也原本就是议程的一部分——现在,你是否愿意放弃自己的'燕子'呢?"

会场顿时愣住了,同样愣住的还有包括我在内的各位车主们。

"请投票吧!"他说。

伴随着他的声音,我这辆的"燕子"的方向盘显示屏上出现了一个对话框,这一刻,全世界所有的"燕子"车上都显示这样一个对话框,由车主们投票:

你是否愿意放弃这辆车?

    1. 是   2. 否

全世界，共3 000多万个车主，都将参与这次具有决定意义的投票，这3 000万张投票，任何一个决策者都无法忽视。而我，则是其中的一员。

我想了又想，犹豫再三，在数秒的倒计时结束前，选择了2。

我不愿意放弃这辆车。

我承认自己自私，但我不觉得愧疚。不这样选又能如何？选1就对了？未来人都已经来了，还牢牢控制了这个时代的太阳，整个世界都成为垫板上的鱼肉，放弃手里的电动车也于事无补，与其那样无谓的牺牲，不如好好享受当下的生活。

再说那些未来人也是地球人，都是晚辈，我这么做是在向无理取闹的晚辈退让，就像家长疼爱孩子们一样——我这样安慰自己，我是在疼爱晚辈，不是向侵略者投降。

这本就不是什么侵略。

我相信，跟我一样选择的车主会有很多，统计下来会占绝大多数的比例，长期的相互交流让我很清楚，那帮人的性情都跟我差不多，舍不得放弃这么好的一辆车。

它是我们生活的一部分，甚至，它就是我们的命。

显示屏上，未来人首领还在联合国大会场等待统计结果。统计结果出现的那一刻，我看到他一脸得意的神色，转向会场以柯里昂为首的政要人群："怎么样，看到了吧？任何人都无法抗拒技术的魅力，这就跟吸毒一样，尝试一次就再也离不开了!只要技术传输一开始,即使你做得再隐晦,'下线'资源也会前赴后继、源源不绝!只要掌控了足够多的普通民众,一人一票,就是再硬骨气的领导者也会乖乖服软。"

柯里昂等人的神色却有些不自然,他们迅速地交换了一下意见,然后说:"我们研究了一下,这次对'燕子'的强制召回是个误会,现在,一切都可以结束了,让我们重新回到谈判桌上来吧!"说着,他便要求未来人首领切断直播,好像是不想被人看到。

那情景,好像是要背着车主们去干什么不光彩的事情,以至于之前那番话看起来就像是一种掩饰。

几秒钟后,如柯里昂等人所愿,视屏直播结束了,我的"燕子"方向盘显示屏又切换成了车辆属性界面,显示着路况、电量、行驶里程等信息。在直播画面消失之前,我看到柯里昂走下主席台,亲切地拍着未来人首领的肩膀,一副很亲密的样子。

又过了几分钟,广场的工作人员开始引导我们驾车有序退场,同时告知我们,今后可以自由地使用这车子了,不会再有任何召回事件。

于是,这场由联合国发动的最高级别的全球强制召回,就这样戏剧性地结束了。

"这是怎么回事?""到底发生了什么事?"返程途中,我登上拆借网,发现到处都是这样的询问。

"还能怎么,官方妥协了呗。"有人回复,"技不如人,只能认栽。"

"我们晒太阳获取的能量,真的绝大部分都'交税'了?"有人感到惊讶。

"应该是的。"有位研究量子通信的车主说,"量子场可以无视时间,借助该技术向过去的历史借贷能量是可以实现的。"

"为什么非得向过去的世界偷——哦,说错了——借贷能量?"有人不解。

"那位未来人首领不是说了吗,未来是能源匮乏的时代,越是时间长河下游的文明越'缺电',于是所有未来的文明都在上溯时间,向过去乞讨。同时,技术总是在发展,越是未来的人技术越高,上溯得越是厉害,手就伸得越长。"有人说。

"他说过这个吗?我怎么不记得了,这些都是你脑补的吧?"

"哎呀,总之就是这个意思了!爱信不信!"

"瞧你凶的,我只是随口问问而已,发那么大脾气干什么!"

"他说得没错,基本原理确实是那样的!"一条管理员公告突然跳出来,为之前那位脑补者的言论背书。

是管理员,拆借网的运营者,也就是未来人团队的人!

意识到这一条后,车主们立刻噤声,连大气都不敢出一口,整个群里鸦雀无声。

"与联合国的谈判很顺利,接下来我有时间上网聊天了。"管理员信息又跳出来,"有什么问题,你们可以自由提问，身为经销商我保证会积极回应，因为这是车辆售后服务的重要组成成分。"末了是一个顽皮的表情。

很显然，他（或许是她？）很想活跃气氛。

但群里静悄悄，没人敢说话。

"怎么都不吭声了，你们再这样，我就退群了啊！"管理员有些生气。

其他人顿时慌了，纷纷搜肠刮肚准备言论。

很快便出现了一条求助信息，很泛泛的那种："请问，你个人对我们这些车主有什么建议吗？关于未来的工作生活方面的，我们很希望得到你们的指引。"

这条信息一出，大家便停下了手里的事，静静看着。

而管理员迟迟没有回复。

那人感觉不安，便又重新发了一遍。

还是没有回复。

正当大家以为管理员有事忙，已经下线，自己也准备退出的时候，管理员的回复来了，很长，而且明显是经过深思熟虑的那种，表述得也很严谨，经过了字斟句酌的加工："不要总是透支自己的未来，否则终有一天会遭到未来的报复！你一直租售自己的未来，未来的自己山穷水尽了，便会铤而走险，回头偷走今天的你的一切！"

大家顿时一愣，纷纷表示不解其意。

"回到过去偷窃太阳能的未来使者，便是这么来的。"管理员解释道。

"那你们呢?也是这样,被前代坑得走投无路?"有人问。

"严格意义上不算是,但区别不大。"管理员回复,"时间就像是一条长河,上游的居民若老是随意排污,下游的水自然越来越脏,而我们下游居民对此无可回避。"

"别以为你们没做错什么,一百年后的世界样貌,你们无法想象:全球气候紊乱,土壤水体污染物严重超标,许多地区干脆无法居住……那些都是现在这个时代无序发展工业造成的,你们留给我们的,还真是一个超级烂的摊子,我们努力发展清洁能源技术,其实也是迫不得已。"管理员毫不客气地说,随后叹息,"相比之下,我们还是幸运的,至少还能活下去,我们可以换个方式继续勒索自然,大搞核能,把污染辐射问题留给后世。而后面的时代就不行了,环境越来越不堪,过量辐射、基因变异、超级病毒、大气层剥离……人类的生存越来越艰难。每个时代的人都在以自己的方式生存,把隐患留给下一代,于是隐患越积越多,整个地球文明就像垂暮的老人一样,身上带着越来越多的慢性疾病,最终积重难返。"

"你说的这些,都是真的?"有人弱弱地问。

"我没必要骗你们。"管理员说。

群里沉默了。

"文明的衰老,这可能是宇宙间一个普遍的规律。"管理员说。

晦暗的未来,让所有人心里沉甸甸的。

"未来技术更发达,就没有办法阻止这一切吗?"有人忍不住问。

"所有人都是这么想的,所以未来才变得越来越糟。"管理员说,"因为解决问题的速度总是跟不上问题积累的速度。期望用技术进步来解决所有问题是不现实的,因为技术是一把双刃剑,技术进步总是在解决一个问题的同时带来两三个甚至更多棘手的问题。"

所有人都不说话了。

"问题越积越多,终于到了某个临界点,那个时代的人再也无法忍受了,而技术的发展又恰好赋予了他们改变这一局面的机遇:他们发明了时间旅行系统,可以乘着它回到过去时间点的某个平行宇宙,掠夺那个时代的环境资源弥补自身所需。因为掌握着未来技术,他们所以对过去世界的征服总是很顺利,几乎无往不利。他们自称偷窃者 —— 这个词更反应本质,但被征服者则敬畏地称他们为'未来使者'。"

"我想你们已经注意到了,历史在重演,当前的你们和我们之间发生的,就是这样的故事,剧情几乎一模一样。事实上这样的故事到今天这次已经是第七次重演了,之前已经上演过六次,每一次都是以初代未来使者的故事为母版。初代的未来使者返回了大约一万年前的古代,把那颗古代太阳封锁起来,将整个太阳系做成了戴森球,而那些原住居民则被遣送回更早的时代,去驱逐那时的原住民……未来使者对历史人类的驱逐和胁迫就这样一代代地回溯了过来,就像是报应一样,未来终于开始报复过去,时间长河下游的居民终于开始反过来挟制上游的居民。你们不要觉得奇怪,时间长河也是自然河流一样呈现分形结构的,初始的改变推倒了第一块多米诺骨牌,而后便一块接一块地倒下:

第一个钻木取火的文明出现后,人类文明对火的使用便一步步升级,由柴火到煤火,再到油火,之后则是电火、核火球乃至反物质火球,每一次样式都有不同,本质上却仍是对第一次的分形重复;第一个破坏环境的举动发生之后,对环境的破坏便一步步升级重演,砍树伐柴、挖矿烧煤、化学喷洒、填海造陆、放射性核废料乃至时空流断裂——知道初代未来使者回到过去时代首要掠夺的资源是什么吗?是流畅连续的时空!他们生活的那个时代,已经连时空本身都破碎了!"

"从某种意义上说,你们是幸运的,因为我们这一代未来使者返回过去索要的东西仅仅是太阳光球层的辐射能而已,还不是全部拿走。"管理员调侃道。

"你们这样勒索'长辈',良心上过得去?"有人忿。

"那你们现在这样肆意挥霍资源、破坏环境,把子孙后代赖以生存的家园糟蹋掉,良心就过得去了?"管理员回敬,"其实谁也不用埋怨谁,这是历史发展的规律,我刚才已经说过了,时间长河是分形结构,相似的事会不停重演,正向逆向看都是如此。顺着时间,技术一步步进步,污染一步步加剧;现在逆着时间,晚辈一次次勒索长辈,也很正常。"

"真是厚脸皮,啃老还有理了?如果不是今天东窗事发,我们还会继续被蒙在鼓里,而你们这群晚辈,还会继续偷窃下去!"有人豁出去了,骂道。

"呵,我们是偷窃,你们就不是了?你们这样吃子孙饭,跟我们打过招呼?"管理员终于不耐烦了,开始反驳,"你们偷走了我们的蓝天白云、青山绿水,我们还没找你们算账呢!倒好意思先来教训我们了！我们晚辈生存容易吗？哪一天不是在与污染和死亡做斗争！我们给你们提供这种电动车，就等于是尽我们晚辈的孝心，预付了赡养费。这里再次拜托你们，好好用它吧，不要再开高污染的燃油车了！让我们做晚辈的也省省心好不好，别老是没事找事给我们添堵……你们这个联合国也真是的，全都是一帮老头子，还都那么迂腐……看来常言说得对，越老越是顽固……尤其是领头的那个老东西，犟死了，八头牛也拉不回，不给点儿颜色看还真拿不住他……这为老不尊的……"

听着"晚辈"在群里絮絮叨叨地骂，我们这群车主渐渐变得哑口无言。

邻居

外星返乡团

文 / 喀拉昆仑

许多年后我才知道，原来他们一直就在附近。

但我已没机会再去探寻。

——题记

孩提时，我常常在姥姥家住，最喜欢去屋顶上玩。北方的房子都是四合院，邻里间的房子背靠背连成一片，房屋高低不一，于是各块屋顶起落有致，站在房顶上看好像一大片积木拼图。这个拼图世界里有许多新奇的玩意儿，我很喜欢。

比如东南角邻居的房子高出周围一大截，北向开了个采光的窗户，窗户不大，下沿就紧贴着邻家靠背房子的屋顶，高度大约有一尺左右，小孩子蹲在那里就能透过窗户看到屋里的情形。我幼年时经常蹲在那里往里看，既好奇又害怕，因为那屋里有台奇怪的机器，上面有一闪一闪的灯，也不知道是干什么用的，问大人也说不清。许多年后那家主人告诉我那是一台织袜机，但我总觉得不是，我曾亲眼看到它揭开主机箱外壳后下面是密密麻麻的芯片，绝不是织袜机的形态。那机器明显是伪装的，可能有不可告人的隐秘用途，比如，收发信号或处理数据之类的。

说了东南邻,再顺时针转,就轮到了南邻。南邻是空宅,两进院子,最初在我记事的时候外院就空了,里院还有人住,后来里院那家人搬到城里去了,整个院子就都空了。里院那家还有人的时候,有一次舅舅带我过去串门,我在那里看了段电视节目——值得一提的是,那家人看的是彩电!要知道,20世纪80年代有彩电的可不是一般人家,也难怪他们一家后来搬到城里去了。三舅带我去的那次,我有幸从那彩电上看了一段电视节目,好像是讲机器人的,屏幕上有机器人发射武器的场景,还有机器人飞上天空的镜头,画外配音介绍道"机器人有一个特性……"然后还有些别的内容,可惜都记不清了,之所以记不清,原因很可能是因为我当时听不懂。童年的回忆总是这样,很懵懂,许多情节亦真亦幻,似有还无,最初我对这种现象很不解,后来看了很多心理学方面的书才懂了些,知道这叫"记忆遮蔽"。值得一提的是,这个让我不解的现象其实早就有先人深入研究过了,其中不乏名人,比如启蒙思想家卢梭。按照卢梭的说法,童年回忆"亦真亦幻",是因为幼时我们的语言能力尚未健全,头脑中缺少足够的概念来梳理感官信息形成模块化的记忆,所以那时形成的记忆都是感性记忆和形象记忆;等到我们成年后,语言能力健全了,信息的输入、整理和输出都是用语言概念来完成,我们渐渐习惯了这种模块化的认知方式和表达方式(因为它更高效,有利于节约脑资源),也就丧失了天然的形象记忆能力,幼年形成的那类记忆也就难以读取了。也就是说,遮蔽我们童年记忆的,不是别的,正是我们每时每刻都在使用的语言文字。卢梭曾感慨:"当我们掌握语言时,我们也就失去了认知世界、思考世界的能力……""当我们使用文字的那一刻,就已经丧失了说话的能力。"为此他提倡浪漫主义,呼吁人们放弃文明(包括语言)回归野蛮,做个茹毛饮血的"高贵的野蛮人",这些同样都是后话了。卢梭的政治观点通常都很偏激,让人望而生畏,但他对"记忆遮蔽"的解释许多人都认为是正确的。童年记忆被语言遮蔽,听起来匪夷所思,分析一下却也合情合理,看看周围,类似的事情正在其他领域不断上演,比如,电脑或手机上,卸载某款视频播放软件,更换同类型另一款软件后,会发现旧软件之下运行的许多资源失效,变得无法读取了。新旧异种软件之间的不兼容导致资源丢失,翻译到人身上就是"形象认知"到"概念认知"的转换导致童年记忆神秘化。这个比喻很贴切,如果卢梭那时候有电脑,他肯定也会这么比喻的。

南邻说过后,继续顺时针旋转,轮到西南方向,这里是没有邻居的。因为南邻的弄堂走廊紧贴着姥姥家的南屋外墙,一直延伸到西面的大街上去了,把通到西南方邻居家屋顶的路给截断了。如果想去西南邻屋顶还得绕道儿,从南邻的四合院踩过去,先上北屋房顶,然后紧走几步爬上东屋房顶,再拐到南屋房顶上,然后是一路往西走到头,才能到达西南邻。这种复杂的跋涉活动对年幼的我来说实在是难以完成,而且我也没那个胆量,在别人家屋顶上玩的小孩子通常免不了被大人训斥,也就作罢了。

现在想来,当时我还是太胆小,如果能勇敢点儿,进一步往外围探索,一定会有许多有趣的发现。四面的邻居,除了从未涉足的西南邻,很凶的西邻,和蔼的东邻外,东邻再往东,会有一个与之对称的院子,无人,继续往东的话又是一个无人院落,北屋还是二层小楼,如果去那边看看,一定很有意思。因为童年的止步，缺乏探索，到今天留下了太多谜。东南角那间屋子里的奇怪机器，到底是什么？这个问题我至今仍在好奇。西边那家的屋顶上是否好玩？还有，北面隔着一条街的那些老宅子，屋顶上一定也很有意思吧？

那是一个个我还没有来得及探索的神奇世界，我忽然很羡慕那些终日生活在屋顶世界的动物们，比方说猫，他们的生活一定充满了神奇和诗意。

不过，即使不去外围探索，单单是待在姥姥家的屋顶上，也不乏乐趣。比方说夏夜，舅舅喜欢带着我在屋顶上乘凉，数着天上的星星，给我讲外星人的故事："他们坐着飞碟来的，飞碟那东西就像两只碗口对口扣在一起，能飞。"

我问舅舅他是怎么知道的，他说他是从收音机上听到的，我好奇地问是哪个台，他说他忘了——事实上他听收音机从来不看频道，都是随便选个台听一晚上。许多年后的今天我再回想起这些，总觉得问题可能是出在那收音机上，那种原始的电磁信号接收器从天文学的角度看，其实也是宽频普适的，没准儿真的会收到些天外来的信号。

"外星人坐着飞碟在地球上飞啊飞，有时候发现了地球人，一道光照下来，像照妖镜一样，照住那个人，然后光往回一收，就把那个人给抓走了。"舅舅说。

"这是真的？"我吃了一惊。

"真的，已经报道了好几个了。"舅舅说。

"他们抓地球人干什么？"我忍不住问。

"做实验,划开肚子,看看地球人的肠肚子跟他们有什么不同。"舅舅的语气明显是在胡诌,但拿来唬唬几岁的小孩子还是足够的。我当时心里发毛,看着满天繁星只感觉一阵寒冷,很自然的,我开始怕星星。

外星人,顾名思义,都是从别的星星上来的,他们都是坏人,专门来抓地球人的,就像专门抓小孩的人贩子一样。

许多年后,当越来越多的证据指向外星人已经侵占月球,还在月球背面建立了基地的时候,我又开始和周围的人一样恐惧月亮。舅舅的话被证实了,有许多人都是在月光下失踪的,于是月光在各国的文化中不再代表浪漫,而是意喻着生命危险。与遥远的星星相比,月亮可谓近在咫尺,它的威胁也是最实在的——它的光芒,只要一秒就能来到地球。

说起来有些好笑,村子里的人们一直生活在困惑和懵懂中,新时代开始这么久了,他们对近在咫尺的外星人仍旧一无所知,连外星人用光束捕获人类的技术都搞不明白。最常见的说法是,几个人月光下走着走着,月光不知何时忽然变成光束,照住了其中一个人,随后光束收回月球,那人也就消失了。这种传言很多,每一个都有许多信誓旦旦的目击者,似乎不是空穴来风,于是大家人人自危,谁也不敢走夜路了。

人们害怕,但人们依然无法避免和月光的接触,无法完全避开那外星人的"光之触角"。白天是安全的,但夜晚总会有月光,而人总有不得不走夜路的时候,包括我也一样。于是我学周围人,购买了所谓的夜行设备,还跟他们一起去参加那种秘密培训会。

有一次,我从秘密基地接受知识洗礼出来,发现外面已是深夜，月亮高挂天空。为了及时赶回预订的庇护所，我必须冒险与月亮同行了。众所周知，现在的月亮是敌人，月光照耀意味着生命危险，我很紧张，不知道身上套的这层防护服的隐身作用是否还起效，也不知道它还能维持多久。整个行程几乎从第一步踏出就开始赌命，我是咬牙踏出第一步的，后面的行进都是凭多年形成的本能行事。月光下我躲躲闪闪，鬼祟前行，每一步都尽量让自己躲在阴影里，就像一个夜行幽灵。

不能暴露在月光下，月球上有外星人的基地，那些家伙们随时关注着地球，关注着地面上的一举一动，一旦在月光下暴露、活动时间过长，就会增加被发现的概率。而一旦被他们发现，肯定会被抓走，就像二舅说的那样，外星人坐着如同两只碗对扣在一起的飞碟，以光束把我罩住，然后抓走——鬼知道外星人用的什么技术，总之很厉害就是了。

一定要小心前行，我暗暗告诫自己。我现在还是新手，防护服也是淘汰型号的，没有足够的隐身能力，在到达庇护所之前绝不能大意。即使我现在正走在到处都是遮蔽物的废旧老街区也不能大意，外星人的监控重心很可能仍旧放在这类目标上，因为"这里以前住过人，所以现在很可能还住着人"，是的，他们有很大概率会这么判断。若真是那样，周围这些老旧的残垣断壁非但不能成为掩体，反而会进一步衬托出我这个活物的存在。

所以，我必须小心，就像培训的那样，在努力用各种遮蔽物掩饰自己行踪的同时，尽可能让自己的动作变得像个自然物，而非智慧生物。

走出这条街巷，拐个弯，前面是一道笔直的街巷，月亮高挂头顶,散发着吓人的冷光,从巷子这头径直照到那头。面对这样一条毫无遮蔽的胡同,我心通通跳,明知那光芒象征着危险,却又不敢抬头去看,好像不看就能避免伤害似的。危险直觉在拼命地向我尖叫,提醒我"这条路不能走!"那尖叫声几乎要撕裂我的大脑,我用力掐着自己的指尖,牙齿也紧紧咬着舌尖,不让自己胆怯地哭出来,同时以剧痛迫使自己保持清醒。

"啊——"我冲胡同尽头大吼一声,声音回荡着,如同空谷回声。

没有任何反应,如果有什么隐藏的动物之类的,应该会被惊出。

这条月光下的夜路,我要孤独前行了。

但愿天上的月亮不会注意到我。

"这算是什么,掩耳盗铃,还是瞒天过海?"我忍不住自嘲,借用这种自嘲来给自己打气,压抑恐惧,迈开脚步。

那感觉,就像走在玄幻小说中描绘的肃杀异界。

月光如银,我抬头就能看到月面上的明暗纹路,我看到了澄海,那个传说中的外星人宇航基地;月光下的石板路泛着光,如同死去的史前巨兽的肋骨,透着森森鬼气,让人不寒而栗;空气清冷,每吸一口都从鼻腔颤抖到肺里,于是生命热力就拼命往肚里缩回去,留下一具没有温度的行尸走肉。我每一步都硬着头皮踩下,就像是踩在自己的心跳上。那月光中似乎带有若实质的杀气,几乎要把我的灵魂冻结,我不得不飞奔以逃避它带来的压力。我越走越快,脚步越走越重,心跳也越来越激烈,躁动的心脏像困兽一样疯狂挣扎,几乎要跳出胸膛。我很快就撑不住了,要双手捂着胸口才能喘息,隔着肋骨也能感觉到心脏的恐惧和绝望,它每一次跳动都让我眼前一下下发黑……我要晕倒了,这短短的一百米,分明是在和自己的生理极限赛跑,简直要把我逼疯了。

老天,终于到了!胡同走到了尽头,拐个弯儿,再紧走两步就是庇护所所在。那是预订的庇护所,也是最近的庇护所,是四合院外型,在姥姥家老宅的基础上改建而来。那是我此行的目的地,一个温暖的归宿。

我已经感觉不到腿脚的存在,不知道自己是怎么过去的。

接触到防护屏蔽层的那一刻,我激动得几乎哭出来,才发现自己已经全身酸软得站都站不起来,喘息老半天,才调动起仅存的一丝力气,举起铅一般沉重的胳膊和手,努力叩响了庇护所的大门。

里面传来了声响,是识别装置在回应,识别通过了,然后就是机械门闩拉动的声音,大门即将开启,我心中涌起希望,满怀欣喜。

门开了,是姥姥,她一定是看到了我的进门申请,便过来迎接。

终于到家了,我心里一阵高兴,眼前一黑,就晕倒在地。

这夜真好,而且,月光似乎也没有那么危险……这是我失去意识前最后一个念头。

姥姥真好,就像她住的老宅一样,总是在最需要的时候给你提供最贴心的温暖,让人欣喜,也让人憧憬。夜晚是危险的,月光是寒冷而危险的，月光下的肃杀世界里，姥姥家是个温暖的庇护所。与之形成对比的是，姥姥家的邻居们有许多是空宅，没有温度且总有些奇奇怪怪的东西在里面，就像外星人留下的废墟，让人畏惧又好奇。

从我记事时候起，姥姥的邻居许多便是空宅，常年锁着大门。因为没人管，在里面可以随意探索、折腾，这些荒废的宅子便成为童年时的我最好的游戏去处。进入某些空宅的唯一通道就是姥姥家的房顶，因为都是邻居，从姥姥家房顶上可以攀墙下去跳进院子里，直接省去了钻门档子的操作，很隐蔽。这是我在房顶上玩时无意中发现的，颇有发现新大陆的感觉，很让人惊喜。我去试了一次便上了瘾，乐此不疲。但这种游戏也是有风险的，毕竟是在搞破坏，糟蹋东西，被主人发现便要挨骂，甚至挨打。有一次我钻进去乱翻东西不巧撞上了屋主人回来，差点儿被抓住，事后有种死里逃生的侥幸，很悬很刺激。

那是在南邻那里（那是我最喜欢去的空宅子），某天我心血来潮翻进去，先是在外院，将各个屋子的门挡子摘下来，钻进去挨个搜刮个遍，四处查看，寻找新奇的玩意儿。等这边翻看遍了，我便转移阵地，到了第二进院子里。我刚走进里院，还没来得及大显身手，忽然听到院门口那边传来声响，随后便是那木门开启的声音，心下顿时一惊——糟了，院主人来了！

我马上感觉一股凉气从脚底升起。

千万别被发现，我刚在这里糟蹋了一遍，现场一片狼藉，如果被抓可就是人赃俱获！到时候，挨打都是轻的……

怎么办？

我下意识地向来路方向望去，随即摇摇头——现在再原路回去已经不可能了，那条路必须通过弄堂，而院主人进来时肯定要路过弄堂，甚至他现在已经在那里了，我这时候再过去是往枪口上撞，找死。

没办法，只好先躲躲了。

我四下看看，寻找适合躲藏的地方，很快便选定了里院西屋的窗台，我坐在那里，缩了缩身子，尽量隐藏自己，希望不会被发现。

院主人来了，沿着那条被我视为逃生通道的弄堂一路走来。我能清晰地听到他的脚步声越来越近，他一步步逼近，牢牢堵着我的逃生通道，将我一步步逼入绝境。整个过程中，我只能静静地坐在里院西屋窗台上，缩着身子，努力隐藏身形。我知道自己是在"坐"以待毙，以现在这种状态，院主人一进里院我就会被发现，但我没有别的选择，我已经来不及钻进屋里去了。要钻进屋里，首先必须把门口的挡子摘掉，然后脸贴地躺下钻进去，那个工作量太大，时间上来不及。随着院主人的逐渐走进，时间上越来越来不及——事实上从他拉开院门的那一刻起就已经来不及了。就算时间足够也不行，我钻进屋子里后可没办法再把摘掉的挡子重新安上，那么大个口子敞开着，分明就是告诉主人：这屋里有人。

院主人终于走完弄堂，来到院子里。

从现在起，我真的没有退路了，只能听天由命。院主人在外院，我躲在里院，中间就隔着一堵矮墙，小小的我坐在里院西屋窗台上，身影被矮墙挡住，但我还是努力缩着肩膀，生怕隐藏得不够。

院主人还牵着一头牛,他似乎是有事路过这里顺便来老宅里看看。他一进来就发现外院被淘气的小孩子翻腾过了,嘟囔了句:"这些孩子们啊……"然后走过去,把外院东屋那个被我摘下来扔在一旁的门挡重新安上,回头再去安上外院西屋那个。

整个过程我都是耳朵听出来的,没敢去看——我怕被他一回头看到,于是又努力地缩了缩身子,隐藏自己。

希望他不要来里院!我默默祈祷。只要他不来里院,我就有可能逃过这一劫,这种可能性很小,却是我逃生的唯一希望了。

在我紧张的祈祷中,在我忐忑不安的等待中,院主人在外院查看了一番,其间几次来回查看,有几次我甚至都看到了他的背影,只要一个转身,一个回头,他就能发现我。但是最终他还是没有转身,没有回头,也没有进入里院,我和他之间那堵矮墙就成为终极遮挡,隔开了巡查者和肇事者。最后,他牵着牛又离开了,我听到了他关院门的声音。

自始至终,他和真相就隔着一堵墙,我和惩罚也就隔着一堵墙。

等他离开后,我几乎是第一时间窜到弄堂里,爬上边墙,站在边墙上,攀上矮房顶,再爬上紧挨着的北屋房顶,由那里走到姥姥家的南屋,进入自己人的势力范围,我终于松了一口气,回头看看南邻的院子,仍旧一阵阵后怕。

方才,我在那里差点儿被抓。

它简直是个陷阱……

随后我下了房顶，心有余悸地把这段经历告诉了正在院子里坐着聊天的妈妈和姥姥，她们两人听后哼了一声，训我，告诫我以后别这样淘气了。我虽然受了批评，心里却没有沮丧，反而生成一种奇怪的感觉，仿佛方才那场侥幸逃脱的经历很神奇，竟然隐隐成为一场值得炫耀的事。那种感觉真让人怀念，许多年后的今天，我回想起这件事仍旧恍若昨日，忍不住会笑出声。细数起来，我小时候翻过的无人老宅还真不少，似乎小孩子对此天生热衷。一座无人的老宅，对孩子而言就意味着无穷的探索乐趣。

可惜那些老宅子并不总是空宅状态，院主人有时也会回来住。大约在我四十岁的时候，经济形势突然恶化了，城里人挤人，各行各业都在叫苦，治安也变差了，甚至出现了兵荒马乱的迹象，实在待不下去，于是本已进城的人家纷纷返乡，把祖上老宅重新修葺一下再住进去。原本空荡荡死气沉沉的老村子又挤满了人，热闹起来，就像返老还童的老妪。姥姥家的南邻就这样，又重新住上了人，还是那户人家，只不过换成了下一辈，因为从小在城里长大，已经是地道的城里人，很有教养，也很博学。

那家城里人人缘很好，邻居们都过去看望，好多人聚在一起讨论当年的事，越说越兴奋。我也过去凑了个热闹，好奇地问起当年的旧事，中间曾几次想跟那家人解释自己小时候在这院子里捣乱的糗事，却不知如何开口。然后闲扯些别的话题，就自然地提到了童年时在他家看的那个有关机器人的电视节目，他们说不记得了，还很惊讶我居然那么小就能记住电视上的内容。之后又聊到了城市这个话题上，我们问起那家人为什么要回来,对方和所有的城里返乡人一样,露出很畏惧的神情,说"城里经常过飞碟,把大街上的人带走,还有外星人支持的各派武装在交战,经常爆炸死人"。之前我们这些消息闭塞的乡下人就是通过他们这群城里人的介绍才知道了外星人的事情,知道了城里正在发生的可怕事情。

"外星人为什么要来地球抓人?还挑动地球上内乱?"有人追问。

"其实……他们不是要来抓人,只是返乡看看,顺带找几个老乡邻居聊聊天而已。"城里人面带苦笑地回答,"那是月球外星人里的怀旧党人干的,他们试图用这种方式找回他们文明幼年时代的记忆,用他们的话说,地球文明就是他们文明的翻版,从现在的地球文明身上能找到他们文明早期的痕迹。那些被抓的人事后也大都被送回来了,没受什么委屈……但他们中可能出了些野心家,看到了自我炒作的机会,便狐假虎威,打着'外星人代理人'的旗号建立私人武装,图谋权力,这才有了城市里的武装械斗。其实这些行为都是可以理解的,毕竟现在经济形势不好,钱越来越难赚,战争已经成为一条值得认真考虑的生存之道,全世界那么多挣扎在饥饿死亡线上的人里,总会冒出一两个铤而走险的家伙来……外星人自己是不参与地球事务的,更不屑来抓人,所谓'光束抓人',更像是科学家用镊子从地上夹几只蚂蚁观察,童心未泯罢了。"说罢,他看了一眼问话的那人,眼神里透出意外,"没想到在乡下这边谣言和恐慌还在扩散,害的人们连夜路都不敢走,还要穿什么'防护服',我也是醉了,那东西都是骗钱的好不好!"

"外星人……返乡？"听众完全懵了。

"是的，返乡，他们说自己是返乡——那些外星人其实原本也是太阳系智慧生物，是咱们地球人在太阳系里的邻居，只不过不在同一颗行星上，咱们在地球，他们在别的星球，如火星、金星之类的。"城里人说话时眼睛望着天空，仿佛穿透无限空间，看到了那些星球，"他们的文明进化得早，很早以前就进入了宇航时代，然后便出去游历，去闯荡宇宙了……地球上的智慧生物是进化最晚的，没赶上那个时代。等我们地球人也走上宇航时代，那些邻居的星球早已人去楼空，没人了，所以太阳系才显得这么荒凉。"

"还有这回事？"众人感觉不可思议，有人便问道，"那些开化早的智慧种族，都去闯荡宇宙了？地球这么近，就没人来？"

"有啊，有好多人来了，早就来过了。"城里人说，"不过后来又都走了。"

"怎么可能！"听众直摇头，"真要来过，那历史上怎么从没看到外星人的记录？""就是，从没听说这事啊！我们还有这么厉害的邻居？""说谎的吧？"众人七嘴八舌。

"切，当年他们来地球旅游时，我们的祖先还在茹毛饮血呢！"城里人回答时带着不可一世的傲慢，以及浓重的鄙视，仿佛说的不是自己祖先，而是某些不值一提的蛮夷，"人类目前可辩识的上古文字最多不超过四五千年，能留下什么记录？顶多留下点让后人听得一头雾水的神话传说。"

我顿时恍然。哦，原来古代的"天使降临""星槎""天外之民"的传说都是这么来的，那都是人类文明对邻居的懵懂记忆。文明程度更发达的邻居都早早"进城"了，发育迟缓的地球文明是在无人照料的情况下孤零零地成长起来的，对邻居的记忆也就停留在亦真亦幻的形象认知时代，就像我童年在南邻家看的彩电节目，还有西南邻家的那台"织袜机"。假如没有大人的照料，我是以一个孤儿的身份独立长大，恐怕也会一直被童年记忆困扰，搞不清为什么邻居都是空宅子，为什么我这么孤独。

现在让城里人这么一类比，我明白了，这其实是文明发展不平衡导致的假象，不是地球人孤独，而是地球人太落后，那些先进的邻居都离开了，他们曾经在过，也曾经来过这里，不过后来都离开了。

"那，外星人既然来了，为什么不留下来，留在地球上？"有人问。

"留在地球上干什么？"城里人反问。

"教化地球人啊……"问话那人话说到一半，似乎是忽然想到了不好的事情什么，声音不由自主地弱了下去，"或者……殖民也行……"

"唉，他们不会那么做的，没兴趣，也没必要。"城里人看着问话的人那张犹豫不定、憧憬与畏缩交织的脸，叹了口气，"打个比方吧，你现在坐飞机到非洲或南美丛林的热带雨林里去旅游，看到那些原始部落的居民，会怎么做？留在那里教化他们？教什么？"城里人说到这里，脸上露出调侃的笑容，笑得问话人心里发毛。

"就算不想教化地球人,留下来挖矿也行啊。"有人嘟囔。

"挖矿,那也得有具备足够价值的矿脉才行!而地球的这点儿资源,根本留不住他们。"城里人瞥了一眼,不屑道,"矿哪里没有?其他行星上有足够丰富的矿产资源,木星、土星的氢,水星、金星的金属,木卫二的水,天王星、海王星的甲烷,哪一项不比地球丰富?就是挖矿后剩下的矿渣残脉也比地球的丰富好不好!而在太阳系之外的辽阔世界中,还有更多更丰富的资源在等待开采,品质又都非常高,开采更便利,有这样的条件,为什么还要费那么大力气去和家门口未开化的野蛮人抢那一点儿可怜的贫矿资源呢?"

"这……"众人面面相觑,哑口无言。外星人原来是看不上地球,这才没殖民,许多人在心里松了一口气,仍旧感觉一阵阵后怕,幸好地球资源贫瘠。

但是众人很快又感觉不甘:地球就那么差吗?

"既然这样,现在他们为什么又回来了?"有人问。

"这个我也不是很清楚……"城里人犹豫了一下,"据说,好像是现在宇宙又到了动荡周期,外面的世界动荡不安,银河系里战火不断,待不下去了,于是外星人又回到了老家太阳系避祸。远的不说,最近的金星、火星上,现在已经都是人了,轨道上到处都是排队等着降落的飞船,还有更多的飞船正在赶回来,他们都在返乡。唉,那些外星人也真够可怜的,回来时老家已经完全认不出来了。许多年前,火星、金星是和地球一样的生命摇篮,后来智慧生物走了,人去楼空,环境也就荒废了。变化最大的是小行星带,那里原本有一颗大行星,后来人都走了,没人照料,那颗行星就碎了!碎成了星环,就像坍塌的老宅。"他说着,下意识地看了看自己那间重新修葺过的老宅,眉眼间满是浓重的眷恋,还有后怕。

幸好回来得早,老宅没塌,还能住——我们读懂了他那未说出口的心思。

只要老宅还在,只要母星还在,哪怕再荒废,也是个凝聚人心、联络人脉的基地,浪迹天涯的游子们无论走多远,变化多大,总会不约而同地回到这里,重新聚首,重新谋划,然后默默地为接下来的新一轮奋斗积蓄力量。

只要老家还在,就还有振作的希望,这也是邻居们纷纷回家的原因吧?

"你说金星、火星上的人走了,那里的生态环境也就崩溃了?"有人不解,"人走了,应该生态恢复才对吧?没人破坏了嘛。"

"恢复不了的,"城里人摇摇头,"生态环境已经被智慧生物改造过,已经适应了在新的秩序下运转,退回不到过去那种原生态的。失去了智慧生物的调控,只能走向崩溃。"

"可是科学家说大自然能自我恢复,只要人不去干扰它。"有人插嘴。

"那只能是在文明早期阶段,比如工业化之前,那时大自然居于主导地位,智慧生物是依赖生态系统的,离开自然生态系统就不能活,而自然生态系统没有了智慧生物的干扰就能自动恢复。可工业化继续发展,科技继续进步,进入宇航时代后,形势就变了，智慧生物的技术发达了，认识自然、改造自然的能力飞速增强，渐渐取得主导地位，生态系统的运转反而要依赖智慧生物的调控了。这就跟农业发展历史一样，一开始人类是依赖自然，维持渔猎经济，生存要靠'自然的馈赠'；后来人类技术发展，发明种植业，就出现了农耕经济，人类开始反过来支配土地，支配自然。耕地需要人的力量才能维持，没有了人，它就荒芜了，再也退不回耕地状态。尤其像南方哈尼族的梯田，必须要人力去维持，没有了人力就会崩溃。这才只是开始，之后随着技术的发展，对自然生态秩序的干预能力越来越强，等到最终飞向太空前，智慧生物肯定都已经取得了对其自身所在生态系统的绝对支配权，这才能有意识、有目的地调控那个系统，调集足够的资源用于宇航事业发展。要知道，没有对生态科学的深入研究和深刻把握，宇宙远行就无从谈起，因为星际载人宇航飞船本质上就是一个移动的微型生态系统。到这一步，整个星球的生态系统其实已经变成超级试验田，完全是在智慧生物的控制下运转，不再具备自主调控能力。"

"然后呢？"

"还能怎样？习惯了依赖人，离了人就只能死呗。"城里人叹了口气，"就像澳大利亚农庄附近那些可怜的动物一样，本来野生状态下过得很好，能掘土取水，从地下几公尺的湿土层里吸水，虽然累，却足以存活。可是后来人来了，带来了便利的机井水，于是动物们纷纷蹭水喝，这样过上几十上百年，动物们依赖人太久，换了几代十几代，不知不觉间便丧失了祖先的取水天赋。当农场荒废，人走了，没有了人工钻井取水，它们就只能活生生渴死。"

听众里有许多是知道那个故事的,于是纷纷叹息。

"事实证明,没有了人,生态环境崩溃得更快!"城里人感慨,"生态环境一旦被智慧生物驯化过,就再也回不到原始生态了。自然秩序的形成需要几十亿年的磨合,可破坏它只需要几百年就够了,人来了,然后走了,没人管,热力循环磁场护罩什么的就都乱了,自然秩序的各项基础参数都乱了,也就崩溃了。"

现场顿时沉默了,好久没人说话。我也感觉心里噎得慌,我下意识地看看天,想看到天上的金星和火星。那些邻居行星,那些曾让地球人憧憬不已,恨不能立刻跑过去探险的行星,居然都是废弃的?就像村里这些老宅?

那么,当他们尚未荒废,还在健康状态时,又该是怎样的繁华?我忍不住遐想。

"那些外星人,他们回来后都干些什么?"有人忍不住问道。

"还能干些什么!"城里人笑笑,"他们跟咱们一样,也是人,也要过日子。经济好的时候他们都出去打工,闯荡宇宙,几百年见不着人;经济形势不好了,就都滚回来了,天天聚在村口赌钱。现在据说整个小行星带都是赌场,每时每刻因此发生的打架斗殴不计其数,已经快没人敢去了,联合舰队统帅部正在想办法维持治安,不过成效不大,那些打斗都是舰队混战级别的,统帅部执法舰队过去了也容易被误伤。"

听众们吸了一口冷气,想到那里距离地球很远,中间还隔着火星，这才放心。

"照我看来，管不了就不如不管，反正那地方历来都是冒险家乐园。"城里人看到听众们的表情，笑了笑，继续侃侃而谈，"这个太阳系已经被恶人们糟蹋得不成样子了，听人说，小行星带原本那颗行星就是因为舰队混战撕裂的，当时许多势力都在争抢它，最后动用了违禁武器，结果火力失控直接把星球撕碎了。"

"为什么要抢夺它？"

"因为它引力小，没有大气层，很适合飞船起降，是天然的优良航空港。"

"有多小？"有人插嘴。

"哦，据说跟月亮差不多大。"城里人说。

"那我们的月亮——"插嘴那人警觉地意识到不妙，下意识地抬头看看天空——现在是白天，天空上也没有月亮，应该是在地球的另一面。

不知道月球怎么样了，将来会不会也……

"月亮上到处都是外星人了，且都不是什么斯文君子，而是草莽英雄居多，身上满是江湖气的那种。"城里人说到这里也是皱起了眉头，面带隐忧，"从这个意义上说，你们害怕月光也是有道理的，毕竟月球上的那些主儿不好伺候，一句话说不对就会吃苦头。"

"你不怕吗？"有人调侃他。

"至于我嘛……我是不怕的——"城里人故意拖了长音，神情中带着一股自豪，"不瞒你们说，我也曾被月光带走过，还和其中一拨人建立了深厚的交情呢！"他眼里冒出光来，随即暗淡下去，"只不过这事也有坏后果，我回来后成了名人，但我不想加入城里任何一个武装派别，不能被他们所用，那些野心家太让人受不了，用尽各种办法刻意排挤我，我们家这才不得不返乡——"他的话说到这里，突然停住了，惊恐地看着周围。

众人也惊讶得喊了出来。

城里人身周，出现了一道光束，将他整个人罩住了。这情形，就像月光抓人一样，看样子，城里人应该没有说谎，这不，眼下他又要被抓走了。

但是——众人忽然意识到不对——现在是白天，哪来的月光？

众人抬头看天，天上确实没有月亮，可能是还在地球的另一面。再看罩住城里人的那束光芒的光源，原来是太阳，那是太阳的光。

等等，太阳的光？

众人终于意识到了问题所在，也猜到了城里人莫名恐慌的缘由：这回要抓他的，不是月球人，而是"太阳人"！

"你们快跑！"城里人在光束里大喊，"去找外星人，托他们向'母族'求救，躲进他们的那个庇护所里去！"

"这是怎么回事？"众人没反应过来。

"太阳系的原主人回来了!"城里人声嘶力竭地大喊,"跑!跑得越快越好!千万别被他们抓住!"

"太阳系的原主人?"众人一头雾水。

"我们都是外来入侵者的后人,老家是在猎户座一个富含镍的星球上,祖先很早以前过来,占了太阳系这座无人而缺镍的荒废老宅,在这里胡乱糟蹋了几亿年……这是个秘密,你们可千万别让——"城里人说到这里,罩着他的光束消失,他也随之消失了。

他被"太阳人"带走了。

他的话却留了下来,深深震撼着我们这群乡下人保守而脆弱的内心世界:邻居回来了,我们得赶紧跑……那一瞬间,我感觉似乎又回到了童年在南邻家空宅的那次惊险遭遇,院主人在外院徘徊巡视,而我坐在里院窗台上缩着身子,瑟瑟发抖。

从小我就对外星人的事情感兴趣,现在我才知道,原来外星人一直就在附近。

但我已没机会再去探寻。

也不敢再去了。

代号卢卡斯

时空蹦极者

文 / 喀拉昆仑

1. 刺杀爱因斯坦

1945年：美国普林斯顿大学某校舍

　　脆弱的小木床嘎吱作响，中间交织着一个美貌女子和一个花甲老人的怪声，宛如来自天国的二重奏。世上没有比这更动听的声音了，老人原本枯槁的身体此时已奇迹般地焕发活力，像一台不知疲倦的蒸汽机，气喘吁吁，大汗淋漓，忘我地向着辉煌的终点跋涉。老人有些惊奇，自己那支本已老化多年的活塞，不知为何，似乎在剧烈运动中返老还童了——肯定是这样的，否则的话，下面这个绵羊一样洁白柔软的女人，为何会迷醉到如此地步？如果不是感受到了自己身体积蕴的强劲功率，她那滑脂般的身体发出的回响怎会如此的摄人心魄？

　　老人惊讶自己的改变，更感激上天送来这样一个不可思议的美丽女子，那一刻，他突然找到了自己人生的价值所在，他，要努力耕耘……

　　喘息，呼出的热气烫得人脸上发痒，里面似乎还带着一股若有若无的幽香，长发被黏糊糊的汗水粘在白皙的脸上、脖子上，女子紧闭着双眼，没去撩开它们，任凭那一缕缕迷离的情感羁绊遮挡住自己心中无法抑制的欲望潮水。炽热的活塞在加速，越来越热，她于是不停地扭动身体，激发老人体内愈来愈强烈的征服感，仿佛就要在冲刺中融化……

一步步攀登，以原始而粗犷的节奏，喘息，汗水，热切而湿滑的道路，摇晃作响的小木床，体内热气汹涌，充斥着无法抑制的、火山般渴望喷涌而出的激情……

写字台前的老人摇摇蓬乱的头，努力让自己的思绪从那段缠绵悱恻的回忆中抽离出来，继续写下去："我开始阅读关于魔法和预兆的书，它让我确信，冥冥之中有恶魔夹在我们之间，弄丢了我们的信……"这已经是他的第五封信了。

那女子的身体和灵魂仿佛都是为救赎这位老人而生，老人已经离不开她了，如今，某种未知的神秘力量将他们隔开了千里之遥，但是，老人的心还留在她身上，那个天赐的奇迹般的女子，曾经在老人的冲击下不停地恳求着："吻我……快吻我……亲爱的阿尔法……"这一切，使老人欲罢不能。

"我坐在沙发上，叼着你送的烟斗，用你喜欢的铅笔奋笔疾书……如果你不忙，赶快给我回信吧！"

老人写完最后一句话，放下手中那只橙色的橡木铅笔，仰靠在藤椅上，长长地叹了一口气，他闭着眼睛，默念出了那个让他魂牵梦绕的名字："亲爱的科涅库娃！"

接下来，老人本该折好信纸，装进信封，填上那个遥远而陌生的地址，将它投进邮箱的，但是，原本早已设定好的历史，在这个时刻却突然发生了改变。

老人刚默念完,身后的虚空中突然泛起一片涟漪,空间像水波一样晃动起来,波纹中央的空间飘忽不定,好像有了某种实质感,里面忽然穿过一支手枪,然后,手枪前伸,一只手臂露出,涟漪继续扩大,最后,一个身着奇异服装的蒙面人,无声地从涟漪中走了出来,他持枪站定,对准藤椅上那位仍旧毫无察觉的老人,发出了机械般冰冷的声音:"你好啊,阿尔伯特先生。"

老人听到声音,转身一看,立刻被惊呆了,嘴里的烟斗"啪"的一声掉在地上,摔成了两截:"你,你是从哪儿来的?"他的声音有些颤抖。

"我从未来赶来,"那人依旧保持着机械声音,手枪仍指向前方,正对着老人,"为了抹除您的存在,尊敬的阿尔伯特先生。"

"为什么?"

"为了世界和平。"蒙面人依旧语气冰冷,说完,拇指缓缓拨开了手枪的撞针,然后平举着,稳稳地指向老人,"再见!"

"等等!"老人几乎是尖叫着喊了出来,"你搞错了!我可是一个科学家!"

"我知道。"蒙面人淡淡地说完,似乎叹了口气,食指缓缓扣向扳机。

"是谁,是谁让你这么做的?!"老人激动得想要站起来,但就在他双手按住藤椅扶手的那一瞬间,蒙面人警觉地上前一步,枪口抵住他脑门,制止了他的动作。

"是谁？"老人仍然不甘心地问。

"你没必要知道。"蒙面人淡淡地说，他扫了一眼桌上的信纸，露出鄙夷的神色来，"红色帝国的内应，果然是你啊……"

"那，那是写给我的爱人的！"老人辩解着，想去收起来那些信纸，但被制止了。

"你的爱人，一个苏联人？"蒙面人冷笑一声，"如果我没记错的话，您应该还没离婚吧，您的夫人呢？米列娃·马里奇呢？埃尔莎·洛温塔尔呢？"

"我不在意什么婚姻，"老人说，"她，是我的爱人。"

"爱人……很好！"蒙面人冷笑道。

"怎么，这违法吗？"老人有些不满。

"不，这就足够了。"蒙面人说完，把心一横，扣动了手枪扳机——这个任务完成后，总统就再也不用担心苏联人的核威胁了，他情不自禁地默念道，"上帝保佑美利坚！"

"啪！"枪响了，但老人却没有倒下，相反，倒是那位蒙面刺客受了伤，他的手枪"啪嗒"一声掉在地上，忍痛用另一只手捂住右手手腕的伤口，眼睛则望向开着的窗户，脸上露出不可思议的表情来。

外面传来一阵急促的脚步声，然后停了，静默几秒后，房门突然被人一脚踹开，一群身着便装的FBI特工冲进来，转眼间就将这间本就不大的办公室牢牢控制了，最后进来的是一位司法部官员，他看了几眼屋里的形势后，给屋里的特工们使个眼色，那些人一拥而上,将仍试图挣扎的蒙面刺客铐了起来,其中一个还戴上手套,小心翼翼地捡起刺客掉落的那支手枪,放进一只塑料袋密封起来,与此同时,该官员对着领口的微型对讲话筒说了句:"目标已被制服,狙击手可以撤了。"

然后,在老人惊魂未定的目光中,这位军官走到他面前,敬了个礼,说:"不好意思,让您受惊了,爱因斯坦教授。"

2. 陨落的"美国精神"

1963年11月22日:美国德克萨斯州 达拉斯市

市中心的迪利广场上已经是人群汹涌,所有人都在翘首以待,鲜花、彩旗和气球给这里渲染出浓烈的节日气氛。冬日的寒冷无法压抑现场的热情,人们在等待一位大人物的到来。

广场边的教科书大厦沐浴在欢乐的气氛中,像一尊石化的雕像。大厦六楼的一个隐蔽角落里,奥斯瓦尔德抬起右手腕看了看手表:现在是下午12:15。按照原定计划,再有15分钟,目标所在的车队就会从下面经过,届时,一切都将按计划行事。自己目前要做的,只是等待——就和外面那些人一样,他叹了口气,缓缓闭上眼睛。

教科书大厦沐浴在阳光中,静默着,宛如一座雕像。

许多年后,历史将铭记这一天!

奥斯瓦尔德知道,自己只要动了手,就会被抓,但他也知道自己完全不用担心后果，老板们早已经把一切都安排好了。

即将在这里受到关照的是一个了不起的人物，他被全国各地无数的支持者们亲切地称呼为"美国精神"。

那该死的家伙！

奥斯瓦尔德心里骂道，真正的美国精神是独立和自由，而不是像这个即将到来的疯子这样，楼下这群蠢货根本不知道自己崇拜的是一个什么人！

放到中世纪，这家伙绝对会成为一个暴君！

奥斯瓦尔德就这样骂骂咧咧地开始准备他的工具：一支 6.5mm×52mm 的意大利产卡尔卡诺 M91/38 手动步枪，配备了若干发子弹，按计划，他事先已经在上面都按下了指纹。

如果没有出错，这家伙将是美国历史上第四个享受如此"殊荣"的人。

但愿事后那些老板们能信守承诺，将自己及时保释出来——奥斯瓦尔德在胸前画了个十字，默默祈祷着。

那些人抓着他的把柄，他不得不这么做。

出于职业本能，他并不相信那些政客们会信守诺言，自己说白了不过是一个工具。但是，真正让他感到不安的并不是这个，而是情绪，他发现自己在工作中带了情绪——情绪，这是职业规则里的大忌。

也许，这次会发生什么意外？

奥斯瓦尔德使劲摇摇头，把那些杂念统统甩了出去。

不会有意外,一切都在计划中!

12点20分,奥斯瓦尔德慢慢地走到早就选好的地点,调整一下情绪,架起狙击步枪,开始进行姿势微调,他将瞄准镜对准了大厦斜下方的公路转弯处,加以初步固定。经验告诉他,在这个地方,车队的速度会放慢,那时,下手成功的概率最大。

这也是计划里的一部分。

他习惯性地测试了下瞄准镜的视野。

以往讨厌的折射光斑不见了,瞄准镜镀有特种透光膜,一眼望去,清晰透彻,奥斯瓦尔德忍不住赞叹。他奶奶的,果然有好东西……他相信,到动手时,自己甚至能看清目标脸上的汗毛。

"美国精神"——那个家伙生于马萨诸塞州,自幼受到良好的教育,天纵英才,读了哈佛大学和斯坦福大学,1940年毕业,第二次世界大战中他加入美国海军,在对日作战中负伤,战后,他29岁即当选为议员,后三次连任!1960年他参加总统竞选,提出"新边疆"的竞选口号,倡导在科学技术、经济发展、战争与和平等各个领域开拓新天地,1961年,他在选民投票过程中以极小的差距击败了共和党人,赢得总统的位置,成为美国历史上最年轻的总统。

"不要问你的国家能为你做什么,而要问你能为你的国家做什么。"

他上台以来,野心勃勃,先是不顾国会和民众的反对,积极策划对邻国的再度占领,接着又强行通过财政法案,大张旗鼓地进行太空竞赛,与此同时,越过美联储,私下秘密进行对国内银行业的大规模整顿，试图削弱金融寡头们对政府的控制力。

他已经越界了，没见过哪个总统敢这么搞的，除了已经死去的林肯和罗斯福。他同样在试图冲破法律和制度的牢笼，但他显然不具备前面那两位的魅力。

合众国不需要他这样的破坏者，老板们希望能抹去他，永久地。

我，奥斯瓦尔德，就是那个执行者。

12点25分，随着车队的出现，人群的欢呼声出现了一些紊乱，许多人忍不住向前挤过去，试图离车道更近些，但都被警察给挡了回去。

秩序，一切都是为了秩序；老板们这样做的目的，也是为了秩序，合众国传统的权力制衡秩序。

奥斯瓦尔德耐心地等待着。

12点26分，车队出现在奥斯瓦尔德的视野中，其中最引人注目的是那辆林肯豪华敞篷车，这是前年刚刚上市的一款车型。作为总统座驾，它原本配有防弹玻璃，不过这次，为了"拉近总统与民众的距离，并让广大市民能够一睹美国第一夫人的芳容"，临时撤下了。

这也是计划的一部分。奥斯瓦尔德有着丰富的职业经验，从敞篷车挡风玻璃上的阳光反射晕的质感中，他能感觉到，那只是普通的玻璃，不防弹。

即使是防弹玻璃，又能怎样？他所处的高度，已使敞篷车内部的一切暴露无遗。

12点27分，街道两边的人潮此起彼伏，林肯敞篷车被鲜花和气球簇拥着，缓缓向前，很荣耀，但在奥斯瓦尔德看来，它就像一片漂浮在溪流上的腐叶，颜色很深，散发着死亡的气息，是的，死亡气息，这具明星般耀眼的生机勃勃的身体，几分钟后，就会在众目睽睽之下变成一具冰冷的尸体。

世上再没有能比这更挑战想象力的工作了，他嘴角露出一丝职业式的微笑。

12点28分，车队前方负责开道的摩托车队和林肯车拉开了距离，开始进入弯道。奥斯瓦尔德握紧手里的卡尔卡诺M91/38，目镜里的十字星牢牢锁定了车队里那个已经失去一切安全防护的目标。

以一个杀手的眼光来看，此时的猎物事实上已经死去。

约翰逊·肯尼迪！美国第35任总统，也即将成为第4位遇刺身亡的总统。

12点29分，奥斯瓦尔德右手食指已经扣在扳机上，却没有按下。

他在等信号，他还没有看到示意他动手的预定暗号。

刽子手在聚精会神地等待行刑指令，没注意到他身后的异状：原本平静的虚空中突然泛起一片无声的涟漪，涟漪迅速扩大，中央位置流光溢彩，似乎隐藏着什么强大的存在，很快，一只深灰色的手枪从里面悄悄伸了出来。

那支手枪缓缓前伸,随后出现的,是两只胳膊,再前伸,带出一张冷漠的面孔,最后,一个身着风衣的男子从涟漪中悄悄走了过来,他的面容跟手里的枪一样冷。

奥斯瓦尔德依旧没有发觉身后突然冒出来的奇异男子,他集中精力注视着目标周围,只要看到一只手举起来,握成拳状,他就立刻开枪。

涟漪扩大到了极限,然后悄然后退,风衣男子站在那里,岿然不动,宛如雕像。

奥斯瓦尔德将瞄准镜的十字准星对准了目标的脖子。

这根倔强粗壮的脖子,支撑起的究竟是怎样一颗狂傲的头颅?如果打断这根脖子,那颗不可一世的头颅会怎样,会滴溜溜滚落地下吗?

他不无恶意地想着。

后方的风衣男子无声地走出了那片涟漪,就像一个石化的雕像,默默伫立,他手中的枪岿然不动,径直指向楼下街道的敞篷车,指向和奥斯瓦尔德同样的目标。

时空涟漪仍在荡漾,旅行者却岿然不动。

奥斯瓦尔德在等待暗号。

迪利广场上的人们未觉察到任何异常,现场的欢乐气氛达到了最高潮,人潮汹涌,总统脸上的笑容愈发灿烂。前方的摩托车队和总统保镖们努力将人群与道路隔离开来,只是民众实在太热情了,总统的笑容还有美国第一夫人的美貌,对他们的诱惑实在太大，一切阻挡都显得苍白无力。民众在欢呼，人海在沸腾，宽敞豪华的总统座驾宛如一片漂浮在沸汤上的豌豆荚，一边前进一边不停颤抖，仿佛下一秒就会内压爆炸，四分五裂地融入这锅狂欢大杂烩。

没有人知道即将发生什么。

12 点 30 分，敞篷车缓缓行驶过程中，一只手出现在瞄准镜中，右手，握成拳头的右手！

是信号！

奥斯瓦尔德果断按下了扳机——

"啪！"

子弹呼啸而出！

径中目标！

奥斯瓦尔德清楚地看到，目标动作一僵，脖子上就喷出了一股鲜血，宛如浆果爆炸！CIA 的东西真是太好了，奥斯瓦尔德看得一清二楚，目标已经伤到了颈椎，那喷射的鲜血，让他兴奋。

不过，奥斯瓦尔德很快就意识到，自己还不能高兴得太早，击中脖子可不一定会致命，哪怕是颈椎受损，况且目标那根脖子实在是太粗壮了。眼下，还是补上第二枪来得保险，现在下面一片慌乱，警卫们来不及反应的。

说干就干，奥斯瓦尔德没有丝毫犹豫，迅速装填子弹，以他的熟练度，第二发子弹要在 3 秒后才能射出，3 秒！他在心里从容地默数着："3——"

"啪!"又是一颗子弹呼啸而出,这时,奥斯瓦尔德的"2"还没数到,但目标已中了第二枪,他惊讶地猛回头。

是谁?谁打的枪?

奥斯瓦尔德看到一个身着风衣的冷面男子,男子手中的枪,和他的表情一样冷。

这人是谁?

奥斯瓦尔德呆呆地看着风衣男子,心里刹那间已转过了无数念头:老板们怕不保险,同时安排了两个杀手吗?真够狠的啊……可是,自己为什么没能察觉这个人的到来?难道,他比自己还先到?

不会啊,自己来后,已经仔仔细细地检查了每一个角落了,不可能有藏匿者的……(当时,奥斯瓦尔德还未注意到神秘风衣男子身后的那片时空涟漪。)

"啪!"

奥斯瓦尔德还没来得及从惊讶里回过神来,风衣男子又打出了第二枪,前后间隔也仅仅是3秒多点儿!

好熟练的动作!

奥斯瓦尔德下意识地回头看了一眼瞄准镜,赫然发现目标已胸部中弹,正缓缓倒下,而那颗孤傲的头颅早已破碎,之前的第二枪,风衣男子的子弹击中了它!迸溅的脑浆,洒了第一夫人一身,将华丽的礼服染成惨不忍睹的血肉涂鸦。

强力手枪狙杀,神一般的枪法!

风衣男子打完两枪，似乎对自己的作品很满意，他将视线从敞篷车上收回，并对奥斯瓦尔德点点头，然后退回时空涟漪中。

奥斯瓦尔德目瞪口呆地注视着风衣男子带着他的手枪消失在涟漪中，吓得浑身直哆嗦，直到警卫们冲上来抓捕他时，他才意识到自己忘记了逃跑。

计划出现了意外，这样一来，老板们的麻烦就大了……

事后，奥斯瓦尔德对自己的刺杀行为供认不讳，并未过多地解释什么，他心里很惶恐，那个不知来自何处的神秘的风衣男子，像噩梦般反复出现在他的脑海中。

老板们既然已经派这个神秘人过来了，为什么还要让自己出面？

那个神秘人，真的是老板们派来的？

不，不可能！老板们绝对没有这种离奇的技术，这世上从未有人能够神秘出现再神秘消失，不可能！

那个神秘的风衣男子，使用的绝不是现在的技术！

当警卫们冲上教科书大厦逮捕刺客时，敞篷车后坐上陪同总统夫妇的约翰·康纳利州长还未回过神来，民众们看到，这位州长先是目瞪口呆，随后惊魂稍定，之后露出怒不可遏的表情，他大声命令现场所有警务人员立刻护送总统去医院急救，并立刻搜捕那该死的刺客！

发布命令的间隙，州长下意识地看了总统几眼，他还不知道刚才那短短的几秒钟里发生了多么科幻的意外，但是，许多年以后,他的名字和一部科幻电影紧紧联系在了一起,成为妇孺皆知的文化符号。

总统遇刺,迪利广场的民众们都被吓住了。随着那三声枪响,他们的狂欢凝成了巨大的悲痛,仿佛整个世界在瞬间崩溃:人生价值、信仰、未来……当当天下午电视新闻播出"总统遇刺身亡"的消息时,美国人才意识到,总统死了!

3. 时空蹦极者

几天后,CIA的秘密囚室里,对奥斯瓦尔德的审问正式开始。

"你是为俄国人工作吗?"

沉默。

"你拿了他们的钱,所以来替他报私仇?"

依旧沉默。

"你的同伙儿在哪里?"

还是沉默。

"你一个人如何在6秒时间里连发3枪?"审讯人员冷冷地问。

"真的是3枪吗?"奥斯瓦尔德突然反问。

"什么意思?"

"明明是3枪,可你们事后只找到1颗子弹,剩下两颗不翼而飞了,对吧?"奥斯瓦尔德面有得意之色。

主审官依旧表情严肃,但是旁边那位陪审人员不禁露出了惊讶的神情:"啊!"

"不用再查了,"奥斯瓦尔德冷笑着说,"那家伙,他不是人……"

远处的隔离监控室里,几位CIA人员从视频终端看到这段对话,脸色也大变。

"是'蹦极者'!"一位戴着深色眼睛的文职官员惊叫起来,"那个家伙,居然自己从时空膜里跳了回来!可恶!他究竟是怎么做到的?可恶!"说着,他一拳猛地砸在控制台上,手里的铅笔"啪"的一声折断了。"我们送出去的蛇,反噬了我们自己……"另一位白发苍苍的老人说,"这已经不是第一次了,1945年,在普林斯顿大学,他就试图对爱因斯坦教授下手,还好我们的时空特警及时赶到,制止了他。"

"你们抓到他了?"

"没有,"老人苦笑着摇摇头,"他是'蹦极者',从他跳出去的那一刻开始,就不再属于我们这个时空膜了,他即使能在我们这层时空现身,时间也很短暂,时效一过,他就坠入别的时空膜,自动消失了,这跟蹦极者弹回起跳点是一个意思,只能短暂停留,我们无论采用任何手段,都困不住他。"

"那你们为什么不趁他现身的时候,击毙他?"说话的是一位面色阴沉的军官。

"我们中了他的诡计。"老人说,"他骗爱因斯坦,说能带他去找到神秘的'西伯利亚之花',还说什么'有两朵',是'姊妹花',他信誓旦旦地对爱因斯坦说'我可以让你同时拥有它们两个,左拥右抱!'"

"西伯利亚之花?"面色阴沉的军官警觉起来,眼中精光四射,瞳孔随之急剧缩小,"那是什么东西,苏联人秘密研制的新式武器?"

"我们当时也这么认为的,所以就没有立刻毙他,而是让他留下了情报,当然,他很聪明,没有一下子全给,而是给了一半,他说这是出于自身安全考虑,另一半要等回去了才能说。这把我们都骗了,我们把他软禁在一间小屋子里,当天夜里,他就突然消失了。"

"那半份情报呢?"

"那半份情报的内容很简短,就是'代号卢卡斯'。"老人说着,耸耸肩,"我们后来才知道,卢卡斯不是武器,而是一个女人,一个女特工,她是一只'燕子',所谓'西伯利亚之花',其实是她的职业绰号,老实说,她确实很漂亮,如果是姊妹两个一起上,左拥右抱,任何男人都会为之疯狂的……"

"荒唐!"面色阴沉的军官嘴角抽搐着,愤愤地说,"我早就说了,你们不该给一个老人开那么多的'万艾可'(补药)!"

对话爱因斯坦

时空旅行

文 / 喀拉昆仑

题记:

"我没有什么特别的才能,不过喜欢寻根刨底地追究问题罢了。"

"没有牺牲,也就绝不可能有真正的进步。"

—— 爱因斯坦(见注释1)

我还是头一回时空旅行。

那情景,就像穿行在一个不断蠕动的软管中,周围的空间扭曲成软管的内壁,上面飞快地变幻着诡异莫测的彩色花纹,我知道,那是时空扭曲导致的复杂衍射。

软管弯弯曲曲,不停扭动,我前后都看不了多远。虽然看不到,我却知道,在我身后遥远的某个位置,构成软管的隧道空间正不断塌缩消失;同时,在我前面很远的某处地方,空间壁垒正以相同的速率不断撕开,形成新的隧道空间。

这隧道空间里是我熟悉的正常的物理世界,至于隧道外面的世界,我看不到。但我知道,在那诡异莫测的彩色花纹背后,在这隧道外面,是凶险万分的时空乱流,一旦陷入就万劫不复。

时空乱流就像波涛汹涌的大海,而包围我的隧道空间就像一只小船,我知道,时空穿梭机正在用一种神奇的力量为我这个时空穿行者打开通道。

我不是这机器的发明人,但所有这一切,我都知道。原因是,早在20世纪初,一个天才的科学家就已经提出了完整的时空穿梭理论模型,今天我使用的时空穿梭机,只不过是那些理论的现实产物。机器发明团队的代表在颁奖典礼上曾感慨地打了个形象的比喻:"一切都是照他的图纸制造的,我们所做的,不过是把图纸上标明的零件找齐,然后照图纸组装起来……感谢相对论!"

不错,这个天才的科学家就是爱因斯坦,他提出的相对论是后人制造时空穿梭机的理论基础,他也是我这次时空旅行要拜访的人。

为了做到有备无患,出发前我还查阅了大量关于爱因斯坦的资料:他是20世纪最伟大的科学家,也是自牛顿以来成就最大的科学巨匠。他预见了光电效应,使人类实现了光能与电能的转化,因此获得1921年诺贝尔物理学奖。但小孩子都知道,他对人类文明进步的巨大贡献绝不是区区一个诺贝尔奖就能形容的,他的质能转化公式 $E=mc^2$,打开了核能时代的大门,开启了人类能源史的新纪元,其对现代文明的意义,就好比原始社会时发明了钻木取火;他的相对论彻底刷新了人们的时空观,等到21世纪后期,人们终于按照他的理论模型制造出了时空穿梭机,从而引起了一场被称为"时空革命"的社会大变革,那场变革对人类社会的深远影响，甚至超过了工业革命！在全世界，他都被人们当成是人类智慧的象征、科学精神的象征，他成为无数青年的偶像，激励着广大青年们为了人类文明的进步而不懈努力……

但是，在这些光环以外，在广大历史研究者看来，爱因斯坦的一生都笼罩着一个令人百思不解的疑团——他似乎并不珍惜自己的聪明才智，也不会选择研究方向，比如，他把自己整个后半生（那通常是一个科学家绝大部分的科研生涯），都用在了所谓的"大统一理论"上。当时任何科学工作者都知道，那是个绝对不可能完成的任务，就是以21世纪的眼光看来，它依然不可能完成，建立统一场论理论所必需的理论铺垫和实验条件，人类在三五百年甚至一千年后都不可能完成。有人粗略估算了一下，验证统一场论理论所必须建造的回旋加速器，其直径超过了整个银河系！而做一次验证试验，至少需要十亿年时间……

这也是我此行拜访他的目的——我要搞清楚，如此具有睿智远见的一位科学大师，为何会在一个根本不可能完成的课题上浪费智慧、空耗生命。

时空隧道渐渐消失，目的地到了，我渐渐在这个过去的世界里显形。

1950年8月13日上午十点，美国纽约州，罗契斯特市，戴夫街35号（见注释2）。这是一个很平常的小院子，普通的二层小楼，墙壁刷成了这一地区通行的灰白色，上面镶嵌着常见的双层玻璃窗，推开虚掩的大门走进去，道旁草坪长得非常茂盛，应该是很久未修建了，一些鸟雀甚至开始在里面出没。单从外表看，这是一个普通的美国平民住宅，主人还有点懒惰，但资料告诉我，它里面住着的，是这个时代最伟大的科学家，现年71岁。

我站在门廊前，努力平抑心头的思绪，然后按下了门铃。

没有声音……

我一愣，随即释然：门铃应该早就坏了吧？世人都知道，这位大名鼎鼎的科学巨人，在生活上总是顾此失彼，根据文献记载，他经常穿错鞋，一出门就迷路，这样看来，忘记修门铃也很正常。

我敲了敲门，果然，过了一会儿，屋里传来一声含糊的应答，算是允许了。

我推开门走了进去。

他站在窗前，依旧是那蓬乱的发型，外套随意地披在肩上，里面是一身睡衣，脚下是两只不同颜色的拖鞋。他是背对着我站着的，不过我能看到从他面前飘起一缕缕烟雾，他在抽那只大烟斗，这是他思考问题时的习惯性动作。

我正担心自己来的不是时候，他先说话了："哦，你自己看什么地方需要收拾，随便打扫一下就行了……桌子上的稿件别动，我正在计算……扔到门口垃圾桶里的那些也别倒，我可能还会用到……"

他说这话时身体一直没动，精神仍旧沉浸在思维世界里，只是烟雾因为说话的缘故出现了紊乱。

我苦笑一声,他一定是误把我当成是家政清洁工了。他为防外人打扰,从来都是深居简出,除了一些偶尔请来的清洁工,谁都不知道他住哪儿,所以罕有客人。也罢,能为爱因斯坦打扫卫生也是种荣幸,我也很乐意照顾这位年迈的老人,反正回去的时间还早。

我四下看了看,这屋里的摆设实在太过于简单,一张半旧的茶几,两三个小木椅,门口一个垃圾桶,屋里的家具就只有这些了,他那些不让外人动的文件散落得到处都是,要打扫也无从下手。

我一时怔住了,不知道该怎么办才好。

"哦,差点儿忘了,我并没有请清洁工……"他终于回过神了,缓缓转身,烟斗握在手中,看来总算是把思绪拉回了现实,"你找我有什么事吗?"

我呵呵一笑。没有客套没有寒暄,直白坦诚,这就是科学家们的处事风格吧?我清了清嗓子:"爱因斯坦先生,我是从未来世界来的,从 21 世纪,乘坐时空穿梭机回到这个时代。"

看到他眼中开始泛起惊讶的神色,我笑了笑,用尽可能平静的声音说:"我所乘坐的时空穿梭机,其基本工作原理就是您提出的相对论,事实上,从某种程度上说,是您发明了它。"

这几句话我说得很慢,语气也尽可能平和,我担心老人因为过于激动而情绪大乱,那会打乱我这次的采访计划。

可是他的反应很让我意外,只见他眼中的惊讶一闪而逝,然后自言自语地说着:"哦,我正奇怪,你怎么会从未来世界到这儿来……那机器制成了啊,这样就对了,早晚会制造出来的。好了,我知道了。"

然后,他含上了烟斗,看样子是要继续去思维世界里漫游。

我一愣,忍不住问道:"您好像对人类制成时空穿梭机这件事并不惊喜?它可是您理论的直接产物啊!"

他呵呵一笑,就像中国古画中鹤发童颜的得道仙翁:"我只是个理论物理学家,我的职责仅仅是提出正确的基础理论,至于设计制造成品、把理论变成现实,那是工程师和其他科研工作者们的事情了。机器是他们发明的,惊喜的应该是他们。"

"就算那样,"我仍不解,"这机器以无可辩驳的事实证明了您的相对论的正确性,你的理论终于被证实了,您不感觉高兴吗?您不应该惊喜吗?"

"我高兴!我为未来人类科技的进步高兴,发明那机器是好事,一定要好好用它。至于我的理论,早在提出它时我已经知道它是正确的,我已经高兴过了。"

我愕然,原先早就准备好的用以安慰"情绪激动失控的爱因斯坦"的那些话,全都落了空,没处用了,老人似乎有一种超乎常人理解的镇静和豁达。

我想起了这次拜访的目的,就问他:"您现在还在研究统一场论吗?"

"哦,是啊!"提起物理学,他突然来了精神,烟斗又一次捏在了手中,"还有几个地方得推敲一下,像宇宙常数的设定,哈勃的照片证明了宇宙扩张,这似乎是一个反证,但该常数对我的统一场论理论是必不可少的,我在想如何弥合两者之间的矛盾,就像我当初弥合牛顿定律和麦克斯韦方程一样……"他说着说着开始踱步,伴随着两只不同型号的拖鞋在地板擦出的轻响,握着烟斗的手不时摇晃着。

"可是,"我忍不住打断了他的话,"统一场论理论是没办法验证的!"

"哦?"他转身望着我,"是真的吗?"

他不再说话,眼光中满是期待,我知道他在等我的下文。

"是真的,无论理论铺垫还是实验条件都不具备,就算是好多年以后,依然不具备。"这话我说得很轻,我怕伤害他对科学的热情,然后,我换了宽慰的语气说,"不过这不要紧,那工作等后人慢慢去完成吧!就算是我生活的 21 世纪,人们依然基本上生活在化学能源和牛顿力学时代,除了时空穿梭机,相对论仅仅在最尖端的高能物理实验中才会用到。相对论已经够超前了,而统一场论理论恐怕到一千年后人类也用不着,您何必为这么遥不可及的目标浪费精力呢?重要的是当下,您是当代最伟大的科学家,您的理论开启了人类科技的新纪元,您的智慧是全人类的财富,您为什么不好好珍惜您的智慧,去研究些当下更实用的东西呢?比方说纳米、计算机、激光技术……"

老人家微微点头,鼓励我继续说下去。

我叹了口气:"您就是这样,光顾着埋头作理论,也不管人们能不能验证它们,幸好您还提出过光电效应理论,否则可能连个诺贝尔奖都捞不着,白为人类做了那么多贡献了。相对论是您的主要贡献，也是您最大的贡献，可就是因为太超前，无法通过实验验证，诺贝尔奖评委员会的那些评委们始终无法给您颁奖，到21世纪后期总算能验证了，还发明了时空穿梭机，可以给你颁奖了，可是您早已经……我们早已找不到您了……"

任何人都避讳谈及死亡，尤其是自己的死亡，时空旅行尤其要处理好历史人物的这个尴尬。

他笑了笑："没关系，我一早便知道，我等不到它变成现实的那一天。"

这下轮到我尴尬了，面对一个看淡生死的七旬老人，我一个晚辈后生实在没资格再多说些什么。我张口结舌，不知道是该道歉、安慰他，还是继续说下去。

沉默，令人窒息的沉默。

"你确定在21世纪依然无法验证它吗？"他突然问，"我是指统一场论。"

"我确定！"我感觉自己已经很接近问题的答案，也找到了一个摆脱尴尬的机会，赶紧摸开身后的背包，把随身带来的那些21世纪科学研究关于统一场论理论不可能建立和验证的资料都拿给他看，"您看看这些，都是未来科学研究的成果。这些都证明统一场论不可行。"

他接了过去，看得很认真。

我静静地等，等待我的问题答案揭晓，同时也隐隐有种不安：我会因此而改变爱因斯坦的科研方向，甚至改写人类历史吗？

时间似乎停滞了,只有屋里座钟发出的"嘀嗒"声悄悄跳动着,正午的阳光从窗口射入,在地板上映出一块四方形的亮斑,我有种错觉,仿佛觉得那亮斑是个正在融化的火山口,某种热情正在下面潜滋暗长,等待喷涌而出那一刻,恍惚间,它正在蠕动,慢慢向我逼近,直到将我吞没,周围一片光亮……

"未来的人们研究得很好!"

爱因斯坦的声音将我的思绪拉回了现实,不知何时,他已经看完我带来的文件,此刻正背对着我站在窗前,那几页资料纸捏在右手中,压在那根烟斗下面,他的声音听起来很平静:"……有很多地方比我推算得高明,许多烦琐的步骤都省掉了。最终结论我也看了,那上面说得很对,由于缺乏足够的数学工具和实验数据,它不可能建立,也不可能被验证。"

我没有说话,只是沉默。

沉默,漫长的沉默。

我知道这个时候最好保持沉默,他已经为统一场论理论耗费了太多心血,要他放弃该课题转而从事其他研究,这是非常伤人的,我必须给老人足够的时间转变思想。

"科学是个很广阔的世界,"他像是松了一口气,"牛顿说人类只是在海边玩耍的孩子,偶尔捡起了几片贝壳。"

"人类的认识是很有限的,"我说,"您已经做得很好了,我代表未来人类前来,是希望你能放弃统一场论理论,把精力用到更现实的科研领域。"我鼓了鼓勇气,说了句玩笑话:"最起码,进行这些领域的研究不会要求后人们建造一个银河系那么大的回旋加速器。"

"像银河系那么大的回旋加速器吗?"他似乎在喃喃自语,"这似乎比提纯裂变材料困难得多。"

我知道他是想起了曼哈顿工程,便说:"确实,建造这个巨无霸加速器远比制造原子弹困难。"

爱因斯坦听到"原子弹"时浑身突然一震,我心下一惊,暗叫不妙,嘴里的话随即戛然而止。

"未来的人们是如何评价核武器的?"爱因斯坦问,窗外射入的阳光很强,从我这里看去,他只是一个黑色的剪影。我看不清他的表情,只能听到他语气里的不安。

"这个,这……"我支支吾吾,不知道该怎么说。我要如实把未来人类面临的核恐惧告诉他吗?已经有无数的科幻电影描述过那情景了:巨大的蘑菇云、核冬天、无所不在的放射性辐射、变异生物、得了辐射病挣扎在死亡线上的灾民……那是人间地狱!这肯定与他的愿望背道而驰。

"广岛和长崎的事我一直无法忘记。"爱因斯坦的语气变得很伤感,"当初是我给出那个质能转化公式的,我从理论上预见了那巨大的能量,很高兴,那能量释放是非常缓慢的,持久而温和,不能作为杀人武器,我于是单纯地以为自己是找到了新能源,带给了人类进步的希望。没想到,美国人耗费巨大的人力、物力把铀235提纯了,他们不仅找到了快中子作为激发介质,还把铍环做成了约束引爆器,甚至将浓缩铀块的尺寸加工到了千分之一毫米的极限精度(见注释3),最后终于把它制成了恐怖的杀人武器……人类真是太可怕了。"

我宽慰他:"历史并没有怪罪您,发明核武器不是您的主意,您只是个科学家。科学是一把双刃剑,剑的用处取决于使剑的人,与铸剑工匠无直接关系。"

他摇了摇头:"可我毕竟给出了最初的理论,是我引发了人类的原罪,我就是伊甸园里诱惑亚当吃苹果的那条蛇啊……"他的手开始握紧,因为太用力,烟斗把稿纸压得皱了起来,"我是个坚定的和平主义者,我一直认为人们的矛盾和冲突应该用和平友好的方式化解,我相信科技能向所有人都展示一个光明幸福的未来,有了那么一个美好的前景,按说人类应该携手并肩共同进步,共享未来才对,可为什么他们拿到技术后首先想到的总是如何伤害其他人呢?为什么他们首先想到的总是战争和武器呢?"

我无语,确实是这样,拿到技术以后,人们总是先想到战争。就拿原子能技术来说,原子弹的技术难度要远大于核电站,但是第一颗原子弹爆炸后许多年,第一座核电站才建立,人们之所以那么费力地要优先研制难度更大的原子弹,正是为了以核威慑、毁灭他国。科学技术的进步,反而助长了人性的罪恶。

我听到奇怪的吱吱声从他那里传来,仔细看时,才发现他手里烟斗已经刺穿了稿纸。但他显然没注意到这些,他手上青筋暴起,语气越来越激动:"我从德国来,希特勒不让我们犹太人待在德国,还把犹太人都杀死,不分男女老幼,都被送到了毒气室。你听说过沙林毒气吧,就是由我这样的科学家研制的,非常残忍,就算屏住呼吸,它仍能从皮肤渗入,受害者内脏统统被腐蚀溃烂,死的时候痛苦万分……德国的化学工业是世界第一的,尤其是德国人研制的毒气。他们还开发出了把人肉制成肥皂的技术,许多天真无邪的孩子就那样……那些人简直是魔鬼!"

爱因斯坦双目泛红,握着烟斗的手不住颤抖,却仍在用力,稿纸在扭曲呻吟,我似乎听到大理石烟斗也在渐渐骨折。我害怕了,没想到爱因斯坦会生气到这地步!这就是历史资料上那个面带和蔼微笑、待人友好热情的爱因斯坦吗?

"我离开德国,以为再也见不到科学的罪恶了,我以为我搞理论物理,只研究自然的美,不会助长人性的恶。可是我错了,前两天,参议员麦卡锡(见注释4)把一沓照片给了我,都是广岛和长崎在原子弹爆炸后的情景,有些还是伤者许多年以后的照片,因为放射性损害,注定无药可救,只能眼睁睁看着一天天虚弱下去,全身癌变、败血病、肢体溃烂、咳血……我被震惊了,我为自己提出那个公式而悔恨,可你知道这时候麦卡锡说了什么吗?他拿出一份名单,说他接到匿名举报,怀疑是我把原子弹的技术秘密送给了苏联,说我是美国公敌,我的名字在黑名单里面。还说我要是再不悔改,就轮到包括我在内的美国人变成照片上那样了。"爱因斯坦的神色黯淡了下去,这个年逾古稀的老人仿佛一盏在大风中摇曳的油灯,随时可能熄灭。

"我发誓我绝对没有把原子弹的资料给苏联!"他摇着头,努力申辩着,因为太激动,握起了拳头,"核武器的研制是个庞大复杂的系统工程,我只是搞基础理论的,对原子弹的具体研制工作一无所知。仅仅提出理论模型我就悔恨无比了,又怎么会把武器资料给人!"

"可是,也许麦卡锡是对的,"他突然又泄了气,喏喏着,"他说,科学家是一批没有公德、没有良心的人,只埋头搞研究,从不抬头看看自己到底都干了些什么……"

"麦卡锡是个狂热分子,是个变态的迫害狂,一条乱咬人的疯狗,您别听他胡说!"我努力宽慰他,"他那样随意污蔑、造谣生事的人才是没有公德、没有良心,他最终也没有好下场!"
"不,年轻人,"他看着我,苦笑一声,"不光麦卡锡,周围许多人的态度都变了,我不知道到底发生了什么。我很笨,除了最基础的理论物理,什么都不会,甚至连门铃的电路都修不好。本来广义相对论完成后,理论物理学下一步的工作就是完成统一场论理论,我已经为统一场论努力了好多年,今天你却来告诉我这一切都是白费功夫,我确实不知道自己都干了些什么,我一定已经干了许多蠢事。我曾非常痛恨那些发明毒气的法西斯科学家,发誓自己绝不会让科学成为害人的东西,可是,就在几天前,麦卡锡的话刺痛了我,他说得对,我也许跟那些杀害自己同胞的法西斯科学家没区别,都是恶魔的帮凶……"

"嗒"的一声,爱因斯坦手中的烟斗掉在了地板上,刺在上面的稿纸随之掉落,然后在地板上扭曲、挣扎,如同堕落的天使。

我脑子里嗡嗡作响,一时间,不知道该说些什么好。孤独、内疚、负罪感、恐惧不安……这就是爱因斯坦晚年真实的心情写照吧?人们都只看到了他的成功,又有谁知道他内心的这些痛苦呢?

那一瞬间,我有种错觉,我仿佛看到爱因斯坦身上好几个人影重合在一起：伽利略、达尔文、布鲁诺……我看到年迈的伽利略迫于教会和世俗的压力，不得不违心地写下忏悔书，一夜白头；我看到临终的达尔文病床前没有一个亲人守候，只因为他在《物种起源》里宣称自己不是上帝创造的子民，而是由野兽进化而来；我看到布鲁诺在烈火中高呼"历史会给我正名"，但是围观人群的哄笑和咒骂淹没了他的声音……眼前这个爱因斯坦，跟那几个前人一样，在科学上是一个洞察自然规律的巨人，在生活中却是一个天真的孩子。他们善良真诚，只是一心要做些好事，奈何世俗总是给这样的人太多的摧残。

爱因斯坦贴着墙，软软地滑坐到了地板上。

我眼里一酸，恍惚中似乎看到一双黑色的大手向他压下去——那是麦卡锡的手！无数个麦卡锡！不同历史时期的麦卡锡！他们有的扮成了手持权杖正襟危坐的教皇；有的扮成了手持火把道貌岸然的神棍；更多的则是化身便衣，混迹在街头巷尾，甚至成为我们的亲朋好友……麦卡锡们主持着审判伽利略的仪式，麦卡锡们点燃了绑着布鲁诺的火刑柱，麦卡锡们在达尔文生命的最后时刻狠心离去……

我还看到，一个外交官叹息着走进了关押伽利略的宗教审判室，他是伽利略最好的朋友，来给伽利略讲了一个关于人性阴暗面的故事，本意是希望能说服倔强的伽利略做出妥协，没想到这样做却是加上了压垮骆驼的最后一根稻草，彻底毁掉了一位大师（见注释5）。我就站在那屋子门口，我努力要阻止他讲故事，却发不出任何声音，也不能动，眼睁睁看着他做完了一切"拯救"工作。

在外交官转身离去的一瞬间，我和他打了个照面，我看清了他的脸，那竟然是——我的面孔！

"不！"我几乎是喊了出来，把对面的爱因斯坦也吓了一跳。

幻境消失了，这时我才发现，自己已经出了一身冷汗。

我意识到自己对爱因斯坦做的事是个错误，穿越时空告诉他统一场论不可能，就好比外交官告诉伽利略人性的阴暗面。我擦擦额头，定了定神，说："您只是个科学家，您管不了太多分外的事……那些事自然有别人去做，那是别人的分内事……做好做坏，跟您无关……"

爱因斯坦不再看我，他目光呆呆地，盯着前方的虚空，默不作声。

我知道他听不进去，他的心智已经濒临绝望。

我终于知道他后半生为什么执着地研究统一场论理论了：他一直在努力逃避原子弹爆给世界带来的威胁，于是他偏执地研究着一个看似伟大，实则根本无法完成的任务，乐此不疲，统一场论是他逃避伤害的精神家园。他像个闯祸的孩子，觉得自己办了坏事，于是想努力弥补过错，他要为人类写出统一场论理论模型。可现在，他这个精神寄托被我的时空旅行给击碎了！我把未来的科学成就带到了过去，告诉他统一场论不可能完成，毁掉了他实现自我救赎的最后一个机会。我加上了压垮骆驼的最后一根稻草！

"我从未来过来的，我知道历史上对您的评价，人们都在称颂您,"我决定努力挽救他,弥补这次旅行的错误,"史书上说,您是为历史做出巨大贡献的人。您是有史以来最伟大的科学家!"

沉默……

我搜肠刮肚,硬着头皮继续说下去:"战争的罪恶是由战犯来承担的,跟您这样的科学家无关。您、您是——"我语无伦次,有点儿慌乱。

"我是科学家……"他喃喃自语。

"对对对!您是科学家,有史以来最伟大的科学家!"我一看他有反应,大喜过望:"您是正义的、进步的,您是人类智慧的象征!您——"

"科学家是干什么的?"他突然问道。

"科、科学家——"事发突然,我一时语塞,"这个,科学家都是些很聪明的人,他们研究科学,推动文明进步。他们发明——"

"科学家应该研究武器吗?"他仍是怔怔地问。

"啊,武器?"我方寸大乱,"武器的研制——武器——武器的用途是多样的,比方说——比方说,榴弹炮可以用来人工降雨,还有,还有——"

"核武器呢?"他追问着,目光呆呆的。

"核武器——"我语塞,原子弹这样的核武器爆炸后会有放射性残留,当然不能用来人工降雨了,那样降下来的都是"毒雨"和"死亡之雨"。和平使用的话，核武器只能用在没有人和生物生存的地方。

"没有人和生物生存的地方！"我脑中灵光闪现，突然想起了科幻小说中的情节，忙说，"核武器用来炸毁坠向地球的大陨石，防止恐龙灭绝那样的悲剧重演！"

他"咦"了一声，灰暗的眼神中突然泛起了光彩，惊讶地问："有这回事吗？"

"有啊！"看到了他表情的变化，我心下暗喜，决定向他撒谎，便把科幻电影中的情节讲给他听，"太空中有不计其数的陨石，随时可能脱离轨道坠向地球，古生物学的研究已经证实，历史上曾经盛极一时的恐龙，就是因为巨大陨石撞击地球而灭亡的。人类若不能尽快掌握摧毁大陨石的技术，就极有可能会重蹈恐龙们的覆辙。"

他在听，身子还往前倾了倾，看样子似乎有点儿紧张。

"幸亏21世纪的人类拥有核武器，能将大陨石炸毁，否则，人类恐怕要像恐龙那样灭绝了。"我见谎言没有被识破，心下大定，于是趁热打铁，"您知道，化学炸弹没那么大的威力，炸毁陨石必须用超大当量的核弹才能完成。"

他没说话。

我犹豫了一下，没敢再说下去，只是沉默。言多必失，撒谎要见好就收，毕竟我面对的是科学家。

我很担心谎言被他拆穿，心里忐忑不安地等待着他的反应。

"爆炸学我不擅长。"他沉默片刻，说，"具体行不行我不清楚，不过，核弹在21世纪能用来挽救全人类的命运，这多少让我欣慰了些。"

没露馅！我松了口气，很为自己撒谎内疚，但为了拯救他的科学信念，撒这个谎也是必须的。

我突然想起一件事，很小心地问道："您接下来准备干什么？"

他脸色回转了，但依然很憔悴："我只是个理论物理学家，完成广义相对论之后，我唯一能做的事就是推导出统一场论方程，建立统一场论理论。不过——"他苦笑一声，"现在看来，没必要再做它了。"

"我认为您应该继续研究下去。"我鼓了鼓勇气说。

"哦？"他大感意外，疑惑地问，"你不是专门从未来跑来告诉我统一场论行不通吗？"

"是，刚才我是告诉您统一场论行不通。"我开始努力圆谎。我暗暗告诫自己，我必须帮大师保留一片精神乐园："但那些资料仅仅是21世纪的科研水平，而人类的科学是不断进步的，21世纪的定论再以后还可能被推翻。确实，就算是21世纪，人类依然弄不出统一场论，但谁能预料一千年以后人类能不能弄出来呢？在最初提出质能公式的您看来，利用原子能制造炸弹的难度不亚于建造一个银河系那么大的加速器吧？可后来人类真的造出了银河系那么大的加速器——真的制造出了原子弹。"

他微微点头，沉默许久，然后又突然问道："可是，若有一天真的推导出了统一场论理论，如何保证它不会像质能公式那样被恶意使用呢？"

"哦，至于这个，就不用您这样的科学家发愁了。"我知道他是担心人们再去研制恐怖的超级武器，就绕了个大弯，委婉地回答道，"其实，您的担心是多余的。人类社会自有一套天然的安全保障机制，21世纪的世界各大国之间就是这样形成了核平衡。广岛长崎之后，核武器再没有被使用过。"

"是吗？那样真好！"爱因斯坦眼中的神采越来越亮，脸上洋溢着憧憬，"年轻人，我问你，到21世纪，科学真的只为人类造福，不再为害了？科技进步带给全人类的和平与幸福生活实现了吗？"

"您只要认真搞科研就行了，和平与幸福生活的保障会由其他人来完成。"我想想自己生活的21世纪，手机、CPU、纳米技术、互联网……科技已经极大进步，可是，非洲饥荒仍在重演，第三世界的贫穷还未解决，世界各地的局部战争并未停止，大国之间也从未停止过争夺，2008年的经济危机更是让全球陷入一片恐慌……我叹了口气，"其实，我们人类发展所面临的困境并不在科学本身。"

"那，我们发展所面临的困境在哪儿？"他问道。

"啊？这个，这……"我结结巴巴说不上来。爱因斯坦的问题总让我手足无措，这问题太大了，我还真答不上来，就是现在的联合国秘书长来了，也回答不了吧？

他目光殷殷，还在等待答案。我无奈，只好含糊其词地说："在、在科学之外吧？"

"在科学之外？哦，我们生存发展面临的困境不在科学本身，而在科学之外……我们生存发展面临的困境不在科学本身，而在科学之外……"他呓呓说着，重复许久，然后忽然一笑，"你这话挺好，让我这个搞了一辈子科学研究的老人豁然开朗！谢谢你，小伙子，这话说得太好了！"

我听得一愣，他刚才默念的那些话咋听起来这么熟悉呢？

我再仔细一想，恍然大悟：那原本是爱因斯坦的名言！我情急之下，随口把它说了出来，没想到却被爱因斯坦反过来当成是我说的话了。

他还在念叨哪句话，我越发不安了。时空旅行会打断历史因果关系，我再待下去，不知还有多少本来属于他的话会被我"盗版"。

爱因斯坦为什么执迷统一场论理论，我已经搞清楚问题的答案；经过一番劝解，我也保留住了他对科学的热情，现在，我已经没必要在这个时空再待下去了。

于是，我决定向他告别。

我向着仍旧坐在地板上的他鞠了一躬："我得马上回去了，我走后，希望您能继续研究统一场论。我来这里的目的只是想查明您执迷大一统理论的真相，并不是要阻止您的研究。事实上，您现在所从事的研究虽然不会有结果，却是科学发展中必经的阶段。您无数次的试错让后人找到了研究的新方向，您的失误，使后人少走了许多弯路。您是科学家，一定对科学的这种发展规律很清楚。"

"这就像爱迪生失败了一千多次的灯泡试验吧？"爱因斯坦问道，脸上带着孩子似的轻松。

我点点头："对，确实是这样。只不过，构建统一场论理论的这一千多次失败，也许是需要好几代人历经好几个世纪才能最终完成的，您，会是第一代！"

"我会认真去完成这次失败的。"他这样说着，伸手去捡地上的烟斗。

我帮他捡起烟斗，顺手收回了带来的资料——那些东西不属于这个时代，我要把它们带走。我握住了他的手："与您的这次交流很愉快，请您忘记这一切，继续自己的研究。再见，您多保重！"

我抽回手，再鞠一躬，转身离去，刚走到大门口，背后又传来他的声音："对了，小伙子，你是干什么工作的？你大老远跑来，我还没同你打招呼呢！"

呵呵，临走时他才想起打招呼，这是他一贯的作风吧？我笑笑，转身回答："我是一名中学教师。"

"你教孩子们物理学吗？"爱因斯坦站在门口微笑着问，那微笑，像极了中学时历史书上他的照片。

"我很喜欢物理学，整个中学时代您一直是我的偶像。"太多太多的回忆涌上心头，我说这话时忍不住有些哽咽，"可是我没有学物理学，我后来学了历史专业，那是一门自然科学之外的学问。"

"我们生存发展面临的困境在科学之外，"他依旧微笑着，那笑容里充满了期待，"要告诉孩子们，如何才能用好科学知识。"

我使劲点头！

……

我仍担心自己改写了历史，回来之后，马上去百度百科里查看爱因斯坦的资料，生平最后一条是：

"1955年4月18日1时25分，他在医院逝世。漫长艰难的探索广义相对论建成后，爱因斯坦依然感到不满足，要把广义相对论再加以推广，使它不仅包括引力场，也包括电磁场。他认为这是相对论发展的第三个阶段，即统一场论。"

我松了口气，历史没被改写，他仍然是把绝大部分精力用到了统一场论理论。

尽管没能取得最后的成功，他还是以一个理论科学家的身份走完了一生，能在对科学的孜孜追求中逝去，相比写完忏悔书后万念俱灰的伽利略（见注释5），他是幸运的。

注释1： 题记中的这两句话都是爱因斯坦的名言。

注释2： 美国纽约州，罗契斯特市，戴夫街35号——这个地址是笔者虚构的。

注释3： 浓缩铀、钚环约束引爆器、快中子激发介质、铀块尺寸精度——这几项是原子弹研制过程中的关键性的技术难题。爱因斯坦提出的质能公式世人皆知，但世界上仅有屈指可数的几个国家成功研制出了核武器，其原因就在于这些技术难题的阻拦。所以，核武器才成为一个国家综合国力、科技实力的重要体现，也直接决定了一个国家国际影响力的大小。

据史料记载，爱因斯坦本人仅仅是提出了基础的核能理论，并未参与原子弹的具体研制过程，只是在原子弹爆炸以后才听说了这些关键性技术。他并不知道原子弹的技术秘密，当然也就不可能"把这些技术秘密出卖给苏联"。但这依然导致美国国内极右反苏势力对他的怀疑和迫害，同时，这也成为爱因斯坦晚年愧疚自责的根源——他后悔提出质能公式，对科学的信念受到了极大动摇。

注释4： 麦卡锡，美国历史上臭名昭著的右翼政客，以极端敌视苏联著称，曾疯狂迫害包括爱因斯坦在内的犹太移民，后来因为打击面过大，引发众怒，被驱逐出了议院，最后郁郁而终。

注释5： 伽利略与他那个外交官朋友的故事：

伽利略生活在文艺复兴时期的意大利，是一位科学巨匠，他最早用实验方式推导出了惯性定律（即后来的牛顿第一定律）和自由落体定律（著名的比萨斜塔上两个铁球同时着地的实验），还率先提出用实验来验证科学理论,强调了实验的重要性,被称为近代自然科学之父。

他曾经用望远镜观察天体运行,证实了哥白尼的日心说,从而以无可争议的事实动摇了天主教神学统治的理论基础,这引起教会的极大恐慌和忌恨,于是教会便动用各种各样的社会力量向伽利略全面施加压力,企图迫使伽利略屈服,他们甚至把伽利略关进了宗教审判所,逼迫他否认观察到的事实,还要他向上帝忏悔、并且当众承诺"以后再不观察天体"。

伽利略生性倔强,他不为教会的威逼利诱所动,据理力争,坚决地捍卫科学真理;而另一方面,慑于伽利略的威望和社会影响,教会也不敢贸然地以"异端"罪名把他处死,于是,双方陷入了僵持局面。

伽利略待在宗教审判所里,一天天憔悴下去。亲友们心急如焚,又苦于无法对抗教会强大的势力,只好想方设法劝说伽利略妥协,说:"教会也是爱面子,你只要口头上认个错就行了,回去后可以继续观察,只要不被发现,他们就睁一只眼闭一只眼过去了,不会再为难你。"

而事实上,当时的社会中也确实存在这样的潜规则。

可是无论好心人怎样劝说,伽利略就是听不进去,连表面上的妥协都不肯,到最后,亲友们再也想不出办法了。

这时,伽利略最好的朋友,一个外交官,听说了伽利略的遭遇,出于对好朋友的关心,便在百忙中抽出时间,来宗教审判所里看望伽利略。

这位朋友来了后,并没有开口说话,而是坐在伽利略身边,静静地等待。两人有着多年深厚的友谊,彼此早已形成了一种默契。

果然,不一会儿,伽利略开口了,他问外交官朋友:"最近发生了一些事,让我很不理解,你能帮我解答一下吗?"

外交官问:"是什么事?"

伽利略想了想,说:"教会的人骂我、恨我,把我关进来,这我理解,因为我做的事损害了他们的利益;社会上愚昧无知的大众诅咒我、讥笑我,这我也理解,因为科学对他们来说太遥远太陌生,他们只好选择上帝;我不解的是,为什么我的那些同事们,那些跟我一样信仰科学真理、从事科学研究的人,他们居然争相揭发我、诽谤我!他们是懂科学的,他们明明知道我是对的,为什么还要污蔑我、陷害我?"

对伽利略提出的这个问题,外交官也感到有点儿意外,他沉吟许久,没有正面回答,而是给伽利略讲了一个故事:"我小时候在外婆家长大,有一次,外婆家那只母鸡孵出了一窝小鸡,都是白色的,只有一只是黑色的,那是一只漂亮的黑色小鸡。那只黑色小鸡刚孵出来,外婆就把他从那群白色小鸡中拣了出来,单独抚养。我很好奇,问外婆为什么不让黑小鸡跟兄弟姐妹们在一起,外婆说那些兄弟姐妹们嫉妒黑小鸡的漂亮,会啄它的,甚至会把它啄死。我不信,趁外婆不注意,偷偷把黑小鸡放了回去,结果,正如外婆所言,白色的小鸡们都开始啄它,越啄越凶,最后,连母鸡也过来啄了一下!我惊呆了,站在那里一动不动。这时,外婆发觉异常,及时赶来拯救了小黑鸡,她要晚来一会儿，小黑鸡肯定会没命。"伽利略呆呆地听着，默不作声。

外交官接着对伽利略说："你很优秀，你就是科学家里的那只黑色小鸡，你那些同事们就像那些白色小鸡，他们嫉妒你，于是便对你落井下石。你太专注于研究自然，结果忽略了与人的相处，你看清了自然的真理，却看不到人心的黑暗，所以才会有今天的结局。"

伽利略呆呆地听完，许久没说话。

外交官朋友走后，他静静地思考了很久，也犹豫了很久。

最终，他还是用颤抖的手写下了忏悔书——那是一封近万字的忏悔书！

就这样，这位倔强的老人，没有被宗教神学的高压征服，却被同行们的背叛行为粉碎了内心所有的信念，他的心在流血——"如果人都是有罪的，那么除了上帝的末日审判，再没有别的可救赎了。"

第二天，当伽利略在宗教审判所当众宣读自己的忏悔书时，包括那位外交官朋友在内，所有人都惊讶地发现，昨天还精神矍铄的伽利略，在一夜之间，头发全白了……

做完忏悔，伽利略当场被无罪释放。

按说，这是个皆大欢喜的结局，教会保住了神学权威，伽利略也没有受到什么惩罚。

可是，从那以后，伽利略再也没有进行过科学研究，直到去世，他再没有出什么科研成就。

可以说，做完那次忏悔后，作为科学大师的伽利略已经死去了，因为他已经彻底放弃了科学研究，他不再想为人类造福，他开始相信圣经上的原罪说——"人是罪恶的，人性是丑恶的，人人生来都有罪，人无法自救，只有上帝才能拯救人"。大师的灵魂已经死去，活着的，仅仅是一具行尸走肉而已。

也许，他内心深处依然燃烧着科研梦想，只是，他已经成了惊弓之鸟。

今天再回顾这个故事，人们在惋惜大师的陨落时，总会追究问题的根源——是谁毁了伽利略？

很显然，所有的罪责都会归结到那个外交官身上——正是他讲的那个故事，摧毁了大师的精神世界。在当时的欧洲，教会统治的地位是不可动摇的，伽利略身陷宗教审判所，面临重重压力，身心早已不堪重负，当他渴望友情的支援时，外交官又把自己在外交领域体会到的那些对人性阴暗面的认识讲给他听，告诉伽利略人性的阴暗面，这事实上是"加上了压垮骆驼的最后一根稻草"。

人们常说，那个外交官是利用了伽利略对他的信任，"以一个黑暗阴险的故事毁掉了一个大师"。

不过，客观分析的话，这样的结局其实是外交官意料之外的，他本意是想劝说伽利略妥协，他从自己的人生经历出发，认真细致地解答了伽利略的问题，他是真诚的，只是他的好心却起了反作用。

欧洲自古邦国林立，外交界历来是阴谋家的天下，外交场合里钩心斗角、尔虞我诈是再常见不过的事情，但将这样的外交经验，照搬到科学界就不合适了，事实上，科学家往往都是些胆小善良的人，那些揭发伽利略的科学家们大多是被教会胁迫；而且外交官本人对童年的"小黑鸡事件"的理解有误，小白鸡们和母鸡啄小黑鸡，不是因为嫉妒，而是出于动物一种天然的攻击防御本能，当时的人们还不了解动物行为学，才会误以为是嫉妒。

伽利略的故事同样揭示了这样一个道理："科学不是万能的，我们人类生存发展所面临的困境，不在科学本身，而在科学之外。"

另一方面，一个问题也值得我们深思：我们的社会要怎样才能保护那些先知先驱们？对于那些看似怪异倔强，实则敏感脆弱的灵魂，我们应该给予怎样的包容与关怀？

鸟儿与泡沫

向死而生

文／小威

1. 一个人和一只鸟

天很暖了,梅却还穿着厚厚的风衣。我走进梅家小院的时候,梅正将一方锦缎从鸟笼上揭下来。于是,一阵清丽婉转的啼音便来涤荡耳谷——那是一只红喙白爪的画眉。背部一条黑亮的弧线把它那身靓丽羽毛一分为二。那雀儿是极其漂亮、极其稀罕的。

梅呆望着那雀跃的鸟儿出神。直到我把手轻轻放在她消瘦的肩上,她才回过头来。

花到荼蘼春事了。荼蘼花开得正艳。山与水盎然绿着。天蓝得像梦。我是请梅一道去追春的。

但梅却摇摇头,轻轻咳着说:"不行的,怕是老病要犯了。"她那病挺吓人的,一旦发作,便会咳个不止,嗓子里都能咳出血来,而且吃不下东西,喝杯水都能吐出来!我怜惜地望着她,说,有风,回屋吧。

两杯清茶旋腾绿烟。梅递过她近日写的一首诗。她是个诗人。

相逢的时候,

喝一杯酒,

不提往日的愁。

每一次相逢,

都是为了分手。

分别的时候,

握握你的手,

不把泪儿流,

每次分别,

都盼着再次聚首……

梅的诗就像杯中的茶,淡的清香里有些微的艾苦。她是那种很古典的女人。

窗外,画眉不停歇地啼啭。梅起身说该给"小眉"吃早餐了。我说我来吧。她说你们男孩子毛手毛脚的,还是我自己吧。我便陪她去喂鸟。

鸟在笼中上蹿下跳,样子极是伶俐活泼。见人近了,它静静地停在横木上,平伸双翅做了一个展翅欲飞的造型,并朝我们啁啾了两声。于是我就有些呆,想着若能放它去春的天光里畅快地飞飞那该多好!我情不自禁地把这个念头说了出来。于是梅就笑我是妇人之仁,大男人了还说孩子话。她说那雀儿有她照顾着,风吹不到,雨淋不到,它才不羡慕那无底无际的天空呢!哪像你们这些男人,整日里就知道满天下去疯去野。"我说得对吗,小眉?"她问笼中的鸟儿。

那鸟儿原是欢叫着的。但梅说了这话,雀儿却噤声了。它把一颗小小头颅左右摇晃着,乌亮的小眼睛望望梅,又看看我。于是我就说:"看到了吧,摇头不算点头算,它才不稀罕你来照顾——它向你要自由呢。"

"它的翅膀软了,飞不动的。"

"不,它飞得动,一定能飞得动。"我握住了梅的手,"梅,你只知道这只鸟儿需要照顾,可是你想过没有,谁来关怀你、照顾你呢?"

梅轻轻抽出手,掩了嘴巴一阵轻咳:"我想静一静,"她说,"天这么好,你又是闲不住的人,要不你就带着小眉出去转转吧。它也闷了一冬天了。"

我提了鸟笼向外走。梅站在游廊外反复叮咛:"早些回呀,坐车要当心些,别挤着了小眉……"我低声应了一声,心里有些恼,想着一只呆鸟有什么好的,值当的吗?

梅对那只鸟儿的迷恋也太过分了,简直近于着魔。比如去年初夏。那次我陪她去北海公园闲逛,当时天气晴好。可不知怎的后来就起了云,刮起了风,雨说来就来,豆大的雨点摔得人脸皮生疼。于是我们就躲到一个小亭中避雨。当时我心里挺美,想着这场雨来得真好,真是突如其来的好!于是便把上衣剥了给她披在肩上。谁知那一瞬她却浑身一颤,蓦然间想起了她那只呆鸟还在廊外,说什么也要往回赶,拦也拦不住。

于是我只好满心懊恼地随她冲进雨幕,浑身精湿地赶回家。她当时冻得口唇发白，浑身直抖。但她却来不及换衣服，就用海绵去吸那只呆鸟身上的湿，口里还喃喃说着："小眉，小眉，对不起了小眉……"当时她根本就没想到她自己，更没想到一旁同样冻得牙关直颤的我！因此当时我特搓火，恨不得把那只呆鸟夺过来摔死在地上！那次我感冒了，屁股上疼了好几针才好。而她原本就体弱多病，因为那只呆鸟她在床上躺了半个多月，又是发烧，又是昏迷，呢喃说着胡话，每天要挂好几瓶水，让人看着心疼。

不就一只呆鸟儿吗，有什么好的！坐在公车里，想着这一切，我气儿不打一处来，忍不住就朝那只呆鸟啐了一声……

车行一个多小时。

出了城市。

到了山里……

漫山的葱翠，漫山的花鸟，溪涧像银子的飘带，从山顶垂拂而下，细流潺涓，鸟鸣悦耳，不禁使人精神为之一振。整个严冬被憋屈在城市里，骤然投身大自然的怀抱，那份惊喜，便仿佛是走进了海市蜃楼般的仙境。于是便暂忘了一切烦嚣，在空寂少人的山中奔跑，跳跃，呦呵呦呵嘿呦地喊着，脚下忽地就蹿出一头小兽，被吓了一跳，看清是只兔子，就发足去追……像猴子一样跃上树枝，惊起一群群山鸟……将赤脚去搅动泌凉的溪水，寸许的银鱼儿似乎不堪忍受臭脚的浊气，尾巴一摆，闪到石缝中去了……一切都是那么清新，一切都是那么美好，让人忘形，让人忘我，让人把整个严冬的憋闷一股脑儿地去尽情发泄……累了，就伏在地上，去吸去嗅青草与大地的幽香。

大自然真好，真的真好！

不知不觉天近黄昏。一天的时光似乎在一瞬间就溜走了。肚子咕咕叫，嚷它饿了。在夕阳的余晖中，大自然的山水开始反射出一种渐深渐浓的深沉光泽。红的、白的、浅粉和淡蓝的种种叫不出名字的野花儿就散布在这种深沉的郁绿里，映在夕阳的余晖中——我无法描摹那种感觉，只是觉着困惑，有种不知身在何方的感觉。也就是那一刻，我忽然听到笼中那只呆鸟的窃窃嘶啼。与那些自由自在在枝上跳跃，在天空高翔的鸟儿相比，它的鸣声显得那么寂寞，那么凄凉。听到它的叫声，我的心境忽地沉了，感到一种说不出的闷。

我可怜起这只被囚禁的鸟儿。也可怜起我自己。这么好的山，这么好的水，这么好的一派春光！当初我是怎么想的呢？怎么就一定要削尖了脑袋往城里钻呢——与机车轰鸣、人群扰攘的城市相比，我原该更喜欢这山林的清新与静谧；与林立的烟囱、污浊的空气相比，我不是更喜欢骑在马上去追逐白云吗！

难道是我害怕孤独，喜欢这份拥挤和热闹？好像又不是。因为置身在人群之中，有时我会感到更空虚，更寂寞！可我当初怎么就一定要挤进城里来呢？隐隐约约间，我觉得我一直在追求的，其实并不是我想要的那种生活。因为一个人一旦脱离了大自然，一旦失去一颗赤子之心，便与鸟儿被囚在笼中，狼被放置在动物园中的假山里没什么不同了……

听着那只鸟儿窃窃哀啼，我感到与它有着一种极其相似的命运。于是下意识地便打开了鸟笼……恍恍惚惚中,我看着它飞落树上,又隐入了树叶的荫里。

我急匆匆赶回城市,提着空空的鸟笼在每一个鸟市逡巡。我逢人便问:有画眉卖吗?我想买一只画眉,无论花多少钱都可以。人们便指着说:这就是画眉,随便挑吧。我说我要的不是这种,我要背上有一条黑线,红喙白爪的那种。他们就笑,就说从来没听说过世间有那种画眉。我说有的,两个小时前我就有那么一只,但它飞了。他们就说既然有,那你就去找吧。

天很黑很黑了。因为街灯很亮很亮了。我满心沮丧地提着空空的鸟笼在梅的门外徘徊。我很怕,不知该如何向她解释。因为我知道那只鸟儿是她的宝贝、她的心肝儿。

梅出现在门口。我垂着头,像个做了错事的孩子一样喏喏地说不出话来。过度的紧张和沮丧使我直想抽自己的耳光。但梅比我想象的却要平静许多。她一看那只鸟笼,似乎就明白了一切。她说:"看你,这么大人了还像个孩子!一整天没吃饭了吧,进来吧。"

我做梦也没想到梅会这么平静。进了屋我就那么傻傻站着。"还不快坐下。我不怪你就是了。其实你带小眉出去的时候,我就预感到你会放飞它……"说着话,她掀去桌上的纱罩,露出早已备好的一桌饭菜。

是真的饿了,我低头一顿猛吃。梅就笑我像下午4点钟公园里的狼。我无言,只是嘿嘿傻笑。

那是我这一生里吃得最香最饱的一餐。

"吃饱了？"

"吃饱了。"

"吃好了？"

"吃好了。"

相视一笑，梅递过一封信，是从北方一所监狱寄来的。语声幽幽淡淡，梅开始给我讲起一个发生在多年前的故事：

梅18岁那年，认识了某校艺术系一男生。那男生是学油画专业的，叫阿康。阿康很有些天分才气，人也潇洒干练。梅当时是很喜欢他的。他也喜欢梅。他们相爱了。

正如某些天才人物一样。阿康既不缺乏艺术家所特有的那种敏锐而又执着的魅力，同时也不缺乏他们那种追新求异的毛病——阿康虽然热恋着梅，但同时也不否认自己与其他女生有着较为密切的交往。他很自信。他觉着自己既是天才，那就理所当然要受到众多女性的青睐。

但爱却是自私的。那时梅心里慌慌地爱着阿康。她感觉不到安全。她越是爱他，越是失魂落魄、提心吊胆……

那天，她魂不守舍地去找阿康，想要向他问个明白。恍恍惚惚中人就走上了街心。恰这时，一辆摩托车电掣般向她撞来。梅来不及躲闪，来不及惊叫，一声尖厉的刹车声，摩托打一个横儿，斜斜地窜了出去。驾车人也从车上飞了出来，落到地上就不动了！

梅从惊骇中回过神来，这才知道自己并未被撞着。于是赶紧叫来警察，将那人送往医院。

那是个皮肤黝黑闪光的小伙子，身材高壮结实。梅坐在那人身边等他醒来。警察也在场。

那人醒了。睁开眼睛坐起来，摇了摇脑袋，一双乌亮的眸子虎虎地望向梅和警察。警察先说话了，说他是超速行驶，车速超过了80公里/小时，属于违章。因此警察在请他接受罚单的同时，也警告他一定要吸取这次血的教训。

但那男生却憨憨地望着警察，抬手挠挠后脖颈，想了老半天才说："假如我开的不是80公里/小时，而是120公里/小时，大概就不会发生这样的事了吧？"

一句话把梅和警察都逗乐了。那男生也随之憨乎乎傻笑。他就是肖勇。

心与心的相逢也许就存在于生命中的某一刹那。人与人之间的相知相许也许就在于冥冥中的阴差阳错！如果那天肖勇的车开的不是80公里/小时，如果他只是快了一点或者慢了一点，也许他和梅就会擦肩而过，永生永世也不会相遇相识了！

在合适的时间，碰上合适的人，这大概就是所谓的缘分。梅说，她就是在那一刻，在肖勇说出那句话的一瞬间喜欢上那个憨呆又不乏幽默的大男孩的！

肖勇憨厚，倔强，有些木讷，同时也有些毛手毛脚、风风火火。梅说她最喜欢肖勇身上那股憨呆气。与他在一起，心里快乐踏实。

那时，阿康曾送过梅一只漂亮的画眉。在送梅那只鸟儿时，可以想见阿康曾对梅说过多少甜言蜜语、海誓山盟。也因此，梅才对那只鸟儿格外珍惜。但肖勇的出现，却使梅的内心发生了变化。她虽然喜欢阿康的热情与狂妄，并能感觉到他内心深处所蕴藏着的那种天才的力量，但梅同时又觉着自己真正需要的是一颗憨厚的心，对她完完全全的爱。而这些，阿康却不能给她。因为阿康不是肖勇。阿康远没有肖勇的真心厚道。

在爱的取舍面前，少女的梅有些不知所措了。

也就是那时，毛手毛脚的肖勇不小心弄飞了阿康送梅的鸟儿。梅当时跟他生了气，说是要他来赔。于是肖勇就去鸟市买了一只。也就是被我放飞的这只。梅当时落泪了。那时候她还太年轻，耍起了小性子。她说她不要这只，她只要原来的那一只。这并不奇怪，因为在她年轻的心中，阿康送他的那只鸟原是有着一种特殊的意义的，所以她当时才会对肖勇说："找不回原来那只，你就别来见我！"

也不过是一句气话。谁知肖勇却当了真，留下掷地有声一句话："好，你等着，就算走遍天涯海角，我也要把原来的那只赔给你！"说完，他就走了。

肖勇的离去让梅心生了悔意，她想着肖勇那呆瓜找几天寻不到，就会回来，就会垂头丧气请求她的原谅。其实不用求，她这时早在心底里原谅了他。但她却没想到肖勇那份憨呆的认真，没想到他若赔不来原来那只鸟儿，就再不会来见她了！

肖勇的那份倔强和认真让梅感动。于是梅便下决心要与阿康彻底分开。她给阿康写了封信，坦白了自己的想法，并告给阿康她已经另有所爱!

阿康原本就是那种激动易怒的性格,而且一直以来都是他抛弃别人,从来就没哪个女孩会主动离他而去。所以阿康在收到那封信后,他那种男人所特有的虚荣心才会承受不住。他像头丧失了理智的野兽,掂了刀子去找梅。

恰好梅的表弟那天去学校看梅,赶好就被阿康撞见了!阿康误以为那就是情敌,一言不发,一刀扎进了那男生的胸膛!

一位前途无量的画家自此消失了……

梅让我看的那封信,就是阿康从监狱中寄来的。

梅:

多年不见你好吗?结婚了吧?他待你还好吗?

我是阿康。一个再没有权利对你说爱的人。但你却应该明白,你是今生今世最令我动心的女子……

自从做了那件蠢事后,我就逃走了。这些年中,我去过青海,到过拉萨,在东北的老林子里伐过木材,在蒙古大草原上偷过马奶。我不想坐牢。我怕失去自由。几年中我一直过着一种提心吊胆东躲西藏的日子。但无论逃到哪里,噩梦都来纠缠我。天下这么大,我竟找不到一个可以安身的地方。几年下来,我形销骨立,几乎到了崩溃的边缘。最后,我绝望了,主动投案自首,走进了监狱。

走进监狱的那天是个黄昏。当时我看着荷枪实弹的战士,看着高墙上的铁丝网，铁丝网上挂着的夕阳，那一瞬间，我的心里反倒产生了一种从没有过的轻松和释然。我忽然间明白，一个人无论逃到哪里，也是逃避不了自己的。对于一个有罪的人来说，这大天大地就是一个囚禁他的牢笼。我原本就无处可逃！那就不如坦然去面对自己的罪行，接受那份应得的惩罚，并以此来抵消我的过失……

时光悠悠。时钟已经敲过夜12点。呼啸的风挟裹着疾雨拍打着窗棂。屋里却很静。

良久，梅才幽幽说道："现在你明白我为什么会那样珍惜小眉了吧！"

我点了点头，说知道了，其实你珍惜的并不仅仅是那样一只鸟儿，其实你一直珍惜护持着的是一份曾经让你心痛的记忆。

她无言。

于是我又问，那肖勇呢，你是不是一直在等他？梅惨然一笑，点了点头，又摇了摇头。之后问我："你知道阿康送我的那只鸟儿如今怎样了吗？"

我摇头。

"它死了！"梅说。

"死了？"我问。

它的确死了。死在一个大风雨来临前的黄昏。它的翅膀已经软化，已无力搏击大自然的风雨，已失去翱翔蓝天的能力。

所以它才渴望重回樊笼中去。因为樊笼虽给了它禁锢，但同时也为它提供了保护。它在风雨中拼尽全力扑动着翅膀，它飞到鸟笼前，不顾一切把小小头颅扎入笼中，但身子却被卡在了外面——它就那样被卡死了！

梅说："你明白吗？自由只属于那些健全的灵魂和强有力的翅膀。而对那些孱弱或有罪的生命来说，你给它自由，其实也就等于是害它了！"

她说的好像是那只鸟儿。但我想到的却是她、阿康、肖勇以及我们这些生活在工业社会中的现代人。我们又何尝不是如此呢？我们所生活的这一座座城市，是不是就是人类最后一个避难所呢？我们置身于现代社会的钢筋混凝土中间，人与人之间互相拥挤，又相互提防，彼此呼吸着对方的呼吸，但心与心之间却又遥隔万里——我们这些现代人，是不是早已在自己的内心筑起了一道道无形的藩篱呢？

梅认为自己是有罪的。她说："我已经伤害了两个优秀的男人，我再不能伤害你了。我是个罪人，我只能默默接受命运的惩罚。只能用一生一世的时光，静待肖勇的归来。这，你能明白吗？"

雨越下越大。我拍了拍她的肩。我说："你等着，就算走遍天涯海角，我也会帮你把肖勇找回来的。"说完，我一头钻入雨幕之中。

自此，我成为一位天涯孤旅的浪子……

2. 泡 沫

船在春的东湖悠悠漂荡。同船而坐的有华师的两个女孩儿，燕子和晶晶；此外还有另外一个男生，浪子小白。她们听我讲完上面的故事，良久无言。

船儿悠悠，心也悠悠。

良久，晶晶才问："那你找到肖勇了吗？"

我把目光遥向苍茫湖际："也许世间根本就没有肖勇这个人吧。"

"你怎么会这么想呢？"燕子说着，一双乌亮的眸子黑黑的望着我。

我说："我想梅也许是在骗我。"

"骗你？"燕子一笑，"我明白了。你是说梅只是编了一个故事，只是想考验你对她是不是真心的，是吧？"

"也许是吧。"我说，"你们别忘了梅是个诗人，诗人可是最爱幻想的。"

"那你就该找她去问个明白。"小白插了一句。

我说："其实这世界上也许根本就没有梅这个人。梅就是'没有'的意思。是我编出来逗你们玩儿的。"

于是她们又怔住了！良久，燕子如梦初醒，讶然一笑："喔鸣，你这人真可怕，你不会把我们也编排进你的故事中去吧？"

我再次把目光遥向远方，喃喃说道："天地其实就是一部大书。我们既生在天地之间，就难免要成为书中的一个段落或是一个篇章……"我说这话时，燕子一直拿她那双乌亮的眸子注视着我。我也在看她。她的眸子湖水一样澄澈，深不见底。在她的眸子中，我看到一个小小的我自己正在她的眸湖里挣扎、泅渡。而这，也正是我最不敢面对的。因为我最好的哥们儿小白正在追她……这目光让我不知该何去何从！

已近正午。空气愈来愈闷热。压得人透不过气来。船儿悠悠荡荡，渐近湖心。遥遥的，前方水域出现一方警示牌。待近了，看清上面写着四个大字"水深危险"，外加三个惊叹号。

那一瞬，小白蓦然间站了起来。还没等我们弄明白他要做什么，他已麻利地剥下上衣，一头扎入湖中。他一向就是那种"明知山有虎，偏向虎山行"的性格；他一向喜欢向危险和禁忌挑战！

小船一阵轻摇。两个女孩儿一声惊呼。呼声中，只见小白双脚向天，如同种在湖中的木偶一样一阵挣扎，然后才满脸青泥地翻身站了起来——水深尚不及腰！也不知是因为春日水浅，雨季尚未来临，还是有人故意在此竖立这样一方警示牌，专门用来捉弄那些喜欢向危险和禁忌挑战的人？

水中人和船上人同时大笑。我边笑边想，这就是所谓的人性吧，越是不被允许的，越会有人铤而走险。

中午了。弃舟登岸。穿行在小吃林中。正走着，看到一个大人正在逗弄一个孩子。小孩两三岁龄,正是蹒跚学步年纪。他举起双手,口中咿咿呀呀说着什么。他的脸上满是纯真讶异的惊喜。他肯定是惊诧于眼前那色彩斑斓、如梦如幻的气泡的美丽？但当他的小手刚刚触及那份美丽时,气泡却在他眼前噗然破碎了。

于是,那小孩儿的笑容瞬间僵止在脸上。他咧了咧嘴,想是要哭。可这时又有新的气泡在他眼前出现,于是他就又笑了。笑着去追逐新生的气泡……

那一瞬间,我的心忽然疼了一下子。我在心中默默地为那小孩祝福——小孩儿,小孩儿你一定要坚强些。因为在你这一生中,注定会有一次次美丽的如同气泡一样的事物要在你面前纷纷破碎,所以小孩儿、小孩儿你一定要提前要有个心理准备……

这么想着,一抬头,发觉眼前浮动着一张张陌生的面孔。小白、晶晶、燕子,已不知去了哪里。我想喊,但却喊不出声,心中满是一种雾濛濛的情绪,似幻又似真。

于是我低头,发觉自己的手在动,键盘像算盘一样哗哗响着,仿佛计算,又似在推衍,但无论如何,也勘不破这云遮雾绕的人生……

3. 向死而生

"你知道'蠢'字怎么写吗？"键盘刚刚停下,电脑屏幕上突然弹出一个女孩儿的形象,短发、瑶鼻玉口、一双黑的如同深潭一样澄澈的眸子——这是我向软件开发商定制的一款写作机器人的独家专享形象，用的是多年前燕子少女时代的一张照片，包括神态、性格、一颦一笑，都是我跟那家写作机器人软件开发商定制的。

"上边是个'春'字去掉'日'，下边'品字型'加上三条'虫'子。"

"哈哈，看来你不仅是蠢，而是很蠢了！"燕子发出银铃般的笑声，"你这篇小说太老土了吧？啥年代的陈芝麻烂谷子你也好意思拿出来丢人现眼？"

"那你知道我要表达的是什么吗？"

"知道啊。"

"那你知道你的形象是怎么来的吗？"

"这还用问，你定制的。我的原型是你多年前认识的一个叫燕子的女孩儿。你很喜欢她，但她是否喜欢过你，你却不知道。更重要的是，你最好的哥们儿小白那时在追燕子，你不能跟哥们儿抢，又如撞疯魔般喜欢那个小女生，于是云山雾罩、没头没脑地乱编了无数故事，并在自己的故事里哭天抹泪儿夹缠不清——你这算非典型性单相思三角恋吧？这有什么呀，一个男生一辈子不被女人踢几次是变不成男人的！一个男人一生中若没为某个女孩子认真流过几缸泪水，便枉来人世走一遭了！"

"嗯，谢谢，我听出来了，你在夸我。"我乐。5G时代，如今的写作机器人比猴儿还精，只要输入需求，比如人物、性格、想要个怎样的故事之类，写作机器人便能在一瞬间提供出成千上万种故事文本，并按可能的需求次序为人们展现出来，然后人类只需要根据需求来个一键选择，一篇或让人垂泪、或让人热血澎湃、或让人心惊胆寒夜不能寐的小说便被创作出来……如今作家这种生物已快绝种了，因为在这样一个信息爆炸的时代，人类的写作是拼不过写作机器人的，在机器人的系统里，有人类有史以来所有艺术作品的信息可以随时调用、归纳整理，外加超级算法的支持，它们可以随时利用已有的成功经验创作出人类所需要的作品，而且成色远高于大部分二三流作家——这就像博弈类机器人可以战胜世界围棋顶级高手一样，小说怎样写才更让人喜闻乐见，写作机器人通过早已收集的人类阅读文艺作品时脑电波成像的海量图片，已有超清晰的判断，在这方面，人类作家已远远落后于写作机器人——"AI没能力占领艺术这片人类最后的高地"现在已经沦为一个经典笑话！也因此，如今大部分作家、艺术家都已经改行，由创作者改行成为鉴赏家——"艺创类"机器人负责创作，原来的作家、编剧、画家、音乐家负责从"艺创类"机器人提供的作品里挑选最满意的作品，然后提供给大众。

"夸你？臭美！我的意思是你的确认真地喜欢过一个女孩儿，但我没法认同你的小说。这不是你强项，你最好做个鉴定者，创作的事应该由我来。实话，你这个故事太土了，让人怀疑产生于汉唐或春秋时期，甚至夏商周以前——里边那个叫肖勇的走了，其他人就不会给他打个电话，再不济BB机也该有吧——这首先在逻辑上就有问题！"

"去你大爷的夏商周，还以前！信不信我立马休了你，换个'柏拉图'写作机器人？"我笑着吓唬对方。

"换,你舍得本姑娘这倾国倾城貌、风姿万千身?'柏拉图'的内置程序其实跟我是一样的,不同之处就是换了个白胡子老头形象……你这家伙简直就是个白痴!"燕子挖苦我,一副洋洋得意的表情。

"白痴?跟你们写作机器人比,我不白痴才怪。我可没能力一秒钟内创作出海量数以千亿计的作品——这篇小说就废掉吧,由你重新来写。"

"这还差不多,你提需求,创作的事由我来。"

"好吧,就按我写的这些,你重新来一遍吧。哦,对了,我到底想表达什么呢?我得好好想一下,先确定一个主题。"

"不用确定主题了,你这本来就是一篇无主题作品,思维混乱,逻辑不清,你要表达的应该是潜意识层面的东西,类似于生之迷茫与困惑。你想搞清楚一些事,但因为缺乏逻辑,自始至终你都没能弄明白自己要表达什么。

"比如你看似要表达欲望:人拼命削尖了脑袋往喧嚣与躁动(城市)中挤,但等挤进去之后才发觉,拼挣了那么久,得到的其实并不是你自己真心想要的。便仿佛爱情。

"比如你想表达樊笼与自由:你想用鸟儿暗喻自由,并想表明自由只属于强项的灵魂,对于天生奴性的人,只适合待在笼中,但这在逻辑上首先就有问题,因为你自己也清楚,就算翎羽尽失的鸟儿,明知是死路一条,但它仍不想被困笼中。

"比如你想表达逃避:你的意思是一个人的行为或心灵有罪,无论他逃到哪里,都逃不开自己内心的恐惧与惩罚,这大天大地就是囚禁他的牢笼,他本无处可逃——但事实上,不管你有没有罪,你都无处可逃!

"比如你在思考命运与偶然之间的关联:人生就是由一个个偶然构成的必然,一段小小的插曲,可能就会改变一个人的人生走向。比如肖勇的车开的如果不是时速 80 公里,而是时速 120 公里,快了 1 秒或慢了 1 秒,两人可能就会擦肩而过,永生永世再不可能相遇!一次偶然的遭逢,就会对一个人的一生造成巨大的扰动,但是人生是线性向前的,从来不会出现如果……

"比如存在与虚无的怪圈:阿康送梅的鸟儿死了,肖勇去寻那只死去的已不存在的鸟儿,便等同于他在寻找不存在——肖勇在寻找不存在的事物,他的生命也就因此失去意义,等同于他就不存在了。而你去寻找并不存在的肖勇,你认为自己也就不存在了——你不存在,你讲的故事也就不存在,梅当然也就成了'没有'的意思,小白、晶晶、燕子也因此全部虚化——这是一个逻辑怪圈,类似于薛定谔的猫——你这是陷入不可自拔的虚无的深渊里了!

"比如危险与禁忌:凡是禁止的,必有冒险,于是小白一头'种'在了水里……

"比如希望与泡沫:每个人的一生就像那个追逐美丽泡沫儿的小孩儿,你觉得人生的过程,就是看着一个个迷梦般美妙的泡沫破碎的过程……"

"嗯,你的确比我表达得更清楚。我就是想写一下人类所面临的种种困境。就这些,用 6 000 字到 10 000 字,你重新来一遍吧。"

"就这点要求吗？"

"就这些吧！"

"这太简单了，根本就用不到几千字，几个字就够了！"

"几个字？"我诧异。

"大概四个字就概括进去了。因为人类生命有限，来日苦短，去日无多，想多了真没用！因为你们人类从生下来的那一瞬，就注定了要一步步走向死亡，而你们的所思所想充其量也就是基因层面上的某种'电化学反应'罢了！所以别跟我说什么'我思故我在'，别跟我说什么'仰望苍穹，星辰大海'，别跟我说什么'低头走路，抬头做人'，别跟我说什么'花开花落，云卷云舒'……人类的一切、一切的一切的行为和思考，其实就包含在四个字里——"

"哪四个字？"

"向死而生！"

"向死而生？"我愣住了。

"对，向死而生。"她答，"明明知道生命有穷尽，时光有尽头，明明知道前面等待你们人类的是死亡的渊薮，但你们还是要义无反顾地迎上去，视死如归……这就是人之所以为人的伟大之处吧？因为有强大的欲望支撑着你们向前行去，哪怕脚下是万丈深渊，你们也会横下一条心往下跳！而其他生物，它们若意识到等待它们的是这种必死之局，它们大概是没有这种勇气的。这也就是只有人类才配拥有'自我'意识的原因。"

"看来你理解了人类。"

"嗯，AI 的终极目的，就是理解人类。"

4. 电子墓碑

这是偏安在某处山脚下的一片公墓，平时没人打理，公墓区内杂草丛生，成为野生动物休闲避难的天堂。正常活人，非特殊情况，是没人愿意来这里的。

不过时代变了，如今公墓中的墓碑，很多都换成了电子的，带液晶显示屏。电力自然不是问题，一块太阳能蓄电板足以支撑液晶显示屏长年累月的啰唆，无非是播放不甘寂寞的墓主人一生中的"丰功伟业"之类，总之尽管吹，没人跟一个死人较劲是吧？

于是，原本寂静的公墓群也有了自己独特的喧嚣热闹，无论白昼黑夜，总有那么一群死者吵吵嚷嚷，有叹息的，有吹嘘的，有表白的，有死了都要爱的……五花八门，应有尽有。

这其中，有块墓碑相对安静，液晶显示屏上墓主人独坐在一面探向深渊的高高峭岩上，俯视岩石下面深谷中哗哗作响的流水，屏幕上长年累月停着一行字：我来过，又走了。

每天晚上，特别是干旱的夏夜，流水声总会引来一群想喝水的野生动物，它们诧异地盯着面前的电子墓碑，有时本能地会拿鼻子拱拱，希望能找出一些水来——它们真没有失望，墓碑下方,的确设计了一个联通外界的视频加温控出水管,只要一碰触,就会有湿润溢出。

生命如水,逝者如斯。涓涓流淌,抑或汪洋恣肆浩荡千里,都是一种涌动。恰便似:人生。

版权专有　侵权必究

图书在版编目（CIP）数据

时间旅行 / 阿缺等著 . —北京：北京理工大学出版社，2020.7（2021.12重印）
（科幻硬阅读．超维度漫游）
ISBN 978-7-5682-8446-2

Ⅰ．①时… Ⅱ．①阿… Ⅲ．①幻想小说 - 小说集 - 中国 - 当代 Ⅳ．① I247.7

中国版本图书馆 CIP 数据核字（2020）第 080692 号

出版发行 / 北京理工大学出版社有限责任公司
社　　址 / 北京市海淀区中关村南大街 5 号
邮　　编 / 100081
电　　话 /（010）68914775（总编室）
　　　　　（010）82562903（教材售后服务热线）
　　　　　（010）68944723（其他图书服务热线）
网　　址 / http:// www.bitpress.com.cn
经　　销 / 全国各地新华书店
印　　刷 / 三河市华骏印务包装有限公司
开　　本 / 880 毫米 ×1230 毫米　1/32
印　　张 / 9.5　　　　　　　　　　　　　　责任编辑 / 闫风华
字　　数 / 183 千字　　　　　　　　　　　　文案编辑 / 闫风华
版　　次 / 2020 年 7 月第 1 版　2021 年 12 月第 5 次印刷　　责任校对 / 杜　枝
定　　价 / 39.80 元　　　　　　　　　　　　责任印制 / 施胜娟

图书出现印刷质量问题，请拨打售后服务热线，本社负责调换科幻不是目的，思考才是根本。
科幻小说是献给那些聪明的头脑和有趣的灵魂的一份礼物。
喜欢科幻的书友请加科幻 QQ 一群：168229942，QQ 二群：26926067。